안현일 판타지 장편 소설

페나인의 상인들

The Merchants of Penaine

페나인의 상인들 1
안현일 판타지 장편 소설

초판 1쇄 찍은 날 § 2001년 11월 10일
초판 1쇄 펴낸 날 § 2001년 11월 20일

지은이 § 안현일
펴낸이 § 서경석

편집장 § 문혜영
편집책임 § 김희정
편집 § 박영주 · 권민정 · 장상수
마케팅 § 정필 · 강양원 · 김규진

펴낸곳 § 도서출판 청어람
등록번호 § 제1081-1-89호
등록일자 § 1999. 5. 31
어람번호 § 제1-0168호

주소 § 경기도 부천시 원미구 심곡1동 350-1 남성B/D 3F (우) 420-011
전화 § 032-656-4452 팩스 § 032-656-4453
e-mail § eoram99@chollian.net

ⓒ 안현일, 2001

값 7,500원

ISBN 89-5505-206-5 (SET)
ISBN 89-5505-207-3 04810

안현일 판타지 장편 소설

페나인의 상인들

The Merchants of Penaine

1 포란의 상인

머리글

올 한 해는 이사로 점철된 것 같다. 여행을 좋아하는 것에 비해 여행 갈 기회도 별로 없었던 내가 역마살도 아닌데 뭔 이사를 그렇게 많이 했는지. 집 이사에, 사무실 이사, 친구네 집 이사를 도와야 했고, 아직도 주변의 몇몇 사람은 이사 준비로 머리를 싸매고 있다. 또 시간을 내서 짐도 옮겨주고 술도 얻어 먹어줘야지.

이십구 년 동안 도시에서만 살다가 경기도 어느 한적한, 그래도 근방에선 가장 사람이 많은 것 같지만, 아파트 촌으로 이사한 후의 일이었다. 처음 며칠 동안 눈이 시리도록 아파 눈병이 났나 했었다. 작업실에 일하러 간다는 핑계와 함께 오늘은 무슨 게임을 해볼까 하고 버스 안에서 궁리하던 중 차창 밖으로 펼쳐진 풍경에 왜 눈이 아픈지 깨달아야 했다.

좁은 계곡 길을 달리는 시외 버스의 좌우로 늠름한 나무들이 초록 빛깔 잎새를 자랑스럽게 펼치고 있었고 계곡을 벗어나니 아직 영글지 않은 논밭이 초록색 물결을 이루고 있었다. 멀리 보이는 산등성이의 초록빛은 또 말할 수 없을 정도로 시리게 빛나고 있었다.

입가에 맺히는 미소와 함께 이사해서 좋은 점 하나를 발견했다. 그 해 여름 시리도록 아픈 초록빛에 마냥 행복한 기분이 들었다.

겨울이 되고 눈이 내린다면, 이 초록 물결은 또 어떻게 바뀌어 날 기쁘게 해줄까… 벌써부터 기대하고 있다. 물론 그전에 완결할 준비를 해야겠지만.

책을 낸다는 자랑스러움보다 부끄러움이 치미는 것은 왜인지 모르겠다. 가볍고 재미있게 쓰고 싶었기에 읽는 분들도 그렇게 봐주었으면 하는 바램이다. 한 가지 욕심을 낸다면 일 년 후 내가 이 책을 다시 펴 들었을 때 낄낄대고 웃을 수 있기를 바란다.

책을 쓰는 동안 전혀 도움이 되지 않았지만 그래도 소중한 분들이니 한번씩 불러봐야겠다.

끊임없이 마감을 독촉하여 매에는 장사없다는 것을 여실히 느끼게 해주신 매미의 숲 숲지기님, 동생처럼 아껴주고 격려와 질책을 과감히 퍼부어주신 라소마 누나, 이원 누나, 이하 기타 등등 매미의 숲 동료들(하고 끝내면 맞을 것 같으니까;), 넉넉한 웃음을 잊지 않는 창인, 자기 할 일을 확실히 해 나가는 덕현, 여자 한 명 소개시켜 달라는 (관심있으신 분은 연락 좀…;;) 정성, 전혀 귀엽지 않지만 막내니까 귀여워해야 하는 휘하.

끝으로 얼렁뚱땅 넘긴 원고를 밤새워 보수 공사하셨을 편집부 여러분께 감사의 말을 전합니다.

혹시 지면 남으면 몇 명만 더…;;;
이름 한번 불러주고 공짜 술을 얻어먹을 수 있으니 부디 양해를…
벌써 십 년도 넘게 봐온 종인, 봉기, 태용, 재훈, 록상 친구들.
사이버에서 사귄 도플, 와이, 수, 블렘, 스칼렛 친구들(그리고 진주도!)
레디오스 누나, 미루 형, 유콩님, 디노, 유니, 레이, 줄라이, 뜨허, 차차… 기타 등등 만작보 여러분.
이름 불러줬으니까 꼭 술 사줘요.

그리고 별로 믿음직스럽지 못한 녀석을 믿음직하게 생각해 주시는 어머님과 동생에게 진심으로 감사하다고 전하고 싶습니다.

The merchants of pendine.

♡ 레온 레스터의 이야기

푸른 하늘.

이렇게 누워서 바라보고 있노라면 하늘 속에 내가 잠겨 있는 기분이 든다. 흠뻑 땀을 흘린 뒤에 숨을 몰아쉬며 바라보는 저 하늘. 그리고 그곳에 유유히 흐르고 있는 작은 조각 구름. 저것들은 정말 자유로운 걸까?

그리고 나는 과연 무엇이 되고 싶은 걸까.

"야아, 과연 놀라운 재능이야."

옆에 누워 있던 형의 목소리가 나의 상념을 깨버린다.

"뭐가?"

알면서도 물어본다. 레스터 공작가 최초의 십대 마스터 검사, 페나인 왕국 최고의 재능, 대륙 제일도 가능한 잠재 능력의 보유자. 누구를 지칭하는 말이냐고? 어이없게도 전부 다 나를 가리키는 말이다. 그리고 지금 대련을 끝내고 쉬는 동안 형이 말한 재능이라는 것도 분명 나를 말하는 것이다.

내 재능을 가문에서도 알아주는 것은 당연하다. 페나인 왕국의 여섯 가문 중에 대대로 기사를 배출한 우리 레스터 가문은 증조부에 이르러서 마스터의 경지에 이르렀고 그 이후로도 탁월한 지도를 바탕으로 왕국 최강의 기사들을 배출해 냈다. 조부 때에 공작의 작위에 봉해진 후로도 수련을 게을리 하지 않는 가문 덕분에 나와 네 명의 형들 모두 마스터가 되었다. 아, 물론 난 아직 나이가 모자라 기사가 되진 못했지만 형들은 모두 왕국의 기사로서 중요한 직책을 수행하고 있는 것으로 알고 있다. 음? 형의 일인데 '알고 있다' 라고 표현하는 이유가 있냐고? 음…….

솔직히 말하면 난 기사가 돼야 할 필요성을 잘 모르겠다. 페나인 왕국에서 작위를 이어받고 재산을 상속받는 자격을 갖춘 이는 무조건 장자일 뿐이다. 차남도 아니고 오 형제의 막내인 내가 왜 기사가 되어야 하는지 의문이다. 물론 기사가 되어 영주를 섬기게 된다면 남부럽지 않게 살 수 있다는 것은 알고 있다. 하지만 그것으로 만족해야 할까?

"형은… 기사가 돼서 만족해?"

"음?"

셋째 형, 카슨. 나와 열 살 차이. 아마… 음… 무슨 돌격 기병대였나? 거기 1군단장이라고 들었던 것 같은데… 솔직히 말하면, 형들이 뭘 하는지는 정확히 모른다. 그럴 수밖에 없는 게 넷째 형과 나는 무려 여덟 살이나 차이가 난다. 큰형의 경우엔 열일곱 살. 오히려 큰조카와 열 살밖에 차이가 안 난다. 큰형하고 서 있으면 큰아들이냐는 질문을 많이 받는다. 하긴… 큰형이 내 나이에 애를 낳았다면 가능한 일이니까. 웃을 일이 아니다.

형들과 나이 차가 많이 나서 친하지 못하기에 형들이 도대체 뭘 하는지 알 수가 없다. 아, 둘째 형이 뭘 하는지는 잘 알고 있다. 아버지와 큰형이 왕국의 수도에서 일하는 동안 둘째 형은 이 레스터 공작 가문의 영지를 관리하고 있다. 당연히 나와 함께 레스터 성에 머물기 때문에 잘 알 수밖에. 그 이외에 오랜만에 집에 돌아온 카슨 형이 무엇을 하는지도 난 모르고 있다.

참, 형들에 대해서 아는 게 한 가지는 있다. 형들은 스무 살에 기사 시험을 단 한 번에 붙었다. 그것도 지방 영주의 기사가 아니라 왕국의 기사가 되었다. 전원. 그리고 스물다섯을 전후로 마스터가 되었다. 왕국에 스무 명도 채 안 되는 마스터 급 기사 중에 우리 집안에서만 여섯 명이 나온 셈이다. 물론 그중 최고의 직위는 공작의 작위를 가지신 아버지. 그렇지만 왕국 최고의 검사로 추앙받는 이는 큰형이다. 아무래도 나이는 속일 수 없는 거겠지. 아마 내가 기사 시험을 본다면 왕국에 엄청난 충격이 될 것이라고 형들은 말하고 있다.

그럴 만도 하지. 마스터 급이 기사 시험을 보러 간다면 누가 놀라지 않겠는가 말이다.

"왜? 기사가 맘에 안 들어?"

"어? 아니… 잘 모르겠어… 내가 꼭 기사가 되어야 하는지……."

"무슨 소리야? 아버지가 네게 거는 기대가 얼마나 큰데. 내가 봐도 넌 최고의 검사가 될 수 있어. 혹시 모르지. 네가 내 나이가 된다면 대류 최강이 될지도… 어어? 웃을 일이 아냐. 지금 당장만 봐도 넌 나랑 비등하지? 날 과대평가하는 것은 아니지만 최소한 검만 가지고 얘기한다면 난 왕국에서 다섯 손가락 안에 드는 검사라고. 큰형은 모르겠지만 둘째 형도 내 상대는 아냐. 기사도 되기 전에… 십대에 마스터라니… 검을 만지는 모든 이가 꿈꾸는 경지라고. 그런 재능을 소유한 자가 기사가 되어야 할지 고민한다면 욕먹는다.”

“그렇지만… 내 재능이 진짜 기사에 적합한지 잘 모르겠는걸?”

조금 진지하게 형에게 물었다. 형은 내 표정을 보더니 피식 웃었지만 곧 내 어깨를 쳐주었다.

“내가 장담하지. 넌 최강의 기사가 될 거야.”

형은 이해를 못해. 내 고민을.

“고마워.”

고마워, 형. 그렇게밖에 말할 수 없다. 그래, 아버지와 형들이 말하듯 나에겐 기사의 재능이 있을지도 모른다. 정작 중요한 것은 바로 나 자신이다. 난 누군가에게 충성을 하고 싶지도, 무엇인가를 지키고 싶지도 않다. 내가 하고 싶은 것은, 그래, 어디에도 얽매이지 않고 여러 곳을 다녀보고 싶은 거다. 모험자? 음. 비슷할지도 모른다. 그렇지만 그것도 아니다. 내가 하고 싶은 것은 물건을 사고 파는 것이다. 한곳에서 머물면서 파는 게 아니라 내가 직접 물건을 가지고 여기저기 다니며 팔고 싶다. 싸게 사서 비싸게 판다. 얼마나 짜릿할까? 그걸 생각할 때마다 마음속 어딘가 흥분이 된다. 기사가 되어 검이나 휘두르는 것보다 훨씬 더 가치있고 재미있는 일이 아닐까……. 어림없는 소리. 아버지가 알면 그날로 가문에서 쫓겨나겠지.

“어디 가냐?”

"응? 아… 마을에 가보려고."

내가 일어서자 카슨 형이 물어왔다.

매일 아침 수업을 받고 오후엔 기사 수련을 한다. 그것이 끝나면 성 앞의 마을로 말을 달린다. 매일 똑같은 일상과 힘든 수련에도 내가 버틸 수 있는 이유는 바로 마을의 시장 때문이다. 그곳에서 물건을 사고 파는 사람들을 보고 있노라면 내가 살아 있다는 것을 느끼게 된다. 난 오후 늦게 마을에 내려가 해가 질 때까지 그곳에서 머문다. 나만의, 아버지와 형들이 모르는, 나만의 삶의 활력소다.

"마을에? 너 오후에 수업 받아야 하는 거 아냐?"

"아냐, 오늘 오전에 형이랑 대련한다고 했더니 선생님께서 오늘은 수업 안 하겠다고 하셨어. 그럼 저녁 때 봐, 형."

"응? 나 오늘 성으로 가야 해."

"에? 벌써? 어제 왔잖아?"

"이번에 온 건 휴가야. 군단 전원 휴가. 나 다음 달에 모스 섬으로 가."

"모스 섬? 거길 왜?"

"그 섬에 마물이 많잖아. 리저드 후작이 개척을 했지만 아직 섬의 절반은 마물로 꽉차 있다고 하더군. 그래서 왕성에서 돌격 기병단 5개 사단을 투입하기로 했거든. 이 돌격 기병단 최고의 사단이 빠질 수야 없지. 그래서 나도 신청했어."

"음… 위험한 거야?"

"하하하하. 위험해야 보람도 큰 법이지."

"그런가?"

"그래. 그만 가봐. 나도 조금 있다가 떠날 거니까 인사는 지금 해

둘게."

"으응. 형, 잘 가."

"그래."

돌아서 마구간으로 달려가며 생각했다. 카슨 형은, 아니, 형들은 정말 기사의 일을 좋아하고 있는 것 같다. 나와는 정말 다른 것 같다. 나이 차가 많아서 친해지진 않지만 난 그런 형들이 좋다. 아버지도, 형도. 모두.

"레온!"

형이 날 부르는 소리에 멈춰서 돌아봤다. 형은 여전히 풀밭 위에 앉아서 웃으며 날 보고 있다.

"왜?"

"네가 하고 싶은 일을 해. 후회하지 않을 수 있는 일을."

무슨 뜻일까?

"너에게 꼭 기사의 길이 전부는 아니야. 그러니까… 네가 후회하지 않는 일을 하란 말야. 알겠어?"

"정말이야?"

"그래. 그리고 한번 하기로 마음먹으면 꼭 최고가 돼라. 알겠냐?"

"응!"

고마워, 형. 진심으로…….

그 말을 끝으로 형은 다시 풀밭에 누워 노래를 흥얼대기 시작했다. 곱고, 청아한 노래를 들으며 난 다시 달리기 시작한다. 내가 살아 있는 것을 느낄 수 있는 곳으로.

♡ 알 베자스의 이야기

더럽게 열받는 날이다. 어떻게 이럴 수가 있어? 같은 중개상(仲介商)끼리 남의 구역을 마구 침범해도 되는 거야? 젠장! 돈 좀 있으면 다야? 이럴 수 있는 거냐구!

어이, 이봐, 당신. 잠깐 내 하소연 좀 들어줘. 일단 내 소개부터 하지. 나는 대륙에서 중개 일을 하고 있는 사람이야. 말 그대로 중개상이지. 중개상이 뭐냐고? 아니, 그런 자세로 어떻게 이 세상을 돌아다니는 거야? 이봐, 대부분의 모험자가 찾아가는 마을이 어떻게 생겼다고 생각해? 사실 사람이란 족속들은 어디에나 들어가 살고 있다구. 평야와 물가는 당연한 일이고 산속, 어촌, 심지어는 계곡 속에서도 사람의 흔적은 줄을 잇고 있지. 그럼 마을이 왜 생겼겠어? 그냥 살면 되지. 안 그래? 마물을 막기 위해서? 미쳤어? 평범한 사람들 백 명이 모인다고 떼지어 몰려다니는 마물을 막을 수 있을 것 같아? 어림도 없는 소리지. 사실 마을이 생긴 건 간단해. 교역을 위해서지. 한마디로 자기가 만든 물건을 팔고 또 남이 만든 물건을 사기 위해서 생긴 거야. 사람이 거래를 위해서 모여들고 그곳에 마을이 생기고, 그리고 점차 커지게 된 것이지. 아마 내가 알기로도 이 페나인 왕국에만도 수십 개의 마을이 있는 것으로 알고 있어. 그런데 말야. 대개 한 지역의 마을 근처에서 생산하는 건 비슷하단 말야. 기껏 밀을 생산해서 마을에 가져가 팔려고 해도 가능하지 않더란 말이지. 왜냐! 밀을 생산하려면 평야가 있어야 하거든. 평야가 어디 한 지역으로 끝나나? 아니잖아? 넓다구. 농부가 밀을 생산하는 동안 그 평야의 또 다른 누군가도 밀을 생산하지. 그래서 마을에 밀을 가져가서 다른 것으로 바꾸려고 해도 모두가 밀을 가져오게 된단 말이지. 정말 황당하지 않아? 교역을 위해 마을이 생겼는데 지역 공통성 때문에 그다지 교역할 건 없단 말야. 이걸 막기 위해 생겨난 직업이 바로 나와 같은 중개상이라는 거야. 사실 말이지, 난 아주 중요한 사람이야. 자네들이 주점에서 음유 시인에게 듣는 로맨스도 나 같은 중개상이 존재하기 때문에 돌아가고 있는 거라구.

어때? 이제 중개상이 뭔지 좀 알겠지? 상인이라고 다 같은 게 아니란 말야. 이를테면 일정한 상점을 소유하고 상품을 파는 소매상이 있는가 하면 나처럼 넘쳐 나는 상품을 다른 곳의 소매상에 파는 이가 있단 말이지. 짭짤하냐구? 당연한 질문할래? 야야, 아무래도 생산한 곳에선 상품이 쌀 거 아냐? 그리고 그 상품이 부족한 곳에 가면 당연히 비싸진다구. 싸게 사서 비싸게 판다! 이건 거래의 기본이야! 물론 상품을 오래 이동시키다 보면 못 쓰게 되는 수도 있어. 그래도 대개는 원가보다 비싸게 먹혀. 그러니까 이 짓거리를 하는 거 아니겠어? 그렇다고 중개상이 소매상보다 더 돈을 잘 버는 건 아냐. 정말 어떤 상품은 시간을 다투는 것도 있거든. 그런 건 오래 이동하다 보면 진짜 그냥 버려야 하는 수도 있지. 그러니까 내륙 깊숙이 사는 어떤 주점에서 생선회를 팔고 있다는 로맨스가 있다면 이건 말이 안 되는 거라구! 안 그래? 생선이 거기까지 어떻게 가? 그것도 회 쳐 먹을 정도로 싱싱한 생선이! 뭐? 마법? 아, 이동 마법 말이지? 이런 젠장! 만약 당신한테 그런 마법을 부릴 수 있는 능력이 있다면 장사하겠어, 마법사가 되겠어? 당연한 소리하지 말자구. 내 중개 일을 오래한 건 아니지만, 아직까지 마법사 장사꾼이 있다는 소린 못 들었어. 만약 나에게 그런 재주가 있다면 말이지… 음… 당장 아무 성주나 붙잡고 써달라고 매달리겠다! 캬아~ 정말 그런 재주 있으면 좋겠다.

어이, 이거 왜 얘기가 이렇게 샌 거야? 하여간 난 중개상이고 내가 근거로 삼고 있는 곳은 포란 마을이야. 음… 어다냐면 말이지, 레스터 영지에 있는 곳인데 말야. 레스터 성에서 남동쪽에 위치해 있어. 레스터 영지는 태반이 산지이기 때문에 목축이 성행하지. 뭐, 포란도 마찬가지야. 거긴 치즈, 우유, 양모, 가죽 등의 생산품이 즐비하지. 난 가난한 중개상이라 좋은 상품은 취급을 못하고 치즈를 다루고 있어. 중개상이 소매상보다 이점(利點)이 있다면 말야. 자본이 적어. 말 한 마리만 있어도 충분히 중개상이 될 수 있거든. 난 열 살 때부터 일을 했고 열일곱엔 말을 살 수 있었어. 응? 부모가 없냐구? 이런 젠장. 내가 입고 있는 옷을 보면 몰라? 머리 위에 이 흰 터번이 뭐라고 생각해? 맞아. 난 이 나라 사람이 아냐. 머나먼 동쪽의 대륙에서 사는 사람과 같지? 하여간 난 부모의 얼굴도 몰라. 내가 이 나라 사람이 아니란 것은 알지만 그렇다고 저 바다 건너에서 온 것도 아냐. 내 짐작엔 말야. 저 바다 건너에서 온 어느 장사꾼이 이 나라 사람과 그 짓을 하고 태어난 게 아닐까 해. 아아, 별로 과거 얘기는 하고 싶지 않아. 아프거든. 이봐, 자넨 지금 내 과거 얘기를 들으려고 있는 게 아니잖아? 지금 가뜩이나 뚜껑 열릴 판인데 그런 걸로 신경 건드리지 말라구. 하여간 좀 조용히 들어!

말 한 마리로 이동시킬 수 있는 상품이 얼마나 되겠어? 그래도 꾸준히 일했지. 그동안 생산자들과도 친분을 쌓고 말이야. 그래서 이번에 큰맘 먹고 마차를 샀어! 마차를 샀다구! 이렇게 더 벌면 난 25세 전에는 내 상점을 갖게 되는 거란 말야! 뭘 취급할 거냐구? 헤헤… 뭐, 먹

는 장사지. 그게 돈 벌긴 가장 쉽거든. 술도 괜찮긴 한데… 그건 여자
가 있어야 되거든. 아까 내 얘기를 좀 했지만, 그런 여자들에게선 사
생아가 많아. 야! 아무렴 그런 어려운 생활을 해왔는데 내가 사생아
생산지를 만들겠냐? 술장산 안 해! 얼씨구! 이거 왜 또 얘기가 샜어?
지금 당장 닥친 일이 더 크단 말야. 사실 말이지, 이번에 마차를 장만
한 후에 남은 자본금으로 치즈를 왕창 샀어. 그리고 늘 거래하던 마을
로 왔단 말야. 바로 레첸 마을에 왔지. 그리고 내가 일 년 내내 거래하
던 상점에 들어갔더니 글쎄 뭐라는지 알아? 벌써 치즈를 들여놨다는
거야! 이런 황당한 일이 있어? 몇몇 군데 더 다녀봤는데 다 마찬가지
야. 누군가 다른 중개상이 다녀갔다는 얘기지.

음? 발 빠른 사람이 이기는 거 아니냐구? 이런 젠장! 상인에겐 상인
만의 도라는 게 있다구! 자넨 로맨스를 많이 들어서 아주 기사도는 꿰
고 있는 모양인데 그럼 기사에게만 도가 있는 줄 알아? 국왕에겐 국법
이 있고 영주에겐 법도가 있듯이 상인에겐 상도덕(商道德)이란 게 있
는 거라구. 젠장. 젠장. 그따위 소리하려면 가. 아주 짜증나니까.

음? 더 듣겠다고? 크으… 자네 뭘 좀 아는구먼. 하여간 상도덕 상으
로 남의 거래처를 뺏을 수 있냔 말야. 물론 상인끼리 경쟁하는 건 이
해해. 나도 이렇게 영역을 넓히면서 누구보다 발 빠르게 움직여 왔으
니까. 뭐, 마을 하나 뚫은 걸로 영역을 넓혔다고 하긴 그렇지만… 하
여간 한두 곳도 아니라 레스터 마을 거래처 여섯 군데를 몽땅 가로챘
다니까! 아주 날 말려 죽이기로 작정한 녀석이야. 짐작가는 녀석이 있
긴 있어. 근데 그게 더 열받는다는 거야. 그 자식은 굉장히 부자거든.
돈이 많으니까 양모나 가죽, 모직물 같은 걸 취급하던 녀석이야. 사실
치즈를 취급하는 건 포란에서도 하급 중개상 내지는 가난한 중개상이

취급하는 상품이야. 그걸 대대적으로 사서 다른 사람의 거래처를 몽
땅 가로채려는 수작이 아니겠냔 말야. 이제 이해하지? 내가 열 내는
이유를 말야. 그치? 자네도 열받지! 아주 뚜껑 열리게 생겼다니까! 이
런 젠장! 그간 기껏 뚫은 거래처를 몽땅 잃었는데 난 이제 어디 가서
이 치즈를 파냔.말야! 게다가 오래 놔두면 상할지도 모르는데 난 어쩌
냐구!
　　우아~ 열받아! 이런 젠장!

성문을 나선 레온은 곧바로 말을 달렸다. 이젠 눈을 감고도 달릴 수 있을 정도로 익숙한 길이다. 그러나 평소와는 달리 레온은 기대와 흥분으로 가슴이 떨려오는 것을 느꼈다. 처음으로 혼자서 마을에 갔을 때만큼 흥분되었다. 사실 이렇게 이른 시간에 마을의 시장에 가보긴 처음이다. 언제나 한산해질 즈음에 도달하여 구경을 했던 레온으로선 오늘 같은 기회가 두 번 다시 없음을 잘 알고 있다. 어젯밤 갑작스럽게 찾아온 셋째 형, 카슨이 이렇게까지 고마울 줄은 생각도 못했다. 게다가 아침부터 대련이라니!

성과 대로를 잇는 언덕을 단숨에 뛰어올랐다. 그리고 언덕에 몇 그루 세워져 있는 나무 밑에 마차가 놓여 있는 것을 목격했다. 마을에서 나오는 방향으로 세워져 있는 마차는 말 한 마리가 한가로이 대로 주변의 풀을 뜯고 있을 뿐, 사람의 그림자는 어디에도 없었다. 의아해하며 레온은 천천히 말을 몰며 마차를 둘러봤다. 뒤쪽에도 사람은 없었다. 마차 안을 살펴보니 가득히 치즈가 실려져 있었다. 더더욱 이상한 생각이 들었다.

치즈가 가득 실려 있는 마차와 말. 어느 것 하나 돈이 안 되는 게 없다. 그런데도 사람은 없다. 누가 버린 것일까?

"누가 버렸나?"

혼자 중얼거린 레온은 다시 주위를 둘러봤다. 이번엔 좀더 세심하게 먼 곳까지 살폈다. 확실히 주위엔 사람이 아무도 없었다. 멀리 마을의 풍경은 있었지만. 그때 레온의 머리 위에서 굵직한 목소리가 들려 왔다.

"이봐, 기왕이면 위쪽도 좀 살펴봐 주지 않겠어?"

레온은 깜짝 놀라 소리가 들린 방향으로 고개를 들었다. 그 위에서 한 청년이 막 나무를 타고 내려오는 중이었다. 머리 위에 흰 터번을 둘렀고 살빛도 누런 청년이었다. 레온은 이런 사람이 있다는 얘기는 몇 번 들었다. 멀리 바다 건너 야론 인들이 이런 생김새를 지녔다고 들었지만 직접 보기는 처음이었다.

레온이 보아하니 자신과 나이 차가 많이 나지는 않을 것 같았다. 조금 특이하게 생겼고 정체를 모르긴 했지만 이곳이 바로 아버지의 영지임을 감안하여 반말을 하기로 결심했다.

"이 마차 네 거야?"

터번의 청년은 나무에서 내려오더니 흘깃 레온을 노려봤다. 위아래로 훑어보더니 곧 고개를 끄덕이며 대답했다.

"그럼 이 근처에 나 말고 다른 사람이 있습니까? 이 마차는 분명 내 것입니다. 별다른 용무가 없다면 이만 갈까 합니다만."

"저기, 안에 있는 이 치즈는 다 뭐에 쓸 거야?"

"물론 파는 것입니다."

"팔아? 누구한테?"

"전 중개상입니다. 당연히 소매상을 하는 이에게 물건을 넘기려는 거죠."

"그래? 그럼 저 레첸 마을에 가야 하는 거 아냐? 왜 여기에 있어?"

"저 마을의 가게에선 치즈를 벌써 채웠답니다. 전 다른 마을에 가야 하니 이만 비켜주시지요."

터번의 청년은 상당히 불쾌한 인상으로 레온을 쏘아봤다. 그 눈빛에 레온은 찔끔하여 옆으로 비켰다. 청년은 서둘러 마차에 올라타더니 뭐라고 투덜대기 시작했다. 레온은 귀기울여 그 소리를 들었다.

"젠장… 오전에 마을을 떠난 것 같다던데… 코빼기도 보이질 않네. 이래서야 따라잡긴 그른 것 같구먼."

마차는 마을과 정반대의 방향으로 달려갔고 레온은 다시 마을로 향하려고 했다. 순간 그의 뇌리에 궁금증이 밀어 닥쳤다.

'중개상이란 건 뭐야? 왜 장사꾼이 마을을 벗어나서 다른 곳으로 가는 거지? 저 녀석 정체가 도대체 뭐야?'

그의 심정이 조금은 복잡해졌다. 이대로 궁금증을 묵살한 채 마을로 달려가 구경을 할 것인가! 아니면 저 야론 인을 따라가서 궁금증을 해결할 것인가! 잠시 궁리를 하긴 했지만 호기심을 이기지 못한 레온은 서둘러 야론 인에게 말을 달렸다. 마차는 짐이 많은 탓에 속도가 느렸고 금세 따라잡을 수 있었다. 그는 마차와 같은 속도를 유지하며 질문을 했다.

"저기, 이름이 뭐야?"

"알 베자스라고 합니다. 그건 왜 묻는 겁니까?"

"넌 야론 인이지? 생김새로는 그런 것 같은데?"

"뭐… 야론 인은 맞습니다만… 그게 어디 대륙에 붙었는지는 모르겠군요. 사실 태어난 곳도 자라난 곳도 이 페나인 왕국이라서요."

"뭐야? 그럼 넌 페나인 사람이야?"

"뭐… 그런 셈이죠."

"헤에… 그래? 놀라운데? 음. 근데 중개상이란 뭐야? 넌 이 치즈를 왜 마을에서 팔지 않는 거야?"

터번을 두른 청년 알은 잠시 한심한 표정을 지으며 레온을 바라봤다. 약간은 경멸의 시선이었지만 레온은 무시한 채 그를 빤히 바라볼 뿐이었다. 자신이 궁금한 것에 대해 빨리 말해 줄 것을 재촉하는 눈빛이었다. 알은 곧 한숨을 쉬며 중개상이 무엇인지 설명을 했다.

"…그러니까 요컨대 싸게 사서 다른 곳에 가 비싸게 파는 일을 하는 겁니다, 중개상은."

한참 귀 기울여 듣던 레온은 마지막 말에 퍼뜩 정신이 들었다. 싸게 사서 비싸게 판다? 그것도 여행을 통하여! 그야말로 자신이 생각하던 일과 딱 맞아떨어진다고 생각했다.

"그거 굉장한데? 싸게 사서 비싸게 판다니! 난 그런 일을 하고 싶었어!"

레온의 반응에 알이 의외인 듯 바라봤다.

"보아하니 기사님의 자제 분 같은데요. 굳이 그런 일을 하지 않아도 충분히 먹고 살 수 있잖아요?"

"별로 기사가 되고 싶은 생각은 없거든. 저기, 괜찮다면 나에게 일을 가르쳐 주지 않을래? 난 레온…… 레온이라고 해."

레스터리는 성을 말하려다가 레온은 그냥 얼버무렸다. 보아하니 알은 생김새만 야론 인이었지 사실상은 페나인 사람과 다를 바가 없었다. 레스터 영지를 돌아다니는 것으로 미루어보아 레스터 공작가를 모를 리가 없다. 정체를 알면 오히려 고용하지 않을 수도 있다. 그런 생각에 성은 숨긴 채 곧 말을 이었다.

"어때? 날 고용하지 않겠어? 급료는 적어도 돼. 그저 일을 좀 가르쳐 주면 되거든."

"이런 장사 일을 배워서 뭐 하게요? 쓸 데도 없지 않습니까?"

"난 기사의 아들이긴 한데 장남이 아니거든. 어차피 작위와 영지를 물려받지는 못해. 그렇다고 검을 휘두르는 재주가 뛰어난 것도 아니거든. 원래부터 장사에 관심도 많았어."

레온은 자연스럽게 거짓말을 하기 시작했다. 입에서 나오는 대로 술술 거짓말을 하면서 자신도 상당히 놀라고 있는 중이었다. 자신이 이렇게 거짓말을 잘하리라고는 생각도 못했다. 알도 어느 정도는 믿는 눈치 같다고 레온은 짐작했다. 그러나 알은 곧 고개를 저었다.

"전 급료를 지불하면서 사람을 고용할 만큼 돈을 많이 벌진 못해요. 장사에 관심이 있다면 다른 사람을 알아보도록 해요. 장남이 아니더라도 기사의 아들이니 상점 하나는 차려주겠죠? 그럴 바에야 상점에 가서 일을 배우는 게 나을 겁니다."

"아냐, 아냐. 내가 하고 싶은 건 돌아다니며 장사하는 거야. 지금까지는 막연하게 그런 생각만 했는데 널 만나서 중개상이란 걸 듣고 깨달았어. 내가 하고 싶은 일은 바로 중개상이야."

"그럼 다른 중개상을 찾아봐요. 난 돈이 없어서 당신을 고용할 수 없으니… 아, 저 레첸 마을에도 아마 중개상이 있을 겁니다. 상점에 가서 중개상을 소개시켜 달라면 될 겁니다.”

레온은 그의 말에 그야말로 안 될 말이라고 속으로 중얼거렸다. 레첸 마을에서는 자신이 누구인지 다 알고 있었다. 적어도 같은 레스터 영지(領地) 안의 마을이라도 레스터 가의 직속 관할인 레첸 마을의 중개상에게 일을 배울 수는 없었다. 그런 면에서 처음으로 접하는 중개상이 다른 마을 사람이라는 것은 아주 중요했다. 레온은 다시 알에게 간청을 했다.

“이봐, 돈은 진짜 조금만 받을게. 아니, 그저 먹여주고 재워주고 일을 가르쳐 주는 것만으로도 만족이야. 그럼 어때?”

레온의 끈질긴 부탁에 알도 조금 마음이 움직였다. 그는 잠시 레온을 살펴보더니 입을 열었다.

“그렇다 해도… 이렇게 무작정 길을 떠날 수는 없지 않습니까? 난 당신을 기다려 줄 만큼 한가한 편이 아닙니다. 집에 가서 부모님의 허락도 받아야 할 테고 여행 준비도 하자면 최소한 하루는 걸릴 텐데요?”

알의 말에 레온이 흠칫했다. 집에 가서 ‘장사하러 떠나요’ 라고 했다간 아마 둘째 형에게 잡혀 방에 갇힐 것이 뻔했다. 아니, 만에 하나 아버지가 아시기라도 하면 맞아 죽을지도 모른다. 집에 가서 알리라니. 당치도 않은 말이라고 생각했다. 그는 곧 미소를 지으며 대답했다.

“괜찮아. 지금 이대로 떠나도 돼. 어때, 이럼 고용하는 거지?”

그의 대답에 알도 어이가 없는 듯 웃었다. 그는 잠시 생각을 하더니 마차를 멈추고 레온을 바라봤다.

“그럼 이렇게 하죠. 난 당신을 고용할 돈이 없으니 차라리 동업을 하는 게 어떻겠습니까?"

"동업?"

알의 말에 레온이 눈을 동그랗게 떴다.

"그래요."

"그건 뭔데?"

대뜸 레온이 물어오자 알은 이런, 하고 속으로 혀를 찼다. 알이 보기엔 레온은 세상 물정 모르는 철부지 도련님으로, 그야말로 하나씩 설명해야 하는 귀찮은 존재였지만 내색하지는 않았다.

"그러니까, 동업이라는 건… 두 사람이 같이 돈을 내서 상품을 사고 파는 겁니다. 당연히 이득이 생기면 출자한 돈에 따라 나누고 손해도 그에 따라 나누는 것이지요. 어떻습니까? 차라리 이 편이 일을 배우는 것도 빠를 겁니다. 남의 밑에 백날 있어 봐야 장사를 가르쳐 주진 않을 테니까요. 손해를 보더라도 자기 손으로 하는 게 가장 낫죠."

설명을 하면서 알은 레온의 얼굴을 유심히 바라봤다. 혹시라도 못 알아들을까 저어했는데 보아하니 잘 알아듣는 모양이다. 꽤 진지한 표정으로 듣고 있는 듯하여 저절로 신이 난 알은 더욱 크게 떠벌렸다.

내심 이 기회에 기사 가문과 계약을 맺을지도 모른다는 기대감도 작용했다. 보통의 작은 가문이라도 일단 귀족과 연관이 있다면 어디선가 도움이 되게 마련이다. 더욱이 기사 가문의 아들을 고용했다가 낭패를 보느니 조금 손해를 보더라도 동업 쪽으로 말을 굳히는 게 낫다고 판단했다.

"어때요? 동업이 낫겠죠?"

한참 설명을 하던 알이 짐짓 레온을 떠봤다. 한참을 심각하게 듣고 있던 레온은 얼굴을 찡그리며 알을 쳐다봤다.

"좋긴 한데… 저, 미안하지만 난 가진 돈이 없어. 네 설명에 의하면 동업을 하기 위해선 자금을 같이 출자해야 한다며?"

"아, 공동출자(共同出資)라고 해서 꼭 자금만 되란 법은 없죠."

"응? 그건 무슨 뜻이야?"

알의 대답이 의외인지 레온의 눈이 동그래졌다. 그의 표정을 살피던 알은 피식 미소를 지으며 턱으로 그의 앞을 가리켰다. 그의 턱짓을 보고 레온도 무심코 앞을 쳐다봤다. 두 사람이 동시에 쳐다본 것은 레스터 공작가의 품종이 훌륭한 명마였다. 얼마나 훌륭한 말인가 하면, 알의 의미심장한 눈빛이 무엇을 말하는지 벌써 눈치를 채고 온몸을 부르르 떨 정도였다. 그러나 아직 주인인 레온은 그 의미를 알아채지 못했다.

"이 말을 말하는 거야? 이것도 자금이 돼?"

"훌륭한 말이지 않습니까?"

"그럼! 훌륭하고 말고!"

레온이 당연하다는 듯 고개를 끄덕였다. 레스터의 말은 명마였다. 어떤 험난한 곳을 달리더라도 말 탄 이는 평지를 달리는 기분이었고 싸움에 있어선 물러서지 않았으며 전투에 있어선 상대를 베기 좋은 위치를 항상 선점(先占)하는, 기사를 위한 말들이었다. 비록 레온이 아직 기사는 아닐지라도 공작가의 막내아들이라는 점 때문에 그의 말은 그런 레스터의 말들 중에서도 최고의 말이었다. 레온은 자신의 말에 강한 자부심을 갖고 다시 알을 쳐다봤다.

"이해… 못하겠습니까?"

"뭘?"

"말이 훌륭하다구요."

"그래, 알아."

새삼스럽게 네가 설명해 주지 않아도 레스터의 말은 훌륭해, 라는 표정으로 레온은 물끄러미 알을 쳐다봤다. 휴우, 하고 한숨을 쉰 알은 이번엔 자신의 마차에 묶여 있는 말을 가리켰다.

"말이 하나죠?"

"응, 게다가 다리도 굵고 짧아. 잘 달리지도 못하겠군."

레온은 짧으나마 자신이 알고 있는 지식을 떠올리며 대꾸했다. 혹시라도 곁에 있는 알이 무식하다고 껴주지 않을까 걱정스러운 탓도 있었다. 그러나 알은 전혀 신경 쓰지 않은 채 다음 말을 이었다.

"말이 둘이면 마차가 빨라지겠죠?"

"그렇겠지."

대답을 하던 레온은 갑자기 뒤통수가 띵해지며 알을 쳐다봤다. 알은 아무 말 없이 씩 웃으며 레온이 타고 있는 말을 쳐다볼 뿐이었다. 그제야 알이 말한 것을 알아들은 레온이 기겁을 했다.

"뭐, 뭐야! 그럼 내 말을 마차에 묶겠다는 거야?"

"동업이니까요."

"이, 이봐. 이게 얼마나 훌륭한 말인 줄 알아?"

"그래 봐야 말이죠."

이건 보통 말이 아니라고! 레스터에서 생산되는 말 중에 최고의 품종이란 말야! 마스터 기사의 자질을 보인 후에 아버지께서 특별히 골라주신 생일 선물이란 말야! 그런 말에게 마차를 끌라니, 너무하잖아! 라고 소리치고 싶은 것을 억지로 참으며 레온은 빙긋 미소를 지었다.

"다시 생각해 주지 않겠어? 꼭 동업이 아니더라도……."

"자, 그럼 얘긴 끝났습니다. 안녕히!"

철썩 하는 채찍 소리와 함께 알은 안면 몰수하고 내달리기 시작했다. 그의 뒤에서 벙찐 얼굴로 주춤거리던 레온은 서둘러 쫓아오며 소리쳤다.

"이봐, 돈은 안 받겠다니까! 고용해 줘!"

"기사의 아들을 고용했다가 무슨 날벼락을 받으란 말입니까? 전 아주, 아주아주아주 평범한 백성일 뿐입니다."

정면을 주시한 채 대꾸하는 말에 레온은 조금 이해가 갔다.

지금까지 눈치 채지 못하고 있었는데 이 알이란 친구는 처음에 나무에서 내려올 때 빼고는 내내 자신에게 존대를 하고 있었다. 분명 자신이 귀족의 자제임을 한눈에 알아본 것이다. 레온은 말 위에서 자신의 복장을 내려다봤다. 방금 전까지 카슨과 대련을 하느라 지극히 평범한 옷을 입고 있다고는 해도 일반 백성은 손에 넣지도 못할 엄청 고급의 비단이 꼼꼼한 손질이 된 채 레온을 감싸고 있었다. 게다가 말은 먼지 하나 없이 깨끗하고 윤기가 잘잘 흐르고 있으니 이래서야, 나 평민이야, 라고 아무리 소리쳐도 누구 하나 믿을 리가 없었다. 귀족임을 뻔히 알면서 천연덕스럽게 잡부로 고용할 바보는 없으리라. 레온은 한숨을 쉬며 조심스럽게 물었다.

"그럼 동업은 해주겠다는 거야?"

그의 말이 끝나기 무섭게 알은 마차를 세웠다. 그리고 다시 환한 미소를 지으며 그를, 아니, 그의 말을 바라봤다.

"그럼요! 결심이 섰습니까?"

그의 표정에 어쩐지 속았다는 생각은 들면서도 레온은 고개를 끄덕였다.

잠시 후.

레스터 최고의 명마라고 불리는 레온의 까만 말은 선두에서 끙끙대
며 마차를 끄는 신세로 전락하고 말았다. 그 바로 뒤에 알의 밤색 말
이 있었다. 처음엔 나란히 묶었지만 레온의 말이 워낙 건장한 탓에 마
차가 기울었다. 그래서 앞뒤로 세웠더니 확실히 전보다 속력도 붙어
빨라졌다. 까만 말이 처음 마차를 끄는 탓에 좀 거칠긴 했지만 생각보
다 빨랐기에 알은 연신 미소를 지었다. 그의 곁에 앉은 레온은 덜컹거
리는 마차에서 떨어지지 않으려고 마부석을 꼭 잡은 채 아무 말도 하
지 않았다.

"마부석이 불편하면 뒤로 가십시오."

"괜찮아."

라고 중얼거리며 조금씩 익숙해지려고 노력했다. 어느 정도 흔들림
에 적응이 되자 레온은 쾌활하게 웃었다.

"생각보다는 괜찮네."

"그렇다니 다행이군요."

"그 존대 좀 뺄 수 없어?"

"그래도 기사의 아들이지 않습니까?"

"동업자잖아. 동업자인데 무슨 존대야? 안 그래?"

그 말에 알은 슬며시 그를 봤다. 보아하니 불쾌해할 것 같지는 않았
기에 슬쩍 말을 낮추었다.

"그럼… 그럴까?"

"정식으로 소개하지. 난 레온이라고 해. 18세야."

"알 베자스. 20세. 내가 형이지만 어차피 동업자 사이니 우대해 줄
필요는 없어. 나도 그 편이 편하고. 그런데 성은?"

"아, 성은… 레첼이라고 해. 레온 레첼."

“레온 레첼? 들어본 적이 없는걸?”

“응, 그럴 거야. 우리 아버진 아주 낮은 직위거든.”

“그렇군.”

알은 별다른 의심 없이 그의 말을 믿었다. 그의 아버지가 페나인의 실권 중에 하나인 레스터 공작이었다는 것을 알았다면 지금 이 순간 그는 기절초풍을 하고도 남을 일이었지만 레온은 더 자세한 것을 물어 올까 염려스러워 얼른 다른 말을 꺼냈다.

“한데, 우린 지금 어디로 가는 거지?”

“장사하러.”

“레첸은 뒤에 있는데 어디로 가는 거야?”

“우리가 가지고 있는 것은 치즈. 그런데 레첸의 치즈 상점은 모두 채워 놨으니 우리 것을 살 리가 없잖아. 그러니 다른 마을로 가야지.”

“아, 그렇군. 그럼 이 치즈는 어디서 오는 거야?”

“포란 마을. 난 포란의 중개상이야.”

“포란? 아아, 그…….”

하고 포란의 영주를 언급하려던 레온은 곧 입을 다물었다. 포란은 레스터 영지 중에 중부에 해당하는 곳에 있는 마을이다. 레스터 성에서 남동쪽에 있는 마을로 레스터에서는 꽤 유명한 상업 도시였고 그곳을 다스리는 영주도 레스터 가문의 심복 중에 하나였기에 레온도 조금 알고 있는 마을이었다.

“왜?”

“아, 아니.”

괜히 포란의 영주를 언급했다가 의심을 받을까 두려운 레온은 그냥 얼버무렸다.

"그럼 네가 거래하는 마을은 어딘데?"

"레첸."

알의 퉁명스러운 대답에 레온은 어리둥절해졌다. 이어서 알이 화난 어조로 중얼거렸다.

"그러니까 여기엔 나름대로 사정이 있어. 포란의 중개상 중에 바론이라는 녀석이 있는데 그 녀석이 포란의 중개권(仲介權)을 몽땅 차지하려고 수를 쓰고 있거든. 치즈뿐만이 아니라 가죽, 양모, 모직물, 우유까지 하여간 포란에서 생산되는 모든 상품을 독점할 생각인 거야. 그래서 다른 중개상이 가지고 있는 거래처까지 몽땅 가로채고 있는 중이라구. 치즈는 값싼 상품이라 난 안전할 거라고 생각했는데 오늘 레첸에 도착해 보니 내 생각이 틀렸더군. 벌써 어제 도착해서 치즈를 싼값에 확 풀어놓고 오늘 아침에 떴다는 거야. 젠장."

"이런 나쁜 놈을 봤나! 같은 중개상의 거래처(去來處)를 빼앗다니!"

"그렇지, 그렇지? 너도 그렇게 생각하지?"

"그런데 치즈를 싼값에 팔면 사는 사람은 이득이잖아?"

알이 휙 하고 레온을 노려봤다. 그러나 그가 장사에 초짜인 것을 떠올리고 한숨을 쉬며 설명을 했다.

"물론 처음엔 싸게 팔지. 그럼 원래 거래하던 중개상보다 싸니까 일단 바론과 계약을 맺겠지? 그럼 다른 중개상은 어떻게 되겠어? 자신의 상품을 팔 수가 없으니 망하게 되겠지? 그렇게 해서 포란에 다른 중개상이 없어진다고 생각해 봐. 당장 포란의 생산자들은 자신의 물건을 팔아줄 중개상이 없으니 바론에게 매달릴 테고… 당연히 바론은 아주 싼값에 물건을 구입하게 되지. 그리고 그 물건을 다른 곳에 가져가서 팔 때에도 경쟁 상대가 없으니 마음껏 가격을 부를 수 있게 된단 말야."

"그 말은… 당장은 싸지만 나중엔 바론이 부르는 대로 살 수밖에 없단 말야?"

"바로 그렇지. 생산자도 소비자도 엄청 손해만 보고 중개상인 바론만 배불러지는 거지. 그걸 독점이라고 해."

"그건 나쁜 짓이잖아?"

"그래, 이제 알겠어?"

"이런 나쁜 자식을 봤나! 그런 녀석은 중개상 모두가 힘을 합해 혼을 내야 해!"

레온의 말에 알은 크게 웃었다. 화가 치밀어 씩씩거리던 레온은 웃고 있는 알을 봤다.

"왜 웃고 그래? 내 말이 틀렸어?"

"그렇진 않아. 그렇지만 바론은 부자에다가 무사도 많이 고용하고 있다구. 중개상들이 힘을 합해봐야 당해낼 상대가 아냐."

"그렇다고 물러설 수야 없잖아!"

"물론 그렇고 말고. 그래서 이렇게 서둘러 가는 거잖아."

"어딜?"

"물건을 팔러."

"팔면 어떻게 되는데?"

"당연히 나의 신용이 오르게 되지. 최소한 치즈에 있어선 포란에서 알보다 더 빨리, 제 값을 매겨서 팔아오는 자가 없다. 뭐 이런 소문이 나게 되고 그렇게 되면 바론은 치즈를 독점할 수 없게 되는 거야."

"아하!"

알의 설명에 이해가 빠른 레온이 고개를 끄덕였다. 그러나 문득 지금 가는 길을 바론의 부하 상인들이 벌써 지나갔다는 점을 떠올렸다.

"그런데 바론 일당은 오전에 떠났다며?"

"응. 그래서 이렇게 서두르고 있잖아."

"아, 그래서 내 말에 그렇게 탐을 냈군?"

아까 동업을 하자며 은근히 자신의 말을 바라보던 알의 눈빛을 이해할 수 있었다. 그러나 알은 고개를 저었다.

"네 말이 탐나긴 했지만 그것 말고도 방법은 있었어."

"방법이 있었다니?"

레온의 질문에 알은 얼굴을 찡그렸다. 그리고 그의 허리춤에 매달린 검을 가리키며 물었다.

"검은 잘 써?"

"조금. 뭐, 기사 수련 정도는 하니까."

아까 자신에 대해서 얘기할 때 검을 쓸 줄 모른다고 하긴 했지만 쉽게 믿어주리라 생각되진 않았다. 우선 입고 있는 옷이 귀족의 평상복이 아닌 수련복인 탓도 있었고 검이 허리춤에 매달려 있다는 것도 문제였다. 게다가 귀족의 아들이라면 당연히 기사 수련 정도는 교육의 하나로 받고 있으니 일반인보다야 검을 잘 쓸 거라 짐작했다.

"자신없으면 빼서 뒤에 넣어둬. 괜히 어쭙잖은 기사도(騎士道) 흉내 낼 생각이 없으면."

"무슨 소리야?"

일단 시키는 대로 검을 빼서 뒤에 감추며 레온이 물었다.

"내가 가는 곳, 그리고 오늘 오전에 바론 일당이 간 곳은 여기서 서쪽에 있는 카프 마을이야."

"아아, 그 광산촌?"

“그래. 포란에서 서북으로 진로를 잡으면 자연히 레첸을 지나서 카프에 도달하게 되거든. 즉 카프에 누가 먼저 도착하느냐에 따라 둘 중에 한 곳의 상품은 그대로 남는단 말이지.”

“으흠……”

이거 장사 배우러 나오자마자 망하면 곤란한데, 라고 속으로 중얼거리며 레온은 다음 말을 기다렸다.

“레첸에서 카프로 가려면 두 갈래 길이 있어. 하나는 서남으로 크게 돌아가는 길이고 하나는 서북으로 직진하는 길이지.”

“서북? 캐러디안 숲을 가로지르는 길?”

“맞아.”

“캐러디안 숲에는 산적이 들끓고 있잖아? 거긴 여행자도 다니지 않는 길이야. 길이라고 할 수도 없지. 대개는 남쪽으로 캐러디안 숲을 돌아가잖아.”

“맞아, 맞아.”

의외로 레온이 길에 대해서 잘 알고 있는 듯하자 알은 기뻐하며 고개를 끄덕였다. 알이 맞장구를 쳐주자 혼자 신난 레온은 계속 떠들기 시작했다.

“레첸에서 서남쪽 길을 택해 갈 경우 카프에 도착하려면 최소한 삼일은 걸릴 거야. 게다가 길이 넓고 평탄하니 밤낮을 가리지 않고 말을 달리면 이틀이면 도착할 수 있을지도 모르지. 네가 생각하고 있는 건 이거로군?”

레온이 자신이 짐작한 것을 말하자 알은 크게 웃기 시작했다. 그가 웃는 것이 맞다고 긍정하는 것으로 느낀 레온도 같이 웃었다. 그러나 웃음을 그친 알의 입에선 뜻밖의 말이 나왔다.

“틀렸는데.”

“뭐?”

“난 캐러디안 숲을 가로지를 생각이야.”

“미, 미쳤어? 거긴 산적이 우글대는 곳이야! 레스터 가문에서 손도 못 대는 산적이 들끓는 곳이라고!”

“어차피 죽기 아니면 살기라구. 우리에겐 더 이상의 선택권이 없어.”

“이봐, 알. 내 충고하겠는데 캐러디안 숲은 가지 않는 게 좋아. 오죽하면 레스터 공작가에서도 캐러디안은 영지에서 제외시키겠어?”

“이미 선택의 여지가 없다니까.”

“지금이라도 맘을 바꿔. 밤낮을 가리지 않고 달리면 그깟 바론 일당 하나 따라잡지 못하겠어?”

“선택의 여지가 없어.”

“도대체 왜?”

레온은 자신의 말을 계속 무시하는 알에게 드디어 화를 내며 소리쳤다. 그러자 알은 씨익 미소를 지으며 중얼거리듯 대답했다.

“여긴 벌써 캐러디안 숲이거든.”

말보다 빠르고 화살보다 정확하다.
세상에 그 누가 나보다 빠르겠어?
나는야 쿠노야의 바람, 실프 에어드.
빨간 머리 휘날리며 오늘도 달린다.

곱고 청아한 목소리가 언덕 어디선가 들려오고 있었다. 그 목소리의 주인을 알고 있는 그녀는 미소를 지으며 정원을 가로질렀다. 정원이 끝나고 잘 다듬어진 언덕길이 나타나자 그녀는 치맛자락을 살짝 걷어올려 땅에 끌리지 않게 하면서 오르기 시작했다.

성벽이 보이는 언덕 위에서 실프 에어드를 찬양하는 노래는 계속 들려오고 있었다.

바다에 나가 돛단배를 밀어주고
달리는 기사의 땀을 닦아주지.
나는야 쿠노야의 바람, 실프 에어드.
빨간 머리 휘날리며 오늘도 달린다.

언덕 위에 오른 그녀는 숨을 조금 몰아쉬며 주위를 둘러보았다. 지금 노래 부르고 있는 사람을 찾기 위함이다. 역시나 풀숲 사이에 누워 노래를 부르고 있는 청년의 모습이 보였다. 그녀는 조심스럽게 언덕을 내려가며 인기척을 했다. 청년이 돌아보더니 수줍게 웃었다.

"형수님께서 무슨 일이십니까?"

"아버님께서 찾으세요. 막내 도련님은 어디 계세요?"

그녀의 말에 청년의 얼굴이 굳어졌다.

"레온은 대련이 끝나자마자 마을로 내려갔습니다. 아버지께서 성에 오셨나요?"

"네, 조금 전에요. 카슨 도련님, 이번에 휴가 오면서 집에 들르지 않으셨죠?"

형수의 질문에 카슨은 미소를 지을 뿐 대답하지는 않았다.

레스터 가문은 현재 페나인 왕국의 동남쪽 산간 지대를 영지로 받았다. 처음엔 레스터 성을 중심으로 레첸 마을 정도만 거느린 소영주로 작위도 남작에 봉해졌었고 이 지역을 다스리는 대영주의 부하 정도에 그친 가문이었다. 그러다가 조부 때에 탁월한 검술을 배경으로 중앙에 진출하였고 수많은 전공을 쌓을 수 있게 되어 지금의 영지를 하사받은 것이다. 그 이후에 페나인의 육대 제후로 추대되어 지방의 강력한 영주이자 중앙에서도 실권을 쥔 대신이 되면서 수도인 페로즈에 공작의 집을 지었다. 실제로 공작은 영지인 레스터보다 수도에서 지내는 기간이 더 많았다. 그러나 같은 페로즈에 있으면서도 카슨은 좀체 집에 들르진 않았다.

카슨은 일어서서 옷에 묻은 풀을 털며 물었다.

"아버진 어디에 계십니까?"

"거실에서 기다리고 계세요. 집에 들르지 않고 바로 내려가셨다고 화가 많이 나셨어요. 들어보니 일 년 내내 집에 거의 들르지 않는다던데?"

"훈련이 바쁘니까요."

라고 대답하면서도 카슨은 씁쓸하게 웃었다.

멀리 떨어져 살아도 앞에 있는 형수가 자신의 마음을 잘 알고 있음이 떠올랐다. 지금은 형의 성을 붙여 도드리안 레스터라고 불리고 있지만 결혼 전에는 성이 없었다. 당연했다. 그녀는 평민이었으니까.

원래 그녀는 레첸 마을의 제법 잘 사는 부농의 외동딸로 그 미모가 마을 전체에 유명했었다. 그녀가 결혼할 나이가 되었을 때에 마을 사람들은 도드리안이 카슨과 결혼할 것이라 추측했었다. 밝고 쾌활한 성격의 카슨은 공작의 아들이라는 이유 이외에 노래를 잘 불러 사람들에게 인기가 있었다. 그리고 도드리안과 동갑의 카슨은 그녀와 절친한 친구 사이이기도 했다. 그러나 그녀의 사랑을 얻어낸 사람은 전혀 뜻밖에도 카슨의 형, 하이렌 레스터였다.

그것에 대해 많은 사람들이 의외라고 생각하며 수군거렸지만 정작 카슨이 실연에 빠지는 일 따위는 없었다. 내성적이긴 하지만 하이렌은 도드리안을 매우 사랑하고 있었고 도드리안도 그런 형을 좋아하고 있음을 알고 있었기 때문이다. 그렇기 때문에 남이 보기엔 연인처럼 보였을지 몰라도 정작 두 사람은 친구 이상의 감정은 가지지 않았었다. 그리고 친구 사이였기 때문에 도드리안은 그의 젊은 날의 고민을 알고 있었다.

카슨은 도드리안의 손을 잡아주면서 언덕길을 내려오기 시작했다.

"노래 부르고 있었던 것은 비밀로 해주시겠죠?"

"네. 걱정 마세요."

"좀 전에 레온이 기사가 되어서 좋으냐고 묻더군요."

"그랬군요. 뭐라고 하셨나요?"

"뭐, 좋다고 했죠. 뭐라고 하겠습니까? 그나저나 그런 질문을 한다는 것은 기사 이외에 다른 일을 하고 싶다는 뜻으로 생각되던데?"

"네, 맞아요. 막내 도련님께선 요즘 기사 수련에 시들하신 것 같아요."

"뭐가 되고 싶답니까? 아무래도 형수님께는 말하겠죠?"

그 말에 도드리안은 조심스러운 눈빛으로 바라봤다.

"비밀 지키실 거죠?"

"왜요? 음유 시인이라도 되겠답니까?"

"설마! 도련님하고 막내 도련님은 다르잖아요?"

"그거 다행이군요. 최소한 아버지께서 내 탓이라곤 하지 않겠군요. 그래, 레온이 꿈꾸는 것은 뭐죠?"

"장사를 하고 싶대요."

도드리안의 말이 끝나기 무섭게 카슨은 입을 벌린 채 멈춰 섰다.

"농담이겠죠?"

"진심인 것 같아요. 그렇지 않아도 그것 때문에 형께서 고민깨나 하고 있죠."

“레첸 마을에 가게라도 내고 싶답니까?”

사태의 심각함보다 우스운 생각이 치민 카슨이 농담을 했다. 그러나 도드리안은 고개를 저으며 심각하게 대답했다.

“얘기를 들어보니 장사를 겸해서 여행을 하고 싶어하는 눈치였어요.”

“어, 그건 중개상 같은 거로군?”

“네, 그렇죠. 지금 레스터 성과 레첸 마을에서는 장사 얘기, 특히 중개상에 관련된 어떤 것도 레온 도련님께 발설하는 것을 금지시키고 있답니다.”

“그렇게 심각해요?”

그녀의 표정을 보던 카슨이 미소를 거두고 물었다. 그러자 그녀는 방긋 웃으며 그의 어깨를 쳤다.

“십 년 전에 어떤 분이 음유 시인이 되겠다고 난리를 쳤던 것을 모두 기억하고 있으니까요. 같은 일을 두 번씩이나 반복할 수는 없잖아요?”

그녀가 말한 인물이 바로 자신임을 눈치 챈 카슨이 멋쩍게 웃었다. 그제야 성 전체에서 풍기던 조심스러운 분위기의 이유를 알 것 같았다. 그는 웃고 있으면서도 씁쓸한 말투로 대꾸했다.

“이번 일을 아버지께서 아시면 또 엄청난 일이 벌어지겠군요.”

“네, 게다가 이번엔 가문 역사상 최강의 마스터잖아요.”

그녀의 말에 카슨은 얼굴을 찡그렸다.

자신이 음유 시인이 되겠다고 했을 때에도 보통의 기사보다는 강력한 검술을 구사했었다. 자신을 잡기 위해 레스터 기사단이 총동원되었을 정도였다. 그러나 레온의 경우는 달랐다. 그는 십칠 세에 마스터의 경지에 오른 사상 최강의 검사였다. 레스터는 물론 페나인 왕국 전체에서 레온과 검을 겨룰 자는 다섯도 안 되리라. 물론 그중엔 자신과 큰형의 이름도 들어가겠지만.

카슨은 고개를 저으며 중얼거렸다.

"레온은 착하고 얌전한 녀석이니까 그런 일은 일어나지 않을 겁니다."

"도대체 언제 이 길로 접어든 거야?"

어느새 울창한 삼림으로 들어선 짐마차 안에서 레온이 퉁명스럽게 말했다.

"네가 쫓아올 때 이미 이쪽 길을 가고 있었어. 난 알고 있으리라 생각했는데?"

"그때엔……."

장사를 배워보고 싶다는 생각이 가득했으니 이런 길로 가고 있다는 것은 눈치 채지도 못했었다. 짐짓 그는 등 뒤의 검을 눈여겨봤다. 혹시라도 산적이 나타난다면 한바탕 할 것을 각오하고 제때에 검을 뽑을 수 있는지 가늠하는 것이다. 그런 그의 표정을 힐끗 본 알이 심드렁하게 대꾸했다.

"검에 자신이 없으면 그만둬. 뭐, 이 길을 간다고 꼭 산적을 만나는 건 아니잖아?"

대답하지는 않았지만 속으로 '그까짓 산적쯤' 하고 레온은 생각했다.

사실 레스터에서 캐러디안의 산적을 완전히 소탕하지 못하는 것은 실력이 없기 때문은 아니었다. 그들의 소굴인 캐러디안 숲의 울창함 때문에 번번이 소탕 작전이 실패한 것뿐이다.

페나인 왕국은 대륙의 최남단에 위치해 있었다. 대륙 중앙을 가로지르는 거대한 산맥의 영향으로 남쪽의 나라들은 산간 지대가 많았지만 페나인에까지 산맥의 영향이 미치진 못했다. 그럼에도 왕국의 절반 이상이 산간 지대인 것은 가운데에 위치한 카네비스 산 때문이었다. 카네비스 산은 페나인의 수많은 산중에서도, 아니, 대륙을 양분하고 있는 거대 산맥인 드라콘 산맥의 어떤 봉우리보다도 더 높고 험난하기로 유명했다. 그리고 그 산을 중심으로 세 개의 거대한 숲이 우거져 있는데 거의 페나인 국토의 이 할을 차지할 정도이니 카네비스 산의 위용은 미루어 짐작할 수 있었다.

북쪽의 칸트 숲, 동남쪽의 캐러디안 숲, 서남쪽의 페나즈 숲이 카네비스 산을 중심으로 세 잎 클로버의 형태로 퍼져 있는데 나무가 빽빽하게 들어차 있기 때문에 숲에 들어가면 길을 잃기 십상이었다. 전해지는 말로는 엘프가 산다는 말도 있지만 최근엔 산적의 소굴로 더 유명한 곳이었다.

레스터 영지에 있는 캐러디안 숲의 산적을 소탕하기 위해 몇 번 나서긴 했지만 그때마다 산적들은 숲 속 깊이 몸을 감춘 채 모습을 드러내지 않았다. 숲 깊이 군대를 끌고 갔다가 몰살이라도 당할까 염려한 하이렌은 무리하게 소탕하지 않고 그때마다 군대를 돌렸기 때문에 아직까지 캐러디안의 산적들은 한 명도 잡아들이지 못했었다.

그런 사정을 염두에 두며 레온은 궁리를 하기 시작했다. 만약 산적이 모습을 드러낸다면 그 수가 얼마가 되었든 자신이 상대하지 못할 것은 없었다. 검기를 발현하는 수준이 되면 붙는 마스터의 칭호를 받은 지 일 년. 웬만한 검기는 능수 능란하게 다루는 자신이 고작 산적

따위에 질 리는 없다고 생각했다. 다만 그런 자신의 능력을 보고 알이 동업을 거절한다면 다시는 장사를 배우지 못할까 염려스러울 뿐이었다.

그의 걱정스러운 표정을 보고 지레짐작한 알이 입을 열었다.

"너무 걱정하지 마. 내게 대책이 있으니까."

"대책? 어떤? 혹시 검을 잘 쓰기라도 한단 말야?"

"하하하! 난 기사도 아닌데 어떻게 검을 사용해?"

"그럼 무슨 대책이 있는데?"

"장사꾼에게는 장사꾼만의 대책이 있는 법이지."

"그러니까 그게 뭔데?"

"통행세를 내면 되지."

당연하다는 듯 알이 대답했다. 그의 대답에 내심 기대하고 있던 레온은 고개를 저었다. 그러나 정작 알은 자신만만한 표정으로 채찍질을 서둘렀다.

"다 내게 맡기고 넌 잠자코 있으라구."

"그렇지 않아도 그럴 생각이야."

라고 대답하면서도 여차하면 검을 뽑아야겠다고 레온은 생각했다.

레온이 막 대답을 하는 사이에 앞에서 누군가 손을 흔들고 서 있는 게 보였다. 녹빛 후드를 눌러쓰고 망토를 두른 채 지팡이 대용의 봉 하나를 들고 있는 사람은 망토 밑에 뿔고둥이 달린 짐 보따리를 메고 있는 것으로 보아 여행자였다. 갑작스럽게 외진 길에 나타난 사람이 기에 레온과 알은 떠들던 것을 멈추고 그 여행자를 주시했다. 짐마차 가 다가오기를 기다리던 사내는 예의 바르게 인사하며 소리쳤다.

"이쪽 길을 가는 중이라면 좀 태워주지 않겠습니까?"

“우리도 이 길을 가고 있는 중이오. 어서 타시오.”

먼저 알이 외치며 마차를 세웠다. 사내는 날렵하게 마부석에 올라 탔다. 꽤 넓었던 마부석도 세 사람이 앉자 비좁아졌다. 가운데에 앉은 알은 조금 앞으로 앉아 두 사람이 떨어지지 않게 하면서 다시 말을 몰기 시작했다. 사내는 묻지도 않았는데 웃으며 말했다.

“오전 내내 길을 걸었더니 힘들군요. 다행히 두 분을 만나 마차를 얻어 타서 다행입니다. 두 분은 뭐 하는 분인가요?”

“우린 장사꾼입니다. 카프 마을에 치즈를 팔러 가는 중이지요.”

레온이 먼저 사내의 말을 받았다. 아직 물건을 팔아본 적은 없었지만 자신이 장사꾼이라는 것을 빨리 자랑하고 싶었던 것도 한몫을 했다. 그런 두 사람을 보며 사내가 감탄조로 말했다.

“오! 젊은 나이에 벌써 이런 마차를 몰다니! 꽤 수완이 좋은 모양이군요?”

“그럼요! 우린 페나인 최고의 중개상이 될 거랍니다.”

그 말에 곁에 있던 알이 쿡쿡 하며 소리내어 웃었다.

“왜 그래?”

“아니아니, 네 말은 틀리지 않았어. 다만 아직은 어림없다는 소리지. 지금은 비록 치즈 따위나 팔고 있지만 언젠가는 페나인 최고의 중개상이 될 거란 소리입니다, 여행자.”

알의 지적에 레온은 귀밑까지 새빨개지며 입을 다물었다. 생각해 보니 그가 타고 있는 마차도, 물건도 지금까지 알이 고생하며 모은 전 재산이나 다름없었다. 비록 동업이라곤 해도 그가 보탠 것이라고는 달랑 말 한 마리가 전부였으니 자신의 말이 알에게 얼마나 터무니없게 들렸는지 짐작할 수 있었다. 그러나 옆에 있는 사내는 그런 것에 신경 쓰지 않았다.

"치즈 따위라니요! 치즈야말로 귀족이나 평민이나 모두 즐겨 먹는 음식이 아닙니까? 그런 음식을 다루고 있다니 당신들이야말로 얼마나 훌륭한 분들입니까!"

"그렇게 말해 주니 고맙습니다."

그렇게 말했지만 알은 이 여행자도 장사에는 전혀 문외한이라 생각했다. 그때 사내가 다시 물었다.

"치즈를 다루고 있다면 두 분은 포란에서 왔겠군요?"

"그렇습니다만… 어떻게 알았죠?"

"치즈는 스고우와 레스터의 주요 생산물이기는 합니다만 그 중에서도 포란의 치즈만큼 유명한 것은 없지요. 쫄깃하면서 향긋한 냄새가 나는 포란의 치즈는 맛보는 자 모두 감탄을 하지요. 지금 마차 뒤에서 풍겨오는 냄새로 미루어 분명 포란의 치즈라고 짐작했을 뿐이랍니다."

냄새만으로 포란의 치즈를 알아보는 사내의 식견에 알은 감탄을 했다. 새삼 그가 진심으로 치즈를 다루는 자신들을 추켜세운 것이라 생각하자 다시 정중하게 답례를 했다.

"포란의 치즈를 그렇게 말해 주다니… 마을 사람들을 대신하여 제가 감사하다고 말해야겠군요."

"천만에요, 사실을 말했을 뿐인걸요!"

오히려 사내가 무안해하자 두 사람은 서로 크게 웃었다. 옆에서 잠자코 듣고 있던 레온이 화제를 바꾸며 대화에 끼어들었다.

"그런데 무슨 일을 하시는데 이런 외진 곳에 계셨어요?"

그의 질문에 알도 생각난 것이 있어 사내를 돌아봤다.

“그러고 보니 우리와 같은 방향인 것으로 보아 레첸 마을에서 오신 것 같은데?”

“아, 맞습니다. 레첸에서 오는 길이지요.”

알의 질문에 사내는 쾌활하게 웃으며 받았다. 그의 대답에 알은 얼굴을 찡그리며 머리를 굴리기 시작했다. 아무래도 뭔가 이상하다는 생각이 들자 그는 서슴없이 다음 질문을 던졌다.

“레첸 마을에서 나오면 작은 언덕이 하나 있는데 혹시 아는지?”

“물론 알고 말고요. 그 언덕에서 동으로 레첸, 북으로 레스터 성으로 갈 수 있고 서남으로 캐러디안의 외곽을 도는 길이 있고 서로는 캐러디안 숲을 가로지르는, 바로 우리가 가는 길이 나오지요. 저도 그 언덕에 대해선 잘 알고 있답니다. 그런데 그건 왜 묻습니까?”

“정확하게 하자면 캐러디안 숲을 놓고 갈라지는 길은 언덕을 내려와야 합니다.”

레스터 성 일대에서 말을 달리는 것을 즐기던 레온이 보다 정확한 지리를 설명했지만 누구도 대꾸하지는 않았다. 다만 사내는 조금 더운지 후드에 달린 모자를 뒤로 넘겨 얼굴을 보였다. 갈색 머리칼에 깨끗한 인상이었지만 어딘가 강인한 느낌의 청년이었다. 나이가 젊은 것 같지는 않았지만 눈매가 맑아 이십대 초반이라고 해도 믿을 수 있을 것 같았다.

레온은 그의 외모를 보고 그다지 나쁜 사람 같지는 않지만 언뜻언뜻 비치는 눈빛에서 검사 특유의 느낌을 감지했다. 그러나 그 자신이 검사이기도 했기에 그다지 거부감은 없었고 오히려 호감이 갔다. 반면에 알은 그의 입매가 묘하게 웃고 있는 것이 무슨 꿍꿍이가 있는 사람 같아서 쉽게 믿을 수 없다고 판단했다.

그는 조금 더 사내를 떠보아야겠다고 결심하고 다시 물었다.

"그 언덕에 올라가면 나무가 몇 그루 있는데 그 위로 올라가면 그 근방을 지나는 사람을 대개는 볼 수 있소. 그건 알고 있수?"

그의 질문에 사내는 고개를 끄덕이며 부정하지 않았다.

"정오에 난 그 나무에서 주위를 둘러보았지. 그런데 당신은 레첸에서 출발했다고 했는데 내가 나무 위에서 이쪽 길을 봤을 때에는 아무도 없었소. 이 점에 대해 어떻게 설명하지?"

알의 지적에 레온도 뭔가 깨닫는 것이 있어 다시 사내를 쳐다봤다.

사내는 말이 없었으니 레첸에서 오전에 출발했다고 해도 걸음은 마차보다 늦어질 수밖에 없다. 그렇다면 알이 나무에서 이쪽 길을 봤을 때 어렴풋이 보였어야 정상이다. 그렇지 않다면 그는 그 전날 떠났어야 하는데 레첸에서 캐러디안까지는 하루를 꼬박 걸어야 할 만큼 먼 거리도 아니다. 즉 알의 지적에 의하면 그는 이미 캐러디안 숲에 있었다는 얘기다. 평범한 사람이 왜 산적이 출몰하는 곳에 있었을까.

"하하. 이거 관찰력이 좋은 분이군요? 그래, 묻고 싶은 요지가 뭡니까?"

"글쎄, 당신이 뭐 하는 사람인지 궁금할 뿐이오."

"음… 난 그저… 사슴을 키울 뿐이지요."

"사슴?"

"그렇습니다. 그렇지만 보통의 사슴은 아니지요. 다리도 튼튼하고 건장한 수사슴을 키우고 있지요."

사내의 느닷없는 말에 레온이 호기심을 보이며 그를 살폈다. 두툼한 모직(毛織) 섬유에 풀빛 염료를 사용하고 바느질도 그다지 잘되었다고 보긴 힘든, 평민이라면 누구나 입는 옷을 걸치고 있었을 뿐으로 어디를 보아도 평범한 목동 이상은 아닐 것 같았다. 어쩌면 그의 말대로 정말 사슴을 모는 목동일지도 모르겠다고 생각할 무렵 알이 날카로운 질문을 했다.

"내가 궁금한 것은 당신이 단지 보초를 서는 사람인지, 아니면 두목인지 하는 점이오. 이제 슬슬 정체를 드러내는 것이 좋지 않소?"

"무슨 소리야, 알? 보초는 뭐고 두목은 또 뭐야… 그럼 이자가 산적이라도 된단 말야?"

"그렇지 않고서야 이런 숲 속에 있을 리가 없잖아?"

알은 레온에게 핀잔을 주면서도 사내를 곁눈질로 살폈다. 사내는 얼굴색 하나 변하지 않고 뿔고둥을 꺼내며 말했다.

"내가 사슴을 몬다는 것이 믿어지지 않는 모양이군요? 그렇다면 나의 수사슴들을 한번 보시겠습니까?"

그의 말에 둘은 어리둥절하여 그저 그가 하는 양을 지켜봤다. 그는 미소를 짓더니 곧 뿔고둥을 불었다. 곧 뿔고둥에서 묵직한 저음이 길게 뿜어져 나왔다. 소리는 숲을 울리며 멀리 퍼져 나가기 시작했고 사내는 연이어 두 번을 더 불었다. 세 번째 소리의 여운이 채 가시기 전에 갑자기 숲 속에서 누군가 뛰쳐나왔다.

"어?"

알과 레온은 뛰쳐나온 또 다른 사내를 뚫어져라 쳐다봤다. 그도 녹빛 후드를 걸치고 있었고 손에는 긴 몽둥이 하나를 들고 있었다. 곁에 있는 사내와 다른 점이라면 등 뒤로 활을 메고 있다는 점뿐이었다.

뭔가 일이 잘못되고 있다는 느낌에 알과 레온은 서둘러 주위를 둘러봤다. 어느새 같은 복장을 하고 있는 자들이 숲 여기저기서 뛰쳐나와 마차를 둘러싸듯 선 채 웃고 있었다.

"여어… 제대로 하나 걸렸군?"

누군가 그렇게 외치는 것을 듣고 레온은 확실히 이 사내가 산적 일행임을 확신했다. 그는 서둘러 마차 뒤에 있는 검을 집으려고 손을 뻗었다.

"오, 이런이런! 그건 안 되지요!"

어느새 사내가 봉을 들어 레온의 팔을 누르며 빙그레 웃고 있었다.

"그대는 분명히 내가 검사라고 느꼈겠지요? 마찬가지로 나 역시 그대가 검사라고 생각했습니다. 섣불리 검을 잡는다면 서로 불편하지 않겠습니까? 우린 그저 대화로 해결하려고 노력하는데 말입니다."

사내의 말에 레온은 얼굴을 찡그리며 검을 잡은 손을 놓았다. 팔 위에 봉을 살짝 올려놓은 것처럼 보였지만 그 정확한 타이밍과 기민함이 보통의 검사 이상임을 알 수 있었다. 만일 그가 마음먹고 내려쳤다면 방심하고 있던 레온의 팔은 두 쪽이 났을 것이다.

알은 천천히 주위를 둘러보며 사내에게 물었다.

"그래, 두목은 누구야?"

"아, 모르겠습니까? 사슴들의 대장은 당연히 사슴지기이지 않겠습니까?"

"그럼 당신이 두목이란 말이야?"

약간 의외라는 생각에 알은 그를 돌아봤다. 그는 쾌활하게 웃으며 마차에서 내렸다.

"두목이라니, 당치도 않은 말씀! 난 그저 사슴지기일 뿐이라니까요!"

"여하간에 당신이 이들을 이끄는 자라는 거지?"

"그런 뜻이라면 바로 저올시다."

사내는 말고삐를 잡아 마차를 세웠다. 그가 마차를 세우자 어느새 다가온 산적들이 적당히 에워싸고 킬킬대며 웃었다. 그런 그들을 지켜보며 알은 천천히 입을 열었다.

"어쨌든 만나서 반갑소. 우린 급히 이 길을 지나가야 하니 어서 흥정을 하도록 합시다."

그의 침착한 말에 웃고 떠들던 산적들이 조용해졌다. 그들로서도 눈앞의 사냥감이 이렇게 침착한 것에 의아한 탓이었다. 그의 곁에 앉은 레온도 도대체 뭘 믿고 이런 소리를 하나 싶어 놀라고 있는 중이었다. 족히 이십여 명은 될 듯한 산적에게 둘러싸였는데도 태연한 알에게 감탄스럽기까지 했다.

"그거 반가운 소리로군요! 그럼 흥정을 해보도록 할까요?"

자칭 사슴지기라고 자신을 소개한 처음의 사내가 웃으며 말을 받았다. 그는 레온의 말을 살피며 빙긋 웃었다.

"좋은 말이군요. 아주 감탄스러울 정도로."

그러더니 몸을 날려 말 위에 올라탔다. 그러나 거꾸로 올라탔기에 그는 알과 레온 쪽을 바라보며 앉았다. 그 모습이 우스운지 산적 중에 누군가 소리쳤다.

"이봐, 대장. 거꾸로 탔잖아?"

"알고 있어. 이래야 서로 눈 높이가 맞잖아?"

사슴지기가 대꾸하더니 곧바로 알을 쳐다보며 능글맞게 웃었다.

"통행세는 한 사람당 이백 디나르를 받고 있습니다. 두 사람이니까 사백 디나르 되겠습니다."

"너무 비싸잖아?!"

레온이 서둘러 소리쳤다. 이백 디나르라면 기사의 한 달 봉급에 해당되었다. 평민이라면 두 달, 아니, 세 달은 벌어야 가능한 액수였다. 그러나 사슴지기는 흥 하고 코웃음을 치며 그 말을 무시했다.

"장사꾼이라면 그 이상은 가지고 다녀야 하지 않겠습니까? 안 그래요?"

"그 말은 맞지."

알은 고개를 끄덕이며 그의 말에 긍정을 했다. 그러나 곧 이어 사정을 설명하기 시작했다.

"다만 우린 가난한 중개상이라 그 정도 돈은 없어."

"오, 그래요? 모두들 돈이 없다는 말을 하곤 하지요. 서로의 신용을 생각해서 뒤져 봐도 될까요?"

"좋을 대로."

알은 말고삐를 마차에 걸고 일어서며 대답했다.

레온과 알은 마차에서 내려 한쪽으로 비켜섰다. 몇 사람이 두 사람을 감시하는 동안 산적들은 우르르 달려들어 마차의 짐을 하나하나 꺼내 조사하기 시작했다. 그런 그들을 살피며 레온이 속삭였다.

"저 녀석이 두목이라면 저 녀석만 잡으면 만사가 해결되지 않을까?"

"아니, 괜찮아. 보아하니 쉽게 잡을 수 있을 것 같지도 않은데 긁어 부스럼 만들 필요는 없어."

알의 대답에 레온은 대충 그의 생각을 짐작했다. 사실 알은 레온이 어느 정도의 실력을 갖추고 있는지 전혀 모르고 있었다. 처음에 레온이 검을 잘 사용하지 못한다고 했는데, 그는 그것을 액면 그대로 믿고 있음이 분명했다. 그러나 이 정도 숫자의 산적이라면 무기 없이도 충분히 상대할 수 있는 실력을 지니고 있는 레온이었다. 레온은 혼자서 해결할 수 있는 일을 알이 어렵게 풀어 나가는 것에 답답함을 느끼긴 했지만 꾹 참기로 했다. 굳이 자신의 능력을 보여서 알과 서먹해지고 싶지도 않았고 정 안 되면 마지막에 나서도 되리라 판단한 것이다. 그는 더 이상 나서지 않고 알에게 맡기기로 작정하고 입을 다물었다.

"정말 없군."

조금 어이가 없는 표정으로 사슴지기는 두 사람을 노려봤다. 그는 성큼 다가오더니 아직까지도 예의 바르게 물었다.

"괜찮다면 몸수색도 하고 싶은데요?"

"물론. 서로의 신용을 위해서 기꺼이 응해야지."

알도 미소를 지으며 응수를 했다. 곧 이어 두 사내가 레온과 알의 몸을 뒤지기 시작했다. 잠시 후 고개를 저으며 두 사람이 물러서자 사슴지기는 허탈한 웃음을 지으며 팔짱을 꼈다.

"뭐야 이건? 오랜만에 걸린 사냥감이 완전 거지잖아?"

그로서도 이런 경우는 처음인지 묵묵히 쏘아보기만 했다. 특히 당사자인 알의 태도에 더욱 어이없었다. 알은 산적들이 다 뒤지고 나서도 태연한 웃음을 지으며 말했다.

"어때? 계속 흥정을 하도록 할까?"

"흥정이나마나 당신들은 돈이 없지 않습니까?"

애써 태연을 가장하고 있었지만 사슴지기의 얼굴 근육이 조금씩 실룩이고 있었다. 당장이라도 폭발할 것만 같았다. 그러거나 말거나 알은 새삼 진지한 표정으로 입을 열었다.

"돈을 낼 수 없다면 어쩌려구?"

"흠… 통행세를 줄 수 없다면 이대로 왔던 길로 돌려보낼 수밖에."

"그렇지만 우린 이 길을 지나가야 하는데?"

"돈이 없으면 보내줄 수 없지 않습니까?"

"나중에 준다면?"

"나중에?"

알의 제안에 사슴지기는 잠시 머뭇거렸다. 그러나 알의 얼굴이 사뭇 진지하다는 것을 느꼈는지 고개를 끄덕였다.

"나중이라 함은 언제를 말합니까? 뭘 어떻게 하겠다는 것이죠?"

"어차피 우리가 가지고 있는 것은 여기 있는 십 디나르와 저기 치즈 한 마차뿐이야. 그러나 저 치즈 한 마차를 카프에 가져가 팔게 되면 육백 디나르 정도는 벌 수 있지. 그대들에겐 별 볼일 없는 것일지라도 우리에겐 중요한 상품이니까. 만약 우리에게 4일 정도의 시간을 준다면 카프에서 치즈를 파는 대로 다시 이곳으로 돌아와 오늘 주지 못한 사백 디나르를 주겠소. 어때?"

"하하하하!"

사슴지기는 알의 제안에 크게 웃었다. 그뿐만이 아니라 산적들 전부가 웃었다. 한참을 웃던 사슴지기는 곁에 있는 산적에게 소리쳤다.

"이봐, 케브! 세상에 이런 뻔뻔한 녀석을 본 적 있어?"

"정말 어처구니없는 녀석이군요. 이대로 지나간 후에 다시 돌아오지 않는다면 그야말로 우린 바보 취급당하는 거잖아요?"

"뭔가 물건을 맡아두는 건 어떨까요? 귀중품 같은……."

"멍청한 소리 말아, 케사. 도대체 저 물건 중에 귀중품이 어디 있다는 거야?"

케브라고 불린 청년이 무리 중에 가장 어려 보이는 청년을 윽박질렀다. 잠시 산적들이 주절대는 소리를 듣던 알은 손을 들어 그들을 제지했다. 그가 뭔가 말하려고 하자 모두들 조용히 다음 말을 기다렸다.

"난 상인이야. 상인에겐 무엇보다 신용이 생명이지. 치즈를 다 팔면 반드시 이곳을 들르겠소."

"어이! 이봐, 상인. 만약 다시 이곳을 지나간다면 오늘 것과 합쳐 팔백 디나르를 줘야 하는데 그래도 오겠단 말이오?"

케브라는 청년이 잽싸게 셈을 계산하여 외쳤다. 그의 말에 다시 산적들이 왁자하게 웃었다. 알은 그를 바라보며 안타깝다는 듯이 고개를 저었다.

"그건 틀리지. 자, 생각해 봐. 내가 치즈를 다 판 후에 돈을 갚으려고 해도 그대들의 소굴을 모르니 찾아갈 수는 없지 않아? 그러나 이 길은 그대들의 주된 일터이니 내가 이곳을 지나다 보면 반드시 만나게 되겠지? 그대들을 마주치면 난 돈을 주고 곧바로 길을 돌려 왔던 길을 되돌아가는 거지. 굳이 이 길을 갈 필요는 없으니까 사백 디나르를 더 줄 필요는 없지 않아?"

그의 말이 비교적 논리 정연한지라 웃고 있던 산적들도 입을 다물었다. 그들을 대표하여 사슴지기가 다시 물었다.

"만일 그대가 다시 왔는데 우리를 만나지 못한다면? 사실 우리도 온종일 이곳을 지키는 것도 아닌데 그럴 가능성도 있지 않겠습니까?"

"그 경우엔 내가 약속을 파기한 것이 아니라 그대들이 파기한 것이니 내 책임은 아니지."

그의 말에 사슴지기가 크게 웃더니 메고 있던 짐 보따리에서 뿔고둥을 꺼내어 내밀었다.

"좋습니다. 그럼 내 뿔고둥을 빌려드리지요. 이 길을 쭉 따라가다 보면 커다란 전나무를 보게 될 것입니다. 그 전나무가 있는 곳이 이 길의 중간이지요. 당신들은 돌아오면서 그곳에서 이 뿔고둥을 부십시오. 그럼 싫어도 우리를 만나게 될 것입니다. 어떻습니까?"

"만약 나타나지 않는다면?"

"하하! 그럴 일은 없겠지만… 만약 그렇게 되면 이 뿔고둥을 전나무 가지에 걸어놓고 가십시오. 만약 그렇게 한다면 우리도 당신이 약속을 지켰다는 것을 믿을 것입니다."

"좋소."

알도 뿔고둥을 받아 입에 대고 크게 불었다. 웅장한 저음이 은은하게 숲으로 퍼져 나갔다. 그는 곧 뿔고둥을 어깨에 메고 말했다.

"내가 뿔고둥을 부는 것을 그대들 모두가 봤으니 내가 전나무 가지에 뿔고둥을 그냥 걸어 놓고 갔다는 말은 못할 테지."

"물론입니다."

사슴지기는 곧 산적들을 둘러보며 소리쳤다.

"자, 손님이 다시 길을 갈 수 있게 짐을 꾸려주어라."

"대, 대장. 정말 그냥 보내는 겁니까?"

케브가 놀라서 외쳤다. 사슴지기는 빙그레 웃으며 말했다.

"저들은 상인의 신용을 걸었다. 우린 당연히 의적의 의협(義俠)으로 맞서줘야 하지 않겠냐?"

그의 말에 산적들은 뭔가 중얼대면서도 마지못해 짐을 꾸렸다. 마차가 처음의 상태로 원상복구되자 알과 레온은 마부석에 걸터앉았다. 두 사람이 막 말을 재촉하려 할 때 사슴지기가 앞으로 나서며 소리쳤다.

"잠깐, 그러고 보니 우린 아직 통성명을 하지 않았는데?"

"난 포란의 알 베자스. 이쪽은 레첸의 레온 레첼이라고 하오."

"기억해 두겠습니다. 난 카네비스의 로딘이라고 합니다."

"다음에 봅시다."

알은 서둘러 마차를 몰기 시작했다. 그들이 출발하자 산적들이 일제히 손을 흔들며 배웅을 했다.

"오랜만이구나."

"오셨습니까?"

카슨은 형식적으로 고개를 숙이며 아버지인 공작에게 인사했다. 그는 빠르게 거실을 가로질러 공작의 반대편에 앉았다. 이미 거실엔 형인 하이렌의 모습도 보였다. 카슨은 하이렌에게도 짤막하게 인사를 건네며 아버지를 바라봤다. 거실은 햇볕이 잘 드는 곳에 꾸몄기에 밝았지만 분위기가 어둡다고 카슨은 생각했다. 어쩌면 그것은 아버지를 대할 때마다 그가 느끼는 감정일지도 몰랐다. 그는 정면에 앉아 있는 아버지, 윌리엄 레스터 공작을 찬찬히 훑어봤다.

약 일 년 만에 보는 아버지는 육십이 가까운 노구에도 불구하고 여전히 건장했다. 이제 반백의 머릿결이 은발로 보이는 점을 빼면 예전과 다름없이 근엄한 모습이었다. 카슨은 속으로 여전히 고집도 세겠지, 라고 생각하며 묵묵히 앉아 있었다. 그의 쾌활한 성격도 아버지 앞에선 조용해질 뿐이었다. 잠시 침묵이 흐른 후에 먼저 윌리엄이 입을 열었다.

"이번 휴가에 집에 들르지 않아서 섭섭했다."

"오랜만의 휴가라 친구들을 찾아볼 생각이었습니다."

"흠… 듣자니 어제 도착했다던데? 그동안은 뭘 한 거냐?"

"역시 친구를 찾아갔었습니다."

카슨의 대답이 너무 건조하자 윌리엄은 들리지 않게 한숨을 내쉬었다.

"오전에 레온과 대련(對鍊)을 했다고 들었는데 녀석은 어디 있냐?"

"대련이 끝나자 마을로 갔습니다."

대답을 하며 흘깃 하이렌을 쳐다봤다. 큰 변화는 없었지만 눈빛에 당황하는 기색이 스쳐 지나가는 것을 카슨은 놓치지 않았다. 자신이 생각했던 것보다 훨씬 사태가 심각할 수도 있다는 점에 생각이 미쳤다. 그는 내심 심술이 치밀어 입을 열었다.

"레온의 검기는 이제 왕국에서도 상대할 자가 없겠더군요."

"네가 보기에도 그렇더냐? 레온은 분명 최고의 기사가 될 것이라 생각한다. 그야말로 가문의 영광이지."

흡족한 웃음을 지으며 윌리엄이 말했다. 아직 아무 사정을 모르는 아버지에 대하여 반감을 느낀 카슨은 한마디 덧붙였다.

"그건 아버지의 바램이겠지요."

"카슨, 이렇게 아버지께서 오셨으니 출발 일정을 하루 늦추는 게 어떻겠냐?"

서둘러 하이렌이 나서며 화제를 바꾸었다. 카슨이 곧 떠난다는 말에 윌리엄이 조심스럽게 물었다.

"오늘 떠나기로 했었냐? 휴가는 조금 더 남았을 텐데?"

"……."

그 말에 카슨은 침묵을 지키며 앉아 있었다. 그가 성을 찾아온 것은 그저 어릴 적 친구인 도드리안을 보려고 온 것일 뿐이었다. 이제 도드리안도 봤으니 굳이 더 머물 생각도 없었다. 게다가 아버지까지 왔으니 서둘러서라도 떠나고 싶었다. 그는 뭐라고 핑계를 댈까 궁리하며 잠자코 있었다.

그의 침묵에 윌리엄은 좀 더 설득을 했다.

"오랜만에 가족이 모여서 저녁이라도 같이 하자꾸나. 비록 넷째가 업무 때문에 오지 못했지만 말이다."

"큰형도 왔습니까?"

"그래. 형도 왔다."

"형수님과 조카는?"

"오지 않았다. 수도에서 급히 출발하느라 준비를 못했다더군."

하이렌의 대답에 카슨은 그저 고개만 끄덕였다. 형은 아버지의 성격을 그대로 이어받아 대하기가 껄끄러웠다. 게다가 형수 역시 귀족 가문이라 활달하고 자유분방한 그의 성격과는 맞지 않았다. 급히 출발하느라 못 왔다고는 하지만 귀족 가문인 큰형수가 평민인 둘째 형수를 달갑게 여기지 않는 것도 한몫했으리라 생각하며 카슨은 담담히 말했다.

"그럼 큰형을 찾아뵙고 바로 출발하겠습니다."

"너……."

윌리엄은 화가 치미는 것을 꾹 눌러 참으며 다시 말했다.

“아직 여유가 있으니 조금 더 머물다가 가는 것이 좋지 않겠냐?”

“전 돌격 기병대 1군단장입니다. 일군을 책임지고 있는 장군으로서 모범을 보여야 하지 않겠습니까. 이번 휴가는 정기 휴가가 아닌 출병 전에 휴식을 갖는 것이니만큼 미리 복귀하여 점검을 마쳐야 한다고 생각합니다. 그것이 선임자가 갖추어야 할 덕목이 아닐까요?”

머리 속에서 생각하고 있던 핑계 거리를 말하며 카슨은 속으로 아주 후련했다. 평소에 기사가 갖추어야 할 덕목을 입버릇처럼 말하던 아버지에게 이렇게 반박하는 것이 통쾌하기도 했다.

역시 그의 짐작대로 윌리엄은 얼굴 근육이 실룩거릴 정도로 화가 치밀긴 했지만 뭐라고 대꾸하지는 않았다. 더 이상 있어봐야 좋은 일은 못 보겠다 싶은 카슨은 서둘러 자리에서 일어섰다.

“그럼 먼저 일어나겠습니다.”

그가 막 거실 문을 닫고 나서자 윌리엄은 의자 깊숙이 몸을 묻으며 중얼거렸다.

“저 녀석은 여전히 나에게 서운한 감정이 남은 모양이군. 이제는 훌륭한 기사가 된 것 같은데도 말이야.”

곁에서 듣고 있던 하이렌은 금발 머리를 긁적이며 아무 대꾸도 하지 않았다. 그로선 앞으로 닥칠지도 모르는 레온의 일이 더 걱정이 되고 있었다. 지금은 모르고 있지만 이 일을 아버지가 알게 된다면 그야말로 큰일이 아닐 수 없었다. 어쩌면 그 불똥은 레온의 교육을 담당하고 있는 자신에게도 미칠지 모르는 일이었다.

“넌 바보야.”

“……”

“넌 미쳤어.”

“······.”

막 숲을 벗어나며 던진 레온의 말이었다. 영문을 모르는 알은 그의 얼굴을 뚫어져라 쳐다봤다. 그의 표정을 살피던 레온이 퉁명스럽게 말했다.

“생각해 봐. 번 돈의 절반 이상을 갖다 주는 바보가 어디 있어?”

그가 말한 이유를 알아채자 알은 피식 웃었지만 대꾸하지는 않았다. 묵묵히 마차를 모는 그를 쏘아보며 레온은 고개를 저었다.

“아니면 거짓말을 한 거야?”

“그렇진 않아. 부당하다 해도 약속은 약속이니까.”

“차라리 처음부터 숲을 도는 길을 갔으면 좋았잖아? 3일 동안 따라잡을지도 모르는 일이고.”

“맞아. 죽어라 달렸다면 분명히 따라잡았을 거야.”

그의 말에 레온이 의아한 듯 쳐다봤다.

“하지만 따라잡는 것만으로는 안 돼. 최소한 하루 정도 차이를 벌려서 카프에 도착해야만 하지. 그 정도 시간은 있어야 만족스런 가격으로 치즈를 팔 수 있단 말야.”

알의 설명에 레온은 그저 머리를 긁적였다. 그가 잘 이해하지 못하는 듯하자 알은 피식 웃으며 질문을 던졌다.

“카프 마을에 대해 아는 거 있어?”

“물론. 카네비스 산의 중턱에 위치한 광산촌이잖아. 지형적으로는 캐러디안 숲과 페나즈 숲의 사이에 끼어 있지만 영지로는 레스터에 속해 있지. 레스터에서 가장 북쪽에 위치한 마을이기도 하고.”

“음. 잘 알고 있네. 그런데 카프가 하나가 아니라는 거 알아?”

"에? 카프 마을이 하나가 아니라고? 그럼 몇 개인데?"

"듣기로는 여섯 개의 작은 촌락을 묶어 카프 마을이라고 부른다고 들었어. 사실 나도 포란 주위로는 많이 다녀봤지만 이렇게 먼 곳까지는 처음이거든. 그저 전에 들었던 것을 기억해서 가는 거라구. 자, 생각해 봐. 비록 붙어 있다고는 해도 여섯 곳을 돌아다니려면 하루 정도는 시간이 있어야 하지 않겠어? 게다가 비슷한 시간에 도착했다간 서로 팔려고 기를 쓰다가 가격만 떨어질 테고, 또 서로 상품도 남게 되지. 그야말로 손해 아냐?"

"그렇다고 사백 디나르를 줘 가면서까지 장사하는 것이 이득은 아니잖아?"

"이봐, 난 부자가 아냐. 이 치즈를 처분하고 새로운 상품을 사지 못한다면 그냥 문 닫는 수밖에 없단 말야. 그런 방법을 써야 하는 내 심정도 좀 생각해 줘."

쓸쓸한 말투에 레온은 입을 다물었다. 그의 기분을 짐작하니 자신도 조금 우울해졌다. 모든 건 포란의 중개권을 독점하려는 바론이라는 상인 탓이다. 조만간 바론을 따끔하게 혼내줘야겠다고 속으로 벼르는 동안 마차는 숲을 완전히 벗어났다.

숲을 벗어나 커다란 바위를 돌자 작은 촌락이 하나 나타났다. 레온은 설레는 마음으로 그 촌락을 바라보며 외쳤다.

"저기가 카프야? 생각보다는 작군?"

"아마… 동카프일 거야. 카프는 여섯 개의 촌락이지만 가운데에 있는 곳에 영주의 성이 있다고 들었어."

"어쨌든 빨리 가서 장사를 하자!"

드디어 장사를 시작한다는 생각에 레온은 흥분하여 안절부절못했다. 곁에서 마차를 몰고 있던 알도 서두르며 외쳤다.

"좋아! 이곳은 포란의 치즈 맛을 보지 못했겠지? 기왕이면 비싼 값에 팔자!"

두 사람은 재빨리 마을로 들어섰다.

마을에 들어서자 알은 잠시 마차를 세우고 제일 먼저 보이는 사람에게 외쳤다.

"이봐요, 길 좀 물읍시다. 여기서 치즈를 파는 곳이 어디요?"

시커먼 먼지가 다닥다닥 붙은 사내가 잠시 마차를 훑어보더니 한쪽을 가리키며 대답했다.

"이쪽으로 가면 방앗간이 하나 나올 거요. 그 방앗간에서 치즈를 팔고는 있지만 많이는 사지 못할 게요. 여긴 치즈가 귀하니까."

"고맙소."

알은 인사를 건넨 후 레온을 보며 히죽 웃었다.

"역시 짐작대로 이곳은 치즈가 귀하군."

두 사람은 사내가 가리킨 방향으로 마차를 몰았다. 마을은 광산업을 하는 삼십여 가구가 모여 이루어진 탓에 그다지 크지 않았다. 그리 오래 가지 않아 방앗간을 발견한 두 사람은 마차를 마당에 세웠다. 알은 마차에서 나무 상자 하나를 꺼냈다. 레온도 그를 따라 내렸다.

"아무도 없습니까?"

알이 안에다가 소리를 지르자 곧 노인 하나가 모습을 나타냈다. 그는 잠시 알과 레온을 바라보더니 머리를 긁적이며 물었다.

"처음 보는 사람이군. 밀을 빻으러 왔나?"

"아니오. 우린 포란의 중개상인데 이 마을에 치즈를 팔러 왔습니다. 여기서 치즈를 판다고 하기에 혹시 우리 물건을 들여놓지 않을까

해서 찾아왔죠."

"포란의 치즈라고? 허, 상당히 먼 곳에서 왔군."

치즈를 팔러 왔다는 말에 노인은 마당 구석의 의자로 두 사람을 안내했다.

"그래, 물건을 보고 얘기하지."

노인의 말에 알은 곧 상자를 열었다. 안에서 향긋한 냄새가 풍기며 찰진 치즈 덩어리가 빼곡히 들어차 있었다. 물건을 살피던 노인이 중얼거렸다.

"흠. 이게 그 소문의 포란산 치즈인가?"

"물론이오. 그냥 먹어도 짭짤해서 입맛에 맞고 영양도 높습니다. 특히 포란만의 비법이 첨가되어 향긋할 뿐만 아니라 찰지기로도 유명하죠. 갈아서 파이에 올려 구워도 되고 죽 위에 조금씩 뿌려먹어도 되죠. 어때요, 직접 맛을 보고 얘기할까요?"

알은 소매에서 작은 나이프를 꺼내 치즈의 한끝을 잘라냈다. 그것을 받아먹은 노인이 곧 음, 음, 하며 금세 혀끝을 다셨다.

"좋은데? 입에서 살살 녹는구먼. 생긴 건 딱딱한데 맛은 부드럽군. 제법 인기가 있겠어. 그래, 얼마야?"

"1킬로그램에 4디나르."

"그건 너무 비싸군. 다른 치즈는 2디나르 받는다고."

"포란에서 난 거잖아요."

"그래도 너무 비싸. 2디나르로 하세."

"그건 안 되죠."

알이 고개를 저으며 상자를 닫았다. 그러자 노인이 그의 손을 잡으며 능글맞은 웃음을 지었다.

"이봐, 솔직히 포란의 중개상이 이런 촌구석까지 매번 올 수는 없잖아? 이번 한번만 물건을 넣어주고 다음엔 안 온다면 난 완전히 손해라고. 이걸 먹어본 사람들은 다음에도 이걸 또 찾을 텐데 그때 물건이 없다면 어쩔 텐가?"

"값만 후하게 쳐준다면 다음에도 오죠. 포란의 치즈는 계절이 바뀔 때마다 생산하니까 석 달 후에 다시 올 겁니다. 아무렴 한번 오고 말겠습니까? 그런 걱정은 하지 마쇼. 원한다면 내 이름이라도 가르쳐 드리리까?"

"흠… 매번 물건을 대준다면야… 그래도 4디나르는 너무 비싸."

"좋아요, 그럼 3디나르. 더 이상은 나도 안 됩니다."

"좋네, 지금 물건은 얼마나 가지고 있나?"

"이백 킬로 정도 있습니다만… 얼마나 필요합니까?"

"흠. 우선 처음이니 이십 킬로만 넣어주게."

"좋아요."

대충 흥정이 끝나자 세 사람은 마차에서 치즈를 꺼냈다. 이십 상자를 꺼내자 노인은 60디나르를 지불했다.

"아참, 자네 이름이 뭔가? 다음 번에도 물건을 대준다는데 정식으로 인사는 해둬야겠지?"

"난 알 베자스이고 이쪽은 내 동업자 레온 레첼이라고 합니다."

"난 파로니라고 하네. 그런데 치즈가 아주 많이 남는군? 나머진 어떻게 처리할 생각이지?"

"카프는 여섯 개 마을로 이루어졌다고 들었죠. 나머지 마을도 찾아다니면서 흥정할 생각입니다."

"오, 그거 괜찮은 생각이군. 그럼 내가 소개장이라도 써줄까? 떨어져 있다곤 해도 같은 업종이라 서로 아는 처지거든."

"소개장보다도……."

파로니의 말에 알은 멋쩍게 웃으며 머리를 긁적였다.

"기왕이면 여기 지리 좀 자세히 적어 주십쇼. 대충 들은 대로 오긴 했는데 원체 초행길이라 헤맬 것 같습니다."

"허어, 그렇기도 하겠군."

파로니는 곧 나뭇가지로 바닥에 선을 죽죽 그으며 카프 여섯 마을의 상세한 위치를 얘기했다. 두 사람이 자세히 듣고 파로니의 소개장도 받아서 챙긴 후에 곧 마을을 벗어나 남쪽으로 달렸다.

"3디나르에 팔아서 손해 아냐?"

마을을 벗어나자 레온이 궁금한 듯 물었다.

"아냐. 처음부터 그 가격에 팔 생각이었어."

"에? 그럼 왜 비싸게 부른 거야?"

"어차피 처음 부른 가격에서 싸게 사려고 할 테니까. 저쪽도 1디나르 깎았으니 이득이라고 생각하겠지."

"헤에… 흥정이란 그렇게 하는 거로군?"

"하긴… 넌 기사 집안이니 흥정 따위는 하지 않겠군?"

"뭐, 그렇지."

레온이 입을 삐죽이며 대충 얼버무렸지만 알은 이 기회에 확실히 가르쳐야겠다고 생각했다.

"너네 집은 아마 부자인 모양이군. 대개 금전 관계에 어두운 사람들은 귀족들이야. 아마 원래부터 재산을 많이 물려받는 데다가 영지에서 걷는 세금이 많으니까 부족함을 느끼지 못하기 때문일 테지만 말야."

“부자들은 어때? 레첸 마을에도 부농이나 대상인이 몇 명 있는데……”

“아마 그들은 금전 거래에 아주 민감할 거야. 물려받은 것보다 자신의 손으로 번 돈이 더 많을 테니까. 너도 장사를 배우겠다고 마음먹었다면 돈의 소중함을 빨리 깨닫는 게 좋아.”

“흐음……”

레온은 그의 충고에 머리를 끄덕였다.

얼마 안 가 남쪽의 마을에 들어섰다. 두 사람은 파로니의 소개장 덕분에 그곳에서도 재빨리 흥정을 마치고 다음 마을로 출발했다.

세 번째 마을에 도착해서 흥정을 마치고 물건을 넘기니 날이 저물기 시작했다. 나머지는 다음날로 미루고 두 사람은 여관을 겸한 주점에 들어가 하룻밤을 묵었다.

“주인님, 마을엔 오지 않으셨답니다.”

“그게 무슨 소린가? 분명 마을에 간다며 나갔는데 오지 않았다니?”

날은 이미 어둑해져 있었다. 레스터 성의 공작 저택 앞에는 지금 초조한 기색의 하이렌이 서 있었다. 그는 막 달려온 하인의 보고에 얼굴을 찡그렸다. 지금 하인은 하이렌의 지시로 마을까지 사람을 찾으러 갔다 오는 중이었다. 바로 레온이었다. 분명 오후에 떠난 카슨의 말로는 마을로 간다고 했었다.

자세한 얘기를 전해 들은 하이렌은 손을 내저으며 말했다.

“알겠네. 이만 들어가 쉬도록 하게.”

“혹시 무슨 사고라도 당하신 것이 아닐까요?”

“경험은 없다고 해도 마스터 기사일세. 그 사고라는 게 어떤 건지

나도 한번 당해보고 싶군."

하이렌의 대답에 하인은 그저 허리를 조아릴 뿐이었다.

"그렇지만 도련님이 이렇게 늦으신 일은 일찍이 없었기에……."

"별일이야 있겠나. 자네도 들어가 쉬게."

그렇게 말한 하이렌도 곧 저택으로 들어갔다. 그는 천천히 자신의 방으로 들어가면서 염려하던 일이 터진 것이 아닐까 생각해 보았다.

"증상이 같군. 얌전한 녀석이라 별일은 없으리라 생각했는데……."

"무슨 소리냐? 레온은 아직 들어오지 않은 거냐?"

갑자기 들린 소리에 하이렌은 깜짝 놀라며 돌아섰다. 뒤에서 말을 걸어온 이는 젊은 날의 아버지와 빼다 박았다는 형, 버나드였다. 짧게 자른 까만 머릿결과 흔들림없는 얼굴 표정, 그리고 단정한 옷차림까지 그는 아버지를 쏙 빼닮았다. 게다가 그는 현 왕국 최고의 마스터 기사였으며 그에 걸맞게 최강의 군단인 근위대의 총대장이기도 했다. 그리고 실력에 걸맞게 자력으로 후작의 작위를 얻어낸 인물이기도 했다.

뒤에서 말을 건 이가 아버지가 아닌 버나드였다는 것에 다소 안심을 하긴 했지만 여전히 불안한 마음으로 하이렌은 주저하고 있었다.

"무슨 일이지? 레온은 어디 있느냐?"

"그게, 저……."

하이렌이 주저하자 버나드는 유심히 그를 살폈다. 그의 얼굴에 수심이 가득한 것을 보고 집안에 뭔가 일이 있음을 짐작했다. 아버지와 자신이 영지를 내팽개치고 나돌 수 있는 가장 큰 이유는 바로 여기 있는 하이렌 때문이었다. 그가 야심이 적은 것과 부인이 레첸 마을 출신의 평민이라는 것도 하나의 이유겠지만, 무엇보다도 그는 내성적인

성격이었다. 누구와 어울리는 것을 어색해하는 그가 귀족 사회에 적
응하기란 힘들었다. 그렇기에 그는 영지에 남았고 의외로 행정적인
면에 강하여 영지를 잘 관리하고 있었다.

　버나드는 자신이 영지를 이어받으면 일정 지역을 떼어 하이렌에게
주는 것도 고려할 정도로 그를 신임했다. 또한 하이렌은 영지를 관리
하며 레스터 성의 성주로 있기 때문에 가문의 대소사도 책임지고 있
었다. 그렇기에 그의 얼굴을 본 버나드는 금세 집안에 변고가 있다고
생각했다.

　"아버지가 알아선 안 될 일이냐?"

　"그렇습니다."

　"음… 집무실로 가자."

　버나드가 앞장서서 복도를 걸어갔다. 그의 뒷모습을 보며 하이렌은
깊게 심호흡을 했다. 카슨이야 어떻든 중요하지 않지만 버나드가 알
게 된다면 레온으로서는 치명적인 일이었다. 어쩌면 그는 버나드에게
끌려 수도로 갈지도 모르는 일이었다.

　다음날 오후가 될 무렵 알과 레온은 카프 여섯 마을을 모두 돌았다.
중앙의 영주가 있는 마을은 약간 커다란 편이라 물건을 많이 팔 수 있
었지만 대개는 고만고만했다. 제값을 받고 팔기는 했지만 치즈는 아
직 60킬로나 남아 있었다. 북쪽 마을을 벗어나며 알은 매우 낙담해 있
었다.

　"작다곤 하지만 이렇게 많이 남다니… 큰일인걸……."

　잠시 길에서 벗어나 마차를 세운 후 물통을 꺼내어 들었다. 하루 종
일 바쁘게 뛰어다닌 탓에 두 사람은 아직 점심도 먹지 못했다. 그는

치즈 한 상자를 꺼내며 레온을 바라봤다. 그리고 그의 표정에 그만 굳어 버리고 말았다. 레온은 혼자 희희낙락하며 웃고 있었다.

"어이, 뭐가 그렇게 기뻐?"

"당연히 기쁘지! 내가 처음으로 흥정을 했단 말야! 아까 보지 못했어?"

그의 대답에 알은 들리지 않게 한숨을 쉬었다.

어제부터 내내 졸졸 따라다니며 흥정하는 것을 유심히 살피는 레온이 대견스러워 마지막 집에서는 그에게 모든 것을 일임했었다. 물론 그는 아주 노련한 장사꾼처럼 흥정을 해냈다. 짧은 시일 내에 제법 장사꾼 티가 나는 것이 대단하긴 했지만 지금 처한 상황이 그다지 칭찬할 만큼 여유가 있지는 않았다.

"이봐, 그래도 우린 아직 물건이 남았어."

"다른 곳에 가서 팔면 되잖아?"

"다른 곳 어디? 여기서 서쪽은 위클리프 령(領)이야. 게다가 당장은 페나즈 숲을 지나야 한다구. 그쪽에 어떤 마을이 있는지도 모르면서 어떻게 간다는 거야?"

알의 핀잔에 레온은 묵묵히 앉아 있었다. 순식간에 흥분이 가라앉자 당면한 문제를 생각했다.

"강을 따라 남으로 가는 건 어떨까?"

"흠, 그것도 생각해 봤는데… 어쩌면 바론 상회(商會)는 카프로 오지 않고 남으로 갔을지도 몰라. 아니, 그곳은 포란에서 가까운 편이니 곧바로 갔을지도 모르지. 괜히 알지도 못하면서 헛걸음하고 싶지는 않아."

"헛걸음이 아닐지도 모르잖아?"

"됐네. 일단 먹고 생각하자구. 우리 아직 점심도 먹지 않았어."

알은 나이프를 꺼내 치즈를 잘라냈다. 그것을 다시 이 등분하여 레온에게 내밀고 자신도 한 입을 베어 물며 말했다.

"지금 맛보라구, 사기꾼."

"무슨 소리야?"

"아까 흥정하는 걸 보니 대단히 뻥이 심하더군. 뭐? 입에 물고만 있어도 사르르 녹아서 사라질 정도라구? 어이, 너 포란 치즈를 먹어보기나 한 거야?"

"물론이지."

매일같이 먹고 있는걸, 하고 대답할 뻔했지만 가까스로 참았다. 레온은 레스터 영지의 주인인 윌리엄 공작의 아들이었다. 그런 그가 레스터의 유명한 치즈인 포란산을 맛보는 것은 당연했다. 그리고 방금 전 그는 평소에 먹던 맛을 상세히 설명하면서 흥정을 했기에 전혀 밀리지 않고 제값을 받을 수 있었다.

그가 기사의 아들이었다는 것을 떠올린 알도 고개를 끄덕였다.

"하긴 비싸긴 해도 기사라면 종종 사 먹을 수 있겠지."

레스터에서 포란산 치즈를 자주 먹을 수 있는 사람은 생산하는 사람이거나 귀족일 수밖에 없었다. 알은 그가 기사 가문이라고 해도 자주는 먹기 힘들었으리라 생각했지만 실상 레온은 레스터 최고의 귀족이었으니 맛에 관해선 알보다 더 잘 알고 있었다. 두 사람이 농담을 주고받으며 치즈 반덩이를 다 먹어 치울 무렵 갑자기 산에서 누군가 내려왔다.

키는 어른의 반 정도였지만 허리 두께는 오히려 몇 배는 됨직한 드워프였다.

“나 드워프 처음 봐.”

신기한 듯 레온이 두 눈을 반짝이며 내려오는 드워프를 쳐다봤다. 드워프는 긴 수염을 허리까지 드리우고 뭉툭한 코는 약간 빨갛게 상기되었으며 어깨에는 커다란 곡괭이를 메고 있었다.

“나도 그렇게 많이 본 것은 아냐. 그러고 보니 카프 마을 근처에 드워프 마을이 있다고 들었는데…….”

알이 중얼거리는 동안 드워프는 마차 옆을 지나고 있었다. 문득 그는 걸음을 멈추더니 마차를 올려다보며 굵직한 음성으로 물었다.

“이봐, 이건 포란산 치즈 같은데? 맞나?”

단번에 생산지를 알아 맞추는데 놀란 알이 얼른 바라봤다. 드워프는 연신 코를 벌름거리며 마차를 들여다보려고 했다. 그러나 키가 작아 마차 안은 볼 수 없었다.

“포란산 치즈가 맞소. 왜 그러쇼?”

“호오, 이런 곳에서 포란산 치즈를 보게 되다니 놀랍군. 근데 이게 왜 여기에 있는 거지?”

“당연히 팔러 왔으니 있지, 왜 있겠소?”

“팔겠다고? 아, 그런 거로군? 그런데 자넨 왜 그렇게 말이 짧아? 내가 못해도 자네보다 몇 배는 더 살았을 텐데?”

“당신이 내 물건을 살 것도 아닌데 뭐 하러 존대를 해야 하지?”

“이봐, 알. 그건 모르는 일이잖아?”

“아냐, 드워프는 돈 거래를 하지 않아. 그들은 거의 모든 것을 자급자족하는 종족이야. 가끔 물물교환을 할 때도 있지만 그건 특수한 경우지.”

두 사람의 대화를 듣던 드워프가 곧 소리쳤다.

“이봐, 오늘이 바로 그 특수한 날이야. 괜찮다면 치즈와 바꾸지 않겠어?”

그 말에 알이 호기심을 느끼며 물었다.

“물물교환(物物交換)을 하겠단 말이오?”

“그래. 그런데 도대체 얼마나 있는 거야? 젠장, 난 이 마을에 치즈를 사러 왔다고. 좀 보여줘.”

“이리 올라와요.”

마부석에서 알이 손을 내밀어 끌어당겼다. 드워프는 곧 마차 위로 올라오더니 치즈 상자를 보고 외쳤다.

“오! 적당히 있군. 모두 50상자는 되나? 우린 그 정도가 있어야 하는데.”

“모두 60상자요. 정말 물물교환을 해주는 거요?”

“물론이지. 자, 이제 가세.”

드워프는 곧바로 마부석에 앉아 자신이 내려왔던 곳을 가리켰다. 원체 허리가 두꺼워서 그가 앉자 마부석은 당장 비좁아졌다. 떨어질 뻔한 레온이 휙 몸을 날려 마차 안으로 들어갔다.

“어? 날렵하군?”

드워프가 레온을 쳐다보는 사이 반신반의하며 알은 채찍질을 가했다.

“정말 사주는 겁니까?”

“에이 참. 드워프에게 속은 적이라도 있나? 왜 내 말을 못 믿어?”

“그게… 드워프는 자급자족을 하기로 유명한데 치즈를 구매한다니 이상하잖아요?”

“우리에게도 나름의 사정이라는 게 있는 거야.”

"어떤 사정이요?"

"아, 그러니까 말이야. 에이 참. 별걸 다 묻네. 그러니까 좀 색다른 것을 먹고 싶다는 중론이 일어서 말야. 하여간 늘 먹던 것과 다른 것이면 돼."

"아하."

하고 둘이서 동시에 알았다며 고개를 끄덕였다.

드워프는 가축을 기르지 않으니 젖을 짤 리가 만무했다. 고기야 사냥을 하면 구할 수 있다지만 젖을 발효시켜 만드는 치즈는 먹을 수 없는 셈이다. 두 사람은 드워프 마을에서 무슨 잔치라도 하는 모양이라고 생각하며 곧장 마차를 몰기 시작했다.

레온은 드워프 마을을 구경한다는 설렘에, 그리고 알은 나머지 물건을 처분할 수 있다는 기대감으로 흥분하여 서둘렀다. 한참을 올라가자 갑자기 길이 험해졌다. 얼마 안 가 길도 사라지자 드워프가 내리며 외쳤다.

"여기서부터는 걸어가야 해. 그다지 멀지 않으니 치즈를 메고 가세."

"그럽시다."

레온과 알도 서둘러 치즈를 내렸다. 어느새 손재주가 있는 드워프가 나무를 꺾어 간단한 지게를 만들었다. 각각 이십 상자씩 짊어지고 셋은 산을 오르기 시작했다. 이리저리 구불구불하게 지나치다가 알이 소리쳤다.

"이봐요, 설마 카네비스 산 정상은 아니겠죠?"

"무슨 소리야? 우리 마을은 그렇게 높지 않아. 중턱에 위치하고 있다고."

"아니, 여기도 중턱인데 뭐가 이렇게 멉니까?"

"카네비스는 높으니까."

그렇게 대꾸하자 알은 고개를 저으며 묵묵히 따라 걷기 시작했다. 뒤에서 따라오던 레온이 한마디했다.

"알, 무거우면 내게 몇 상자 건네."

"넌 지치지도 않냐?"

"음? 아직 말짱한데?"

알이 돌아보니 그의 말대로 그는 혈색 하나 변하지 않았다. 자신도 건장하다고 자부하고 있었는데, 레온보다 못한 꼴을 보여 자존심이 상하긴 했지만 그는 몇 상자 덜어서 레온에게 건넸다. 그는 그것을 받아 짊어지고도 전혀 무거운 기색을 보이지 않았다. 멀리서 이를 살피던 드워프가 의아해하며 물었다.

"이봐, 꼬마. 이름이 뭐지?"

"네? 전 레온 레첼이라고 하는데요?"

"레첼? 정말 레첼인가?"

"네."

속으로 움찔하긴 했지만 레온은 곧 고개를 끄덕였다. 설마 이런 산간의 드워프가 자신을 알랴 싶었던 것이다.

"그거 이상하군. 내가 아는 분과 닮아서 혹시 그 자손이 아닐까 했는데……."

"그게 누군데요?"

"너희들도 알 거야. 에드워드라고."

"…에드워드 레스터 후작?"

레온이 기겁을 하며 소리친 후에 곧 입을 막았다. 에드워드 레스터는 그의 증조부였다. 바로 레스터 가문 최초의 마스터 검사로 지금의 영광을 닦은 인물이었다.

"오! 역시 알고 있군? 그분이 젊은 시절에 같은 파티로서 다녔던 적이 있지. 꼭 너처럼 생겼는데… 음, 머리색만 빼고 말야. 그분은 흑발이었는데 넌 금발이로군. 아무리 생각해도 정말 비슷하군."

마지막 말을 혼자 중얼거리더니 드워프는 다시 앞장서서 걷기 시작했다.

레온은 잠시 증조부에 대해 배운 것을 떠올려 보았다. 젊은 날에 모험을 찾아 떠났다는 얘기는 처음 듣는 것이었지만 한 무리의 드워프에게 카네비스에 머물 것을 요청했었다는 얘기는 들었다. 드워프가 일정 기간 머문 지역은 광산업과 공예업이 대거 발달한다. 지금도 카프 마을에서 각종 광물이 채취되는 이유는 백여 년 전부터 드워프들이 채굴을 한 곳을 이어받았기 때문이었다. 그리고 이 드워프들은 에드워드의 요청에 따라 오랜 시일이 지났는데도 떠나지 않고 머물고 있었다. 그것도 레스터 영지 방향으로만 채굴을 하면서. 레온은 그 드워프 족장의 이름을 떠올리며 조심스럽게 물었다.

"혹시… 둔이라고 하세요?"

"그래, 그게 내 이름이야. 어디서 들었지?"

의아한 듯 둔이 돌아보며 물었다. 레온이 우물쭈물하며 대답을 하지 못하자 대신 알이 대답했다.

"이 녀석은 원래 기사 아들입니다. 뭐, 교육을 받다가 들었겠죠."

"그렇다 해도 보통 내 이름을 배우진 않을 텐데? 혹시 레스터 성에서 교육을 받았나?"

"아, 네. 공작의 아들이랑 공부할 때 배웠어요."

"공작? 호, 그 후손 중에도 만만찮은 녀석이 있었던 모양이군. 그새 작위가 오르다니."

"전부 마스터 기사라던데요."

알이 아는 체를 하자 둔이 당연하다며 고개를 끄덕였다.

"아마 그럴 거야. 계약이 그랬으니까."

뜻밖의 말에 레온이 의아하여 바라보았지만 둔은 더 이상 말하지 않고 산을 오르기 시작했다.

'우리 가문에서 계속 마스터가 나오는 것이 계약이었단 말인가? 누구와의 계약? 계약을 맺었다고 마스터라는 게 쉽게 나오는 거였어?'

혼자 생각을 해봤지만 도저히 그 대답을 알 수 없었다. 그렇다고 무턱대고 묻자니 자신의 정체를 밝히지 않으면 대답해 줄 것 같지도 않았다. 레온은 궁금증이 일기는 했지만 참고 묵묵히 걷기만 했다.

마차에서 내린 뒤에도 한참을 걸어 올라가서야 드워프 마을이 나타났다. 둔이 뭔가를 가득 짊어지고 나타나자 드워프들이 환호를 하며 모여들기 시작했다. 처음에 두 사람이 짐작했던 대로 마을은 무슨 잔치를 벌이려는 것 같았다. 약 백여 명이 됨직한 드워프가 나무를 잘라 만든 넓은 공터에 솥을 걸어놓고 고기를 삶고 술을 준비하며 탁자를 마련하는 중이었다.

"둔 족장! 벌써 마을에 다녀온 겁니까? 뭔가 특별한 것이라도 있나요?"

너나 할 것 없이 드워프의 턱에는 긴 수염을 달고 있어 나이를 짐작할 수 없었다. 모여든 드워프 중에 누군가 둔에게 소리쳤다. 그의 목청에 뒤질세라 둔도 있는 힘껏 고함을 질렀다.

"물론이야! 포란산 치즈가 마을에 왔기에 사 왔어!"

"겨우 치즈입니까?"

"겨우 치즈라니! 내가 백 년 전에 먹어보고 아직도 그 맛을 잊지 못했는데! 너희들도 먹어보면 알 거야!"

드워프가 고함을 지르며 아우성을 지르는 통에 한 옆으로 물러서며 알은 짐을 내려놓았다.

"젠장, 무슨 소인국에 온 것 같군."

중키인 알과 레온도 그다지 큰 편은 아니었지만 드워프 사이에 서 있으니 무척이나 커 보였다. 그의 투덜거림에 레온이 정색을 하며 반문을 했다.

"드워프잖아?"

"알아. 넌 농담도 몰라?"

"아, 그런 거였어?"

지친 알은 더 대꾸도 하지 않고 짐을 내려놓은 옆에 그대로 털썩 주저앉았다. 엄한 교육을 받아온 레온만은 여전히 짐을 멘 채 예의 바르게 서서 주위를 둘러봤다.

한참 둔과 떠들던 드워프들도 슬슬 새로운 이방인에 대해 호기심을 보이기 시작했다. 그러나 말을 걸지는 않고 멀리서 슬금슬금 눈치를 살필 뿐이었다. 그런 기색을 느낀 레온이 먼저 인사를 건넸다.

"안녕하세요?"

"족장, 사람이 있는데요?"

"당연하지! 그럼 이 많은 짐을 나 혼자 짊어지고 와야겠냐?"

그렇게 대꾸한 둔은 다시 알을 바라보며 외쳤다.

"이봐, 물건을 이리 옮겨줘."

"지쳤어요!"

라고 소리치면서도 알은 다시 짐을 챙겨 둔이 말한 탁자로 옮기기
시작했다. 중개상으로서 손님이 원하는 곳까지 배달하는 것은 기본이
었다. 그런 것을 알고 있는 알은 투덜거리면서도 재빨리 짐을 옮겼다.
그를 따라 레온도 탁자 위에 짐을 내려놓았다. 짐을 내려놓자 드워프
들이 다투어 상자를 차지하려고 달려들었다. 그 소란에 떠밀린 두 사
람은 나무 밑으로 자리를 옮겼다.

"뭐, 드워프라고 해서 대단한 것도 없구먼. 시장 바닥하고 별다를
게 없는 것 같은데? 안 그래, 레온?"

"난 조용한 시장만 봐서 잘 모르겠어. 오히려 드워프들이 더 소란
스러운 것 같은데? 아, 저건 뭘까?"

레온은 공터 한 옆에 놓여 있는 커다란 솥단지를 바라보며 물었다.
그것이 음식이라는 것은 냄새로도 알 수 있었다. 다만 드워프는 어떤
것을 먹을까 호기심이 동한 것이다. 막 그쪽으로 가려는 그를 알은 서
둘러 제지했다.

"이봐, 가만히 있어. 우린 아직 물건 대금을 받지 않았단 말야."

그가 장사 얘기를 하자 레온은 새삼 궁금하여 그에게 물었다.

"드워프는 물물교환을 한다며? 그럼 뭘 받을 거야?"

"음, 드워프가 손질한 공예품은 뭐든지 고가의 상품이 될 수 있지.
문제는 개수야."

"왜?"

"수가 많아야 공예점에서 사준단 말야. 아주 특별한 경우라면 귀족
을 찾아가 직접 흥정할 수도 있겠지만 그런 물건은 드워프도 쉽게 내
주지 않아."

"그럼 많이 달라고 하자."

“어이, 이봐. 드워프의 손이 닿은 장식품은 못해도 50디나르는 준다구. 우리가 건넨 상품은 겨우 200디나르란 말야. 만약 이들 중에 조금이라도 홍정을 할 줄 아는 드워프가 있다면 우린 몇 개 건지지도 못할 거야.”

그는 은근히 주위를 살피며 레온에게 귓속말을 건넸다.

그때 둔이 누군가를 데리고 앞으로 다가왔다. 그는 레온을 가리키며 옆에 있는 드워프에게 물었다.

“이 녀석이야.”

“아, 정말 에드워드님과 닮았군요?”

둔과 막상막하로 긴 수염이 부르르 떨리며 앞에선 드워프가 놀랐다.

“그렇지? 자넨 에드워드님과 함께 다녔으니 제대로 알아볼 거라 생각했지. 그나저나 정말 닮았지?”

둔도 이상하다는 표정으로 레온을 뚫어져라 쳐다봤다. 그는 곁에 있던 알을 의식하고 다시 말했다.

“아참, 이제 우리도 뭔가 줘야겠지?”

잠시 생각을 하던 둔은 옆에 있던 드워프에게 말했다.

“타바비아, 애들에게 집에 필요없는 물건 전부 가져오라고 해. 이참에 몽땅 처리하자.”

“에엑?”

레온이 기겁을 하며 말하려는 순간 알이 옆에서 그를 제지했다. 얼른 그를 살피니 그는 가만히 있었다. 뭔가 생각이 있으려니 짐작한 레온이 참는 동안 타바비아는 여전히 고개를 갸웃거리며 공터로 돌아갔다.

잠시 후 공터 한 옆에 집에서 가져온 물건이 한가득 쌓이기 시작했다. 레온이 다가가 살펴보니 대부분이 금속 장신구였다. 가까이 다가온 알이 레온에게 속삭였다.

"원래 드워프는 가만히 있지 못하는 성격이야. 낮에는 광산을 채굴하고 밤에는 이런 장식물을 만들지. 그런데 만드는 것은 즐기지만 그것을 사용하지는 않아. 그러니 이렇게 구석에 쌓아둘 뿐이지."

"뭐가 이렇게 많아?"

쌓이는 물량을 살피던 둔이 투덜거리듯 외쳤다.

그의 외침대로 물건은 마차 한두 대로 옮길 수 있는 분량이 아니었다. 물건에 욕심은 났지만 알은 능력 이상의 것을 바라지는 않았다.

"어차피 마차 한 대로는 가져갈 수 없으니 우린 조금만 가져가겠습니다. 하지만 만약 원한다면 나중에라도 이 물건을 팔아서 당신들이 원하는 물건으로 사다 줄 수 있습니다. 어때요?"

"대신 팔아준다고?"

드워프 족장 둔이 잠시 생각에 잠기더니 고개를 저었다.

"그건 드워프의 자존심이 허락치 않아. 우린 거래를 하지 않아!"

"거래가 아니죠. 우리가 대신 물건을 처분하고 다른 물건으로 가져오겠다는 거죠."

"우린 물건이 필요없는데? 모두 만들어서 사용한다고."

그 말에 알은 잠시 생각해 봤다. 그의 말대로 드워프는 손재주가 좋다. 어떤 것도 드워프가 만든 물건보다 좋은 것은 없다. 그러나 알은 퍼뜩 떠오른 생각이 있어 물었다.

"모직물은 어때요? 치즈도 있고 잘 말린 밀도 가져올 수 있습니다. 되도록 덜 가공된 것으로 가져올 테니 받아서 취향에 맞게 쓸 수 있잖아요?"

"음? 그건 괜찮은 생각인데? 그럼 되도록 산간 지방에서 나지 않는 것으로 가져와 줄 수 있어? 물론 손이 안 간 것으로 말야."

"원한다면. 그럼 계약은 성립된 겁니다. 좋죠?"

알이 서둘러 묻자 둔도 고개를 끄덕였다.

"그럼 지금은 마차로 가져갈 수 있는 만큼만 가져가겠습니다. 대신 좀 옮겨줄 수 있나요?"

"뭐, 그 정도는 해주지."

둔은 다시 타바비아를 비롯한 몇 명에게 짐을 밑으로 내리도록 지시했다. 드워프의 도움을 받아 마차에 짐을 실었을 때에는 날이 어두워지기 시작했다. 타바비아의 배웅을 받으며 알과 레온은 산을 내려오기 시작했다.

풀잎 끝에 맺힌 이슬에 아침 햇살이 반짝이고 있었다. 이른 아침부터 덜거덕거리는 마차 위에는 알과 레온이 앉아 있었다. 두 사람은 어제 드워프 마을에서 내려온 후에 그대로 북쪽 카프 마을의 여관에 머물렀다. 그리고 아침이 되자 식사도 거른 채 곧바로 캐러디안 숲을 향해 마차를 몰기 시작했다.

오늘쯤 바론 상회의 상인들이 도착하리라 짐작했기에 알은 서둘러 마을을 벗어날 생각이었다. 괜히 마주쳐서 얼굴 붉히는 일을 벌이고 싶지 않았기 때문이다. 다행스럽게도 그들은 남쪽 마을부터 들를 것이고 자신들은 동쪽으로 빠져나갈 테니 서두른다면 마주칠 일은 없었다.

새벽부터 잠을 깨운 탓에 마부석에 앉아 졸고 있는 레온도 그다지 불평은 하지 않았다. 함께 지낸 이틀 동안 두 사람은 서로에 대해 어느 정도 알게 된 것이다. 레온은 알이 서두르는 이유가 귀찮은 일을 피하기 위해서라고 짐작했고 알 역시 레온이 조용한 이유는 지금 상황을 잘 이해하고 있기 때문임을 알고 있었다.

막 하품과 기지개를 켜며 레온이 중얼거렸다.

"드워프가 장신구를 몇 개나 줬어?"

"어제 세어봤는데 딱 49개야. 굉장한 개수지?"

"많은 거야?"

"하나당 50디나르를 부를 수 있다니까. 못해도 이천 디나르는 받을 수 있는 엄청난 물건이라구! 굉장하지 않아? 우린 순식간에 부자가 된 거야!"

"이천 디나르면 많은 거야?"

"이런, 젠장!"

레온의 반문에 알의 입에서 곧장 욕이 튀어나왔다.

그가 지금껏 아껴서 모은 돈은 이백 디나르였다. 이번 치즈 중개에 몽땅 털어 넣으며 두 배 장사를 예상했지만 레첸 마을에 들어서며 그 꿈은 산산이 부서졌다. 그나마 카프에 도착하느라 사백 디나르를 주기로 약속한 것이 있으니 겨우 본전이나 건지면 다행이겠다 싶었는데 드워프를 만나 뜻밖의 횡재를 한 셈이다. 지금까지 이런 고액의 상품을 취급해 보지 못했던 알로선 너무나도 기뻐 밤새 여관을 들락거리며 마차를 살피느라 잠도 못 잤다. 그만큼 흥분했다.

그러나 레온에게 있어 이천 디나르라는 액수는 그다지 감각적으로 와 닿지 못했으니 알로선 김이 빠지는 순간이었다. 그가 기사의 아들, 그것도 상당히 재산이 많은 귀족임을 알아채는 것은 이 말 한마디로도 충분했다. 알은 상품의 가치에 대해 이것저것 예를 들어 설명했다.

다행히 레온은 귀족치고는 상당히 이해력이 빠른 편이었다. 아직 호기심이 왕성한 나이라서 그런지 아니면 원래 장사에 관심이 많기 때문인지 모르겠지만 알의 예상보다는 훨씬 더 빠른 속도로 이해하기 시작했다.

그가 장사에 대해 빨리 배우는 편이라 설명하는 알도 신이 나 이것저것 얘기하기 시작했고 그런 외중에 마차는 동카프를 지나 캐러디안 숲을 앞두고 있었다. 시간은 어느새 정오를 훨씬 지나고 있었다.

마차가 막 바위를 돌아서는 순간 누군가 두 사람을 부르는 소리가 들렸다. 얘기를 하던 두 사람은 고개를 들어 바위 위를 봤다. 위에는 낡은 사제복을 입은 뚱뚱한 사제가 막 점심 먹을 준비를 하고 있었다.

"형제들이여, 아직 점심을 먹지 않았다면 나와 같이 식사를 하지 않겠소?"

"좋습니다, 사제님. 레온, 치즈와 물통을 꺼내."

마침 두 사람은 아침도 굶은 상태라 그의 제안을 곧바로 받아들였다. 얼른 마차를 길옆에 세우고 먹을 것을 들고 바위 위로 향했다. 치즈 상자와 물통을 들고 있던 레온이 단 한 번의 점프로 바위 위로 올라서자 밑에 있던 알과 사제가 동시에 놀라 입을 벌렸다.

사제가 험, 험, 기침을 하며 레온에게 말했다.

"형제는 기사 수련이라도 한 모양이군. 그것도 대단히 높은 경지야."

그제야 레온은 자신이 올라온 바위를 내려다보며 실수했음을 깨달았다. 막 올라온 알의 눈빛의 빛이 가득하자 레온은 서둘러 설명을 했다.

"전에 말했잖아. 기사 수련은 받았다고. 하지만 검은 잘 못 써."

“그래도 그 정도 점프라면 동네 건달 몇 명쯤은 간단히 요절내겠는 걸?”

“뭐, 건달 정도야…….”

얼른 알의 의심을 떨궈내며 레온은 자리에 앉았다. 먼저 식사를 하려던 사제가 그들이 싸 온 것을 바라보며 물었다.

“형제들은 어떤 음식을 준비하고 있지? 난 쇠고기와 포도주를 가지고 있다네. 서로 다른 것을 가지고 있다면 더욱 풍부한 식사를 할 수 있지.”

“우린 포란산 치즈 반덩이와 카프에서 막 구운 빵, 그리고 물을 가지고 있습니다, 사제님.”

예의 바르게 레온이 대답했다. 그의 상냥한 미소를 보며 사제도 빙긋 미소로 답했다.

“오, 대지 모신께서 우리를 만나게 하신 것은 분명 더 맛있는 식사를 하라는 뜻일 걸세. 우리 모두 자신이 가진 것을 삼 등분하도록 하세. 그리고 서로 나눠 먹는다면 정말 즐거울 거야. 그렇지 않은가?”

그 말에 슬쩍 레온은 곁에 앉은 알을 쳐다봤다. 이것도 일종의 거래라면 거래인데 알이 순순히 응할지 의문이 생긴 것이다. 만약 사제가 가지고 있는 쇠고기의 양이 적다면 두 사람은 그야말로 손해보는 식사인 셈이다.

그러나 의외로 알은 정중하게 사제에게 대답했다.

“이런 곳에서 대지 모신을 섬기는 사제님을 만나다니 기쁘군요. 만약 사제님께서 먼길을 가셔야 한다면 그 쇠고기는 남겨두시는 것이 좋을 것 같습니다. 저희가 가져온 치즈와 빵이 무척 많으니 그것을 먹도록 하지요.”

“그것은 옳지 않지! 신께선 이웃끼리 서로 나눠 먹도록 가르쳤다네. 자, 어서 형제들이 싸 온 것을 보여주게.”

뚱뚱한 사제는 모자를 벗고 짐을 풀기 시작했다. 그가 모자를 벗자 그 밑으로 번쩍이는 대머리가 나타났다. 그 모습에 레온은 킥, 하고 웃음을 참지 못했다. 옆에 있던 알이 그를 쿡 하고 찌르자 레온은 얼굴을 붉히며 사과를 했다.

“죄송합니다, 사제님.”

“괜찮네. 원래 대머리인 것을 어쩌겠나?”

뚱뚱한 사제는 거구의 몸을 좌우로 흔들며 애교있는 웃음을 지었다. 그 표정에 레온이 또 쿡, 하고 웃었다. 세 사람은 크게 웃으며 서로 싸 온 것을 펼쳐 앞에 내밀었다.

사제가 가지고 온 쇠고기는 세 사람이 먹고도 남을 정도로 큼직했다. 사제는 다시 짐 꾸러미에서 고기 써는 칼을 꺼내어 쇠고기를 세 조각으로 나누었다. 그가 조금 실수를 한 탓에 한 덩어리가 크게 잘라졌다. 그는 웃으며 두 사람에게 물었다.

“형제 중에 누가 더 나이가 적지?”

“제가 알보다 두 살 적습니다.”

“그렇군. 아까 마차에서 알이 형제에게 레온이라고 부르던데 그게 형제 이름이겠지? 형제는 우리 중에 가장 나이가 적으니 가장 큰 것을 먹도록 하게. 대지 모신께서 레온의 성장을 위해 형제 몫을 크게 하신 모양이네.”

사제의 재미난 설명에 감탄을 하며 레온은 감사히 쇠고기를 받았다. 그리고 자신도 빵을 세 덩어리로 나누며 하나를 약간 크게 잘랐다.

"사제님께선 우리보다 나이가 많으시니 가장 큰 빵을 드시길 바랍니다. 사제님께선 귀가 밝으셔서 저희들의 이름을 벌써 아시게 되었지만 우린 아직 사제님의 이름을 모르고 있군요."

"그것을 가르쳐 주는 것은 그다지 어렵지 않지. 내 이름은 타스틴이라고 한다네."

"아, 타스틴 사제님이셨군요. 만나서 반갑습니다. 전 레온이라고 합니다."

"알 베자스입니다."

막 치즈를 나눈 알도 한 덩어리를 사제에게 건네며 인사를 했다. 타스틴은 빵과 치즈를 받은 후에 곧 나무로 만든 컵을 세 개 꺼내어 포도주를 따랐다.

"오늘 형제들을 만나서 매우 기쁘네. 우리 식사를 하기 전에 건배부터 하도록 하지."

세 사람은 곧바로 건배를 하고 식사를 하기 시작했다. 빵을 우물거리며 타스틴이 물었다.

"난 대지 모신을 섬기며 이곳 저곳을 방랑하는 사제이네만, 형제들은 무슨 일을 하나? 보아하니 광부는 아닌 듯한데?"

"저희들은 중개상입니다, 신부님."

"오, 그렇군? 중개상치고 형제는 매우 예의가 바르군?"

알의 대답에 타스틴이 다시 물었다.

원래 대지 모신을 섬기는 사람들은 땅을 일구며 사는 농부들이 많았다. 대지 모신의 신전은 가장 넓게 퍼졌고 섬기는 사람의 수도 많았지만 귀족이나 자유민에게 그다지 환영받는 편은 아니었다. 특히 자유민 중에서도 상인들이 반기지 않았기 때문에 타스틴은 궁금했다.

“전 어려서부터 대지 모신의 신전에서 컸습니다. 대지 모신께서 거두어주시지 않았다면 벌써 죽었을지도 모르지요. 대지 모신을 섬기는 사제라면 누구나 저의 은인입니다.”

“그건 아니지. 사람은 그렇게 쉽게 죽지 않는다네. 하늘이 무너져도 솟아날 구멍이 있다는 말은 괜히 생긴 말이 아니지. 하지만 형제가 이미 대지 모신의 은총을 입었고 그 은혜를 잊지 않는다는 것은 아주 중요하네. 원한은 잊어도 되지만 은혜는 절대 잊으면 안 되지. 자, 자, 한 잔 더 받도록 하게.”

타스틴은 포도주를 가득 부은 후 이어서 레온에게 물었다.

“형제가 입고 있는 옷은 기사 수련생이 입는 옷 같군. 게다가 아주 고급의 옷 같은데, 형제는 귀족 출신인가?”

“뭐, 그렇다고 해두지요, 사제님.”

“그런 것이면 그런 것이고 아니면 아닌 것이지, 그렇다고 해두는 것은 또 뭐지?”

“별로 말하고 싶지 않기 때문이랍니다.”

레온은 미소를 지으며 예의 바르게 대답했다.

그의 대답이 묘하다고 생각하면서도 타스틴은 더 묻지 않았다. 그는 알이 들고 온 짐 꾸러미 중에 뿔고둥을 가리키며 물었다.

“형제는 상당히 독특한 악기를 가지고 있군? 저것은 불기는 쉽지만 음을 맞추긴 어렵지. 그렇지만 모양에 따라 소리가 독특하고 멀리 퍼지기 때문에 군대에서 북과 함께 자주 사용되는 악기야. 형제는 병사로 일했던 적도 있나 보지?”

“아닙니다, 사제님. 저것은 며칠 전 다른 사람에게 빌린 것입니다.”

“빌렸다고? 누구에게 빌렸지?”

"그것은 말씀드릴 수 없습니다, 사제님."

우연히 만난 사제에게 자초지종을 말해 괜히 걱정을 끼치고 싶지 않아 얼은 대답을 하지 않았다. 사제도 고개를 끄덕이더니 마저 식사를 했다. 얼은 소식을 했기 때문에 쇠고기와 빵이 그대로 남았고 레온도 또래에 비해 많이 먹는 편인데도 치즈가 남았다. 그러나 타스틴은 엄청난 식욕을 자랑하며 순식간에 자신의 몫을 다 먹어치웠다. 그러고도 포도주를 네 잔이나 비운 후에 배를 두드리며 허리를 폈다.

"잘 먹었군. 형제들은 맛이 없었나? 상당히 많이 남겼군."

"아닙니다, 사제님. 부족하시면 저희들 것도 마저 드시지요?"

"그건 아니지. 그것은 대지 모신께서 형제들의 몫으로 남겨준 것이라네. 내가 욕심을 낼 수야 없지."

"저희들은 괜찮습니다."

얼도 자신의 몫을 내밀며 정중하게 말했다. 그러자 타스틴은 웃으며 두 사람 몫의 음식을 챙겨 짐 꾸러미에 넣었다.

"좋네. 형제들의 성의를 생각해서 받아두도록 하지. 이것은 형제들이 대지 모신께 기부하는 것으로 하세. 대신 그 보답으로 형제들에게 뿔고둥 연주를 하도록 하지. 잠시 그 뿔고둥을 빌려주지 않겠나?"

타스틴의 제안에 얼이 주저했다.

아직 초입이라곤 해도 이곳은 캐러디안 숲이었다. 뿔고둥 소리가 의외로 멀리 퍼지기라도 하면 산적들이 듣고 나타날 수도 있었다. 자신과 레온은 원래 약속이 되어 있으니 상관없었지만 괜히 타스틴까지 휘말릴까 걱정이 되었다. 그는 정중하게 거절을 했다.

"죄송하지만 이것은 제가 잠시 맡아둔 것이라 빌려드릴 수가 없습니다."

“괜찮네. 내가 그것을 가지고 어딜 가려는 것도 아니라 이 자리에서 잠깐 부는 것뿐인데 별일이야 있겠나? 아니면 형제는 나를 믿지 못하는 것인가?”

“그럴 리가 있겠습니까, 사제님. 사실 이 뿔고둥 소리를 신호로 누구와 만나기로 했기 때문에 빌려드릴 수가 없는 겁니다. 이해해 주십시오.”

“아, 그런 거였군? 그 점이라면 안심하게. 난 뿔고둥을 아주 잘 분다네. 아주 작은 소리로 불 테니 너무 걱정은 말게나.”

알도 더 말릴 수가 없어 타스틴에게 뿔고둥을 주었다. 그는 잠시 심호흡을 하더니 곧 입에 물고 불기 시작했다. 처음엔 은은해서 들릴락 말락했지만 점차 그 소리는 커지기 시작했다. 알과 레온은 눈이 휘둥그레지며 주위를 둘러보았다. 타스틴이 뿔고둥을 부는 것을 멈추었는데도 소리는 숲을 가로지르며 메아리쳤다. 그는 웃으며 물었다.

“내 뿔고둥 부는 솜씨가 어떤가, 형제들?”

“괜찮습니다, 사제님. 하나, 너무 크지 않았나 싶군요.”

걱정스러운 표정으로 레온이 대꾸했다. 알도 서둘러 말했다.

“저희는 이만 떠나야겠습니다. 타스틴 사제님께서도 급히 카프 마을로 가시길 권하고 싶군요.”

“왜 그래야 하지?”

타스틴이 눈을 동그랗게 뜨며 물었다. 그 표정이 너무 웃겨서 레온은 또 킥, 하고 웃었다. 그러나 곧 정색을 하며 대답했다.

“지금 사제님의 뿔고둥 소리를 듣고 사슴들이 달려올지도 모르기 때문입니다.”

“이 소리를 듣고 사슴들이 달려온다고? 그렇다면 나도 그걸 구경해야겠군."

"아주 난폭한 수사슴입니다. 사제님께선 피하시는 것이 좋겠습니다."

심각한 얼굴로 알도 레온의 말을 거들었다. 그러나 타스틴은 고개를 저으며 대꾸했다.

"얼마나 난폭하기에 형제들이 겁에 질리는지는 모르겠네만… 어쩐지 내 생각엔 이미 늦은 것 같다네. 혹시 형제들이 말하는 난폭한 수사슴이란 저것이 아닐까?"

타스틴이 뿔고둥을 들어 가리키는 방향으로 몇 사람의 녹색 옷을 입은 사내들이 나타났다. 하나같이 등 뒤로 커다란 활과 화살통을 메고 있었고 손에는 짧은 곤봉을 들고 있었다. 이들과 같은 복장을 이미 이틀 전에 본 알과 레온은 얼굴을 굳히며 조심스럽게 주위를 둘러봤다.

역시 짐작대로 숲 좌우에서 이십여 명의 사내들이 나타났다. 전에 본 산적과 같은 얼굴은 없었지만 비슷한 복장인 것을 미루어 같은 패라고 느낀 두 사람은 천천히 자리에서 일어나 그들을 내려다봤다. 그 중에 유별나게 새빨간 옷을 입은 사내가 앞으로 나섰다. 그는 보통 사람보다 머리 하나는 더 컸고 길다란 봉을 양 어깨에 걸친 후 두 손을 봉 위에 올린 채 싱글거리며 마차로 다가왔다.

"이야… 대장의 뿔고둥 소리가 들리기에 달려왔더니… 뚱보 사제와 애송이 장사꾼이 걸렸군? 그래, 마차엔 뭘 싣고 있는 거지?"

그는 어깨에 메고 있던 봉을 들어 마차 위에 덮은 휘장을 단번에 걷어냈다. 그리고 짧은 휘파람 소리를 내며 장신구 하나를 꺼내 들었다.

"어라? 이건 드워프가 손질한 장신구로군? 이 정도라면 제법 고가겠는걸?"

"그만둬!"

소리를 지르는 것과 동시에 레온이 바위에서 한번에 뛰어내렸다. 그리 높지 않다곤 해도 평범한 사람이 한번에 뛰어내릴 정도는 아니었다. 레온의 날렵한 몸놀림에 놀라던 사내는 그가 아무런 무기가 없다는 것을 알아채고 피식 웃었다.

"그만두지 않겠다면 어쩔래?"

레온은 마부석 뒤에 놓여진 자신의 검을 바라봤다. 그 순간 새빨간 옷의 사내도 그 검을 보고 재빨리 봉으로 멀리 쳐냈다. 한순간에 검이 멀리 날아가고 주위에 있던 산적들이 껄껄 웃기 시작했다.

그러나 다음 순간 레온은 땅을 박차며 마차 난간으로 뛰어올랐다. 그리고 반대편에서 웃고 있던 사내에게 달려들며 손을 뻗쳤다.

"이, 이런!"

사내도 레온의 손에 빵을 썰 때 쓰는 짧은 나이프가 쥐어져 있다는 것을 깨닫고 뒤로 물러서며 봉으로 막았다.

툭, 하는 둔탁한 음이 들리며 사내의 봉이 반으로 잘라졌다. 레온은 달려들던 속도를 살려 사내의 품으로 달려들며 다시 나이프를 뻗어냈다. 그러나 사내의 임기응변도 보통은 아니었다. 그는 어느새 몸을 비틀며 잘라진 봉을 양손에 쥐고 휘두르기 시작했다.

"레온, 조심해!"

레온의 실력이 보통 이상이라는 것에 놀라기보다 그가 걱정된 알이 뒤에서 소리쳤다. 그러나 그의 곁에 있던 타스틴은 싱글거리며 대답했다.

"걱정할 필요는 없을 것 같네, 형제. 저쪽은 봉이 잘라질 때 충격으로 아마 손바닥이 찢어졌을 거야. 저렇게 쥐고 있는 것만으로도 대단한 거지."

그의 말대로 빨간 옷의 사내는 어느새 몇 걸음이나 물러서며 방어에 급급했다. 레온은 짧은 나이프라는 길이의 약점을 재빠른 몸놀림으로 커버하며 사내의 좌우로 연신 공격해 들어갔다. 그리고 한순간 사내가 좌우로 봉을 쳐들자 순식간에 가슴으로 파고들며 결정타를 날렸다.

그때였다. 레온은 뒤에서 바람을 가르는 소리가 자신에게 다가오는 것을 느끼고 그대로 몸을 날려 뒤로 물러섰다. 그가 막 물러서는 순간 레온과 사내의 가운데로 하나의 화살이 바람을 가르며 지나갔다. 화살은 그대로 옆에 있던 나무에 박히며 살대가 부르르 떨렸다. 아무도 다치지 않았지만 그 기세에 놀란 레온은 돌아보며 누구인지 살펴봤다.

"여어… 좋은 실력이로군. 느킹먼을 그 정도로 몰아넣다니, 대단한데? 하지만 자네들은 거래를 위해서 온 것이 아니었나?"

막 화살을 쏜 사내가 싱글거리며 물었다. 어느새 나타났는지 전에 보았던 그 로딘이 활을 겨눈 채 서 있었다. 느킹먼이란 사내가 마차의 짐을 살피는 것에 잠시 격분했던 것이지 레온도 굳이 싸우려고 했던 것은 아니었다. 그는 곧 나이프를 거두며 소리쳤다.

"우린 전에 주지 못했던 통행세를 전하러 온 것이지 물건을 약탈당하러 온 것이 아니란 말입니다. 먼저 실수를 저지른 것은 이 사람이라고요."

그의 말에 로딘도 활을 거두며 느킹먼에게 말했다.

"이봐, 이들은 내 손님이야. 내 뿔고둥을 가지고 있었는데 이런 실수를 저지르면 어쩌자는 거야?"

"미안해, 대장. 그나저나 보통 실력이 아니군."

느킹먼은 풀 죽은 표정으로 어깨를 으쓱하더니 잡고 있던 봉을 떨어뜨렸다. 양손이 부르튼 상황에서도 그는 있는 힘껏 봉을 쥐고 있었던 것이다. 그는 잠시 손바닥을 바라보더니 중얼거렸다.

"제대로 붙어도 이기기 힘들겠는걸?"

느킹먼을 내버려둔 채 로딘은 마차 쪽으로 걸어왔다. 알도 타스틴과 함께 바위를 내려와 로딘 앞에 섰다. 로딘은 사제를 보더니 피식 웃었다.

"여어, 이게 누구야? 뚱보 타스틴이 아닌가? 여행은 잘 했나?"

"대지 모신께서 보살펴 주신 덕분에 굶지는 않았지."

두 사람이 반갑게 대화를 나누자 알과 레온은 기겁을 했다.

"그런데 어째서 이 친구들과 있는 거야?"

"방금 만났다네. 나 역시 이들이 자네의 뿔고둥을 가지고 있어서 의아해하고 있던 참이지. 알고 보니 자네가 맡겼던 것이로군?"

"그렇게 됐지."

다시 알과 레온에게 웃으며 물었다.

"그래, 돈은 준비되었겠죠?"

떨떠름한 표정으로 알은 마부석에서 가죽 주머니를 꺼내어 던졌다.

"여기 있어."

로딘은 주머니를 열어 보지 않고 무게를 가늠하며 만족한 듯 씩 웃었다.

"물론 돈은 맞게 넣었겠지요?"

"물론이야. 그리고 여기 뿔고둥도 돌려주지."

뿔고둥을 받아 어깨에 걸쳐 멘 로딘은 미소를 띠며 말했다.

"잠깐, 솔직히 말하면 장사꾼에겐 통행세를 백 디나르만 받아요. 나머진 식사비지. 전에 식사를 대접하지 못했으니 지금이라도 했으면 하는데, 어때요?"

"식사는 방금 했으니 필요없어. 우린 길이 바쁘니 이만 가야겠어."

"식사라는 게 어디 한번만 먹고 살 수 있나요? 여기서부터 우리 산채까지 조금 걷다 보면 금세 배고파질 겁니다."

로딘은 가볍게 손짓을 했다.

"어이, 애들아. 손님 모셔라."

로딘이 신호를 보내자 곧 주위에 있던 산적들이 마차에 달려들어 끌고 가기 시작했다. 어어, 하는 사이에 알도 좌우로 건장한 사내에게 붙잡힌 채 숲 속으로 끌려갔다. 레온의 실력을 이미 보았기에 산적들이 달려들지는 않았지만 알이 걱정되어 레온도 그들을 따라가기 시작했다. 그의 뒤로 로딘과 타스틴이 어깨동무를 하며 따라왔다.

"사제님께서 산적들과 아는 사이일 줄은 몰랐네요."

"그건 아니지. 사람 사는 곳이라면 어디라도 포교를 가는 것이 바로 우리 사제들의 일일세. 이런 녀석들에게 포교하는 것이야말로 신의 뜻이라네."

레온의 따끔한 말에 타스틴은 능글맞게 대꾸했다. 그런 타스틴을 본체만체하며 레온은 알을 잡고 있는 느킹먼을 쏘아봤다. 달려들었다간 한순간에 알의 머리를 꺾어버릴 것 같은 체구였다. 그는 혹시라도 그에게 큰일이 생길까 염려스러워 그저 노려보기만 할 뿐이었다.

숲길은 험하기 때문에 마차는 들어갈 수 없었다. 적당히 어느 구석에 감춘 후 다른 산적들은 서로 뿔고둥을 불며 신호를 보내기 시작했다. 캐러디안 숲 여기저기서 뿔고둥 소리가 낮게, 높게 울리며 한동안 시끄러웠다. 의외로 많은 소리가 울리는 것에 레온은 놀랐다. 어쩌면 산적들의 규모가 보통 용병단의 수보다 많을지도 모르겠다는 생각에 긴장이 되었다.

뿔고둥 소리를 듣고 뒤에서 따라오던 로딘이 한마디했다.

"케사와 케브도 산채로 오고 있군. 오늘 손님은 없는 모양인데?"

"괜찮은 장사꾼을 둘이나 건졌으니 좋지 않나?"

"그것도 그렇군요."

두 사람의 대화를 듣고 새삼 밉살스러운 생각에 레온은 다시 퉁명스럽게 대꾸했다.

"식사를 대접한답시고 독을 타는 것은 아니겠죠?"

"그 무슨 섭한 소리. 난 두 분이 정말 맘에 드는군요. 우리 자신들은 그렇게 생각하지 않지만 어쨌든 남들은 우릴 산적이라고 생각하거든. 그런데 두 분은 그런 우리와 약속을 지키기 위해 다시 왔단 말이죠. 그런 두 분에게 식사를 대접하는 것은 우리가 할 수 있는 최대한의 성의란 거죠."

"그러고 보니 아주 예의 바른 청년들이네. 나에게도 남은 음식을 모두 기부해 주더군."

자신으로선 할 수 있는 최대한의 모욕을 주었다고 생각했지만 두 사람은 전혀 신경 쓰지 않자 레온은 씩씩거릴 뿐 다시 대꾸하지는 않았다. 그러나 맨 앞에서 붙잡혀 가던 알은 궁금한 듯 물었다.

"자신들이 산적이 아니라고 생각한다면 대체 뭐란 말이지?"

"우리 말인가? 우린 유쾌한 사람들이지."

대신 대답한 사람은 빨간 옷의 느킹먼이었다. 그렇게 대답하고 자

신도 우스운지 곧 껄껄 웃었다. 그의 웃음이 그치자 로딘도 한마디했
다.

"그야말로 숲에서 자유롭게 살아가는 유쾌한 사람들이 바로 우리
들이죠."

그들의 대답에 어처구니가 없어진 두 사람은 입을 다문 채 걷기만
했다.

얼마나 갔을까. 갑자기 널찍한 공터가 나타나며 몇 채의 오두막과
삼사십 명의 사내들이 그들을 기다리고 있었다. 느킹먼은 알을 공터
에 놓여 있는 식탁으로 안내하며 놓아주었다. 그의 뒤에 바짝 붙어 있
던 레온은 공격을 할까 했지만 무기도 없이 너무 많은 사람을 상대해
야 한다는 생각에 잠시 상황을 살펴보기로 마음먹었다.

그는 서둘러 알의 곁에 앉으며 주위를 둘러봤다.

"방금 식사를 했으니 아직은 배가 고프지 않겠지요?"

그들 앞에 로딘이 앉으며 물었다. 그는 여전히 미소를 짓고 있었고
주위 분위기도 그다지 험악하지는 않았기에 두 사람은 조금 긴장을
풀었다. 짧게 고개를 끄덕이자 로딘은 빙긋 웃으며 말했다.

"좋아. 그럼 유쾌한 사람들만의 놀이를 즐겨보도록 하자고요."

그리고 로딘은 곧바로 소리를 질렀다.

"어이, 전에 나랑 내기를 했던 녀석이 누구였지?"

"접니다, 대장."

살펴보니 며칠 전에 알의 몸을 뒤지던 사내였다. 그의 이름이 케사
였다는 것을 기억해 낸 알은 어떤 내기일까 내심 궁금해졌다.

고개를 푹 숙인 채 풀 죽은 모습으로 케사가 걸어오자 로딘은 벌떡
일어나 소매를 걷어올렸다.

"자, 두 대였지? 입 꽉 다물라구! 찢어져도 몰라!"

"살살 좀……."

케사가 얼굴을 내밀며 애원하는 순간 로딘은 크게 팔을 휘둘렀다. 퍼억, 소리가 공터에 울리며 케사의 몸이 붕 하고 날아갔다. 와아, 하고 산적들이 박수를 치는 동안 로딘은 천천히 걸어가며 외쳤다.

"한 대 더 남았어! 일어나."

해쓱한 얼굴로 케사가 엉거주춤 일어섰다. 마저 한 대를 맞고 기절한 케사를 동료들이 끌고 사라지자 한참 웃고 있던 타스틴이 물었다.

"이번엔 무슨 내기를 한 것인가?"

"며칠 전에 놓아준 상인이 돌아올지에 관한 내기. 당연히 내가 이겼지."

내기 내용이 바로 자신들에 대한 것이었음을 깨닫고 둘 모두 기절한 케사를 바라보았다.

"걱정 마. 죽지는 않았으니까."

"나중에 우리에게 앙갚음하는 건 아닌가요?"

"하하. 설마! 그런 일로 꽁한 녀석은 우리 중에 아무도 없답니다."

로딘이 웃으며 손으로 뭔가를 지시했다.

곧 한쪽 나무 기둥에 나뭇가지를 잘라 만든 과녁이 세워졌다. 그리고 약 삼십여 걸음 밖에 긴 줄을 그었다.

"좋아. 규칙은 언제나처럼! 심판은 타스틴 사제가 봐줘요."

로딘이 외치자 모두들 와아, 하고 환호를 지르며 활과 화살을 들고 앞으로 나서기 시작했다. 제일 처음 나선 사람은 갈색 머리의 청년이었다. 곁에 앉아 있던 로딘이 설명을 했다.

"저 녀석은 케브. 케사와는 형제야."

그의 설명을 들으며 두 사람은 고개를 끄덕였다. 대충 살펴보니 지금 활쏘기 시합을 벌이려는 것임을 짐작했다. 알은 시합에 별로 관심이 없었지만 레온은 특이한 생각에 유심히 살펴봤다.

케브는 신중하게 활을 겨누어 시위를 놓았다. 쉭, 소리가 나며 날아갔지만 아깝게도 과녁에 맞추지는 못했다. 케브의 얼굴이 순간 일그러지더니 다시 신중한 자세로 두 번째를 쏘아 손가락 굵기의 과녁을 맞추었다. 곧 환호성이 터지며 타스틴이 앞으로 나섰다.

"케브 형제. 그대는 하나의 화살을 맞추지 못했네. 알고 있겠지?"

익살스러운 표정을 지으며 타스틴은 소매를 걷었다. 케브는 묵묵히 고개를 끄덕이더니 얼굴을 쭉 내밀었다. 그 순간 타스틴의 큼직한 주먹이 케브의 안면을 강타했고 그의 몸이 붕 뜨며 뒤로 나자빠졌다. 케브가 얼떨떨한 표정으로 겨우 일어서는 동안 지켜보던 레온과 알이 놀라며 물었다.

"왜 주먹질을 하는 거죠?"

"여기 규칙이니까. 두 발을 쏴서 하나 실패할 때마다 타스틴에게 한 대씩 맞는답니다."

로딘이 웃으며 설명했다.

"왜 타스틴이 때리지? 다른 사람도 많은데?"

의아한 표정으로 알이 물었다.

"사제니까. 대지 모신은 누구에게나 공평하잖아요."

로딘의 말에 알은 깜짝 놀랐다.

"에에? 그럼 저 사람이 정말 사제란 말이오?"

"정말 사제이고 말고……."

로딘이 대답하더니 활을 들고 공터로 나섰다. 그가 나서자 금세 시끄럽던 산적들이 조용히 있었다. 로딘은 웃으면서 활을 들더니 가볍게 하나를 놓았다. 그러나 화살은 정확하게 과녁에 들어맞았고 곧 사람들이 환호를 질렀다. 로딘은 이어서 재빠르게 두 번째를 올려놓고 발사했다. 두 번째는 나뭇가지를 동강 내면서 가운데에 박혔다. 모두의 환호를 받으며 로딘이 물러서자 다음은 느킹먼이 나섰다.

로딘이 다시 곁으로 다가오자 레온이 말을 건넸다.

"산적치고는 활 솜씨가 다들 좋군요."

"너무 산적, 산적 하지 말아요."

"산에서 살면서 지나가는 일행의 주머니를 터는 것이 산적이 아니고 뭐란 말야?"

듣고 있던 알이 퉁명스럽게 말했다. 그러나 로딘은 개의치 않고 웃었다.

"우린 적당한 통행세와 식사비를 받을 뿐인데요."

"적당하다구? 통행세 100디나르와 식사비 100디나르가 적당하다는 거요?"

"그렇고 말고. 만약 이곳에 정말 나쁜 놈들이 살았다면 당신의 치즈는 몽땅 털리고 말았을걸요? 그뿐인가요? 지금 가지고 있는 장신구도 모두 뺏기고 죽음을 맞이했겠지요. 우리가 여기에 있기 때문에 사람들이 안전하게 다닐 수 있는 거라고요. 안 그런가요?"

로딘이 드워프가 만든 장신구에 대해 얘기하자 알은 흠칫 놀라며 입을 다물었다. 혹시라도 정말 이들이 맘이 변해 자신들을 죽이고 장신구를 빼앗을지도 모르는 일이었다. 그가 입을 다물자 로딘은 빙긋 웃으며 레온에게 다시 말을 건넸다.

"이봐, 자네 보아하니 뭔가 수련을 한 듯한데… 어때? 한 번 쏴보겠나?"

"난 수련 같은 거 안 했어요."

알의 눈치를 살피며 레온은 빙긋 웃었다. 그때 그의 뒤로 거대한 그림자가 드리우며 누군가 말을 건넸다.

"무슨 소리야. 아까 날 공격하던 솜씨가 그럼 원래 타고났단 말인가?"

돌아보니 느킹먼이었다. 그의 커다란 체구를 올려다보니 확실히 위압감이 느껴질 정도였다. 그러나 레온은 겁먹기보다는 웃으며 대꾸했다.

"조금 검을 배웠을 뿐이죠. 활쏘기는 배우지 못했어요."

"검이라… 제프나 키리모아가 없는 게 아쉽군."

"아쉬울 게 뭐 있소? 대장이 상대하면 되지."

느킹먼은 그렇게 대꾸하더니 들고 있던 봉을 단번에 뚝 잘랐다. 덩치에 걸맞는 힘이었다. 그리고 레온과 로딘에게 건네며 외쳤다.

"어이, 이봐들. 여기 손님께서 대장과 검 솜씨를 견준단다."

와아, 와아 하고 함성이 울리며 활쏘기 시합이 멈춰졌다. 순식간에 모두의 주목을 받자 레온의 얼굴이 벌게지며 손을 내저었다.

"제 실력은 아주 보잘것없으니 진 것으로 하죠."

"내 동료가 이기면 통행세와 식사비를 면해주겠나?"

"알!"

갑자기 뒤에 있던 알이 나서자 놀라며 레온이 외쳤다. 그러나 알은 얼른 레온에게 다가와 귓속말을 건넸다.

"네 솜씨가 보통이 아니란 것은 이미 눈치 챘어. 이렇게 된 거 뺏겼던 돈을 되찾도록 하자."

　물론 전부는 아니지만 어느 정도 자신의 능력을 간파당했다는 것을 눈치 챈 레온은 곧 고개를 끄덕였다. 비록 들켰다 해도 알은 자신을 동료로 인정해 주고 있었고 자신도 알을 속일 생각은 별로 없었다. 이렇게 된 이상 그는 마음을 가다듬고 봉을 꽉 움켜잡았다.

　"호오… 좋지. 그럼 그쪽에선 뭘 걸지요?"

　로딘이 빙그레 웃으며 물었다. 레온은 가진 것이 없기에 알을 돌아봤다. 알은 표정 하나 변하지 않고 로딘에게 외쳤다.

　"우리가 가지고 있는 상품 전부!"

　그 말에 이미 느킹먼에게 어떤 상품이 있는지 전해 들은 산적들이 웅성거리기 시작했다. 드워프의 장신구는 엄청난 가격임을 그들도 알고 있었다. 못해도 이천 디나르 정도는 받을 수 있는 분량이었다는 것을 알기에 공터의 모두는 곧 긴장을 하기 시작했다.

　"부족한가?"

　알의 물음에 정색을 한 로딘이 말했다.

　"부족해."

　"뭐라고?"

　알이 발끈하여 외치자 로딘은 곧 메고 있던 뿔고둥을 던졌다.

　"내가 건 것이 너무 부족하군요. 대신 난 이것을 더 걸도록 하죠."

　"뿔고둥은 어디서든 구할 수 있는 것이잖아요?"

　레온의 말에 로딘은 큭큭 하고 웃었다.

　"천만에. 페나인에서 이만큼 큰 뿔고둥을 찾기는 힘들걸?"

　"그렇다 해도 그게 무슨 이천 디나르 몫을 한단 말야?"

　"하고도 남지. 적어도 캐러디안에서 산적을 만날 일은 없을 테니까요."

그의 말에 알의 눈빛이 반짝였다. 그의 두뇌가 빠르게 움직이며 계산을 하기 시작했다.

"이것만 있으면 무조건 통과란 말이겠지?"

"물론이죠. 그래도 부족합니까?"

알은 얼른 고개를 끄덕였다. 확실히 부족하진 않았다. 캐러디안 숲을 마음대로 통과할 수 있다면 더 빠른 시일 안에 교역을 할 수 있다. 적어도 캐러디안을 지나는 큰길은 세 개나 있으니까.

그의 신호가 있자 레온은 앞으로 나서며 봉을 겨눴다. 여유로운 웃음을 지으며 로딘은 손짓을 했다.

"먼저 덤비세요."

그의 여유로운 자태를 살피며 레온은 머리를 굴렸다. 굳이 이런 산적들에게 마스터의 솜씨를 보일 필요는 없으리라 판단한 레온은 나이트 급의 솜씨만 보이기로 결심했다. 그리고 기합과 함께 몸을 날렸다.

탕!

레온의 몸이 튕겨 나가며 그의 옆구리를 베었지만 로딘도 재빠르게 막으며 뒤로 물러섰다. 그리고 곧장 봉 끝을 세워 찔렀다. 그의 반격에 놀랍긴 했지만 레온도 봉으로 제치며 피했다.

레온은 마스터로서 자각한 이후에 무기에 별다른 집착을 보이지 않았다. 그가 비록 하찮은 단검류인 대거를 들고 있더라도 검기를 주입하면 장검인 바스타드 소드도 동강낼 수 있으니 굳이 무게나 길이를 따지지 않았다. 다만 어려서부터 손에 익은 세이버를 애용하는 편이다.

세이버는 약간 곡선형의 날이 하나인 검으로 찌르기도 가능하지만 주로 베기를 주무기로 하는 검이다. 제작 방식에 따라 무겁고 긴 것으로도 만들어지지만 레온은 1m 정도의 길이에 무게도 1.5킬로의 짧고 가벼운 것을 사용했다. 그렇기에 평소의 버릇대로 봉을 든 채 상대를 베는 검술을 구사하고 말았다.

그는 일단 물러서며 얼굴을 찡그렸다. 비록 봉이 세이버와 같은 길이라고는 해도 무게는 한참 가벼운 것이었으니 때려서 타격을 준다는 것은 불가능했다. 물론 그가 검기를 주입한다면 얘기는 달라지지만 그럴 생각이 없었으니 약간 난감하기는 했다.

반면에 로딘은 언제나 봉을 사용해 왔을 테니 분명 유리하리라 여겼다. 레온은 잠시 숨을 고르며 봉을 치켜 로딘을 겨눴다. 베기 기술이 먹히지 않는다면 찌르기로 승부할 생각이었다. 한데 로딘은 뭔가 생각에 잠긴 듯 고개를 갸웃하고 있었다. 그는 잠시 봉을 거두고 레온에게 물었다.

"잠깐, 소년. 검술을 어디서 익힌 겁니까?"

"레온은 레스터 성에서 검술 수련을 배웠지. 어때? 당신이 상대하긴 좀 힘들겠지?"

뒤에 서 있던 알이 얼른 그에게 대꾸했다. 정확하게 레온이 어디서 배웠는지는 알 자신도 몰랐다. 다만 그를 만난 곳이 레스터 성 앞이었으니 미루어 짐작할 뿐이었다. 그리고 페나인 왕국에서 검의 명가로 추켜지는 레스터 출신이라면 로딘도 상당히 겁먹을 것이란 계산도 깔려 있었다.

그의 생각대로 인지는 모르겠지만 확실히 로딘의 얼굴은 굳어졌다. 그는 잠시 고개를 젓더니 다시 질문을 던졌다.

"이봐, 레온이라는 친구. 당신의 검은 레스터의 것이 아닙니다. 아니 일반 기사 수련생이라면 그런 찌르기 자세는 익히지도 않죠. 첫 번째 공격도 분명 베기 기술이었죠? 그렇다면 당신은 세이버나 아니면

레이피아 같은 검을 주로 배웠다는 얘긴데… 세상에 어떤 기사 수련생이 그런 가벼운 검을 배운단 말입니까? 그런 검으로는 상대 갑옷에 흠집을 내는 게 고작이랍니다.”

의외로 로딘이 검에 대해서 잘 알고 있자 레온은 의아해서 그를 쳐다봤다. 그의 반응에는 상관 않고 로딘은 혼자 중얼거리기 시작했다.

“그렇지만 페나인에서 이런 검술을 가르치는 가문이 하나 있기는 하지. 그 녀석도 녀석의 형들도 그리고 그 아버지도 모두 가벼운 검을 착용했지. 흠…….”

로딘은 다시 검을 겨누며 외쳤다.

“그리고 불행하게도 나도 그 검술을 좀 익혔습니다. 비록 어깨 너머로 익혔다고는 하지만 당신이 진짜인지 아닌지를 아는데는 부족하지 않을 겁니다. 어디 검으로 대화해 보도록 하죠.”

그렇게 말한 로딘은 땅에 발을 질질 끌며 재빠르게 찔러 들어왔다. 그가 처음 자세를 잡는 과정에서 이미 레온은 상당히 놀라고 있었다. 그는 언제나 기사들과 대련을 하곤 했지만 최근에 이런 검술을 구사한 이와 상대하기는 카슨뿐이었다. 아니, 이런 검술 자체가 자신의 가문 이외엔 없기 때문에 다른 기사들이 구사하지 않을 뿐이었다. 그러나 로딘은 빠르고 정확하게 레온의 목과 가슴, 어깨를 연속으로 찔러 들어왔다. 그의 검술은 분명 자신이 지금껏 배워온 것과 유사했다. 봉이라는 점 때문에 그가 베기 기술을 구사하지는 않았기에 정확하게 얼마나 비슷한지는 모르겠지만 찌르는 타이밍과 목표는 똑같았다.

그의 연속된 찌르기를 봉으로 쳐내며 레온은 벌써 여섯 걸음이나 물러섰다. 그리고 마지막 쳐내는 것과 동시에 레온도 공세로 접어들었다. 그의 허리에 빈틈이 생기는 것을 놓치지 않고 그는 잽싸게 찔렀다.

하지만 로딘은 이미 그것을 예견한 듯 봉으로 막으며 뒤로 물러섰다. 연속으로 몇 걸음을 물러섰기에 레온은 따라붙지 못하고 그 앞에 엉거주춤 한 채 봉을 겨눴다. 로딘의 공격에 대응하기 위해 자세를 웅크렸지만 의외로 로딘은 웃으며 봉을 거뒀다.

그는 크게 웃었다.

"녀석이 말하던 검의 천재를 오늘에야 보는군."

그는 레온을 가리키며 물었다.

"무슨 사정으로 장사를 하고 있는지는 모르겠지만 당신에겐 분명 형이 네 명 있겠죠?"

"어?"

그의 질문에 레온도 당황하여 말문을 잃었다.

"그걸 어떻게?"

라고 질문하면서 뭔가 크게 이상하다는 것을 느꼈다. 산적 일당이라고 생각했던 로딘이 어떻게 자신들의 형을 알고 있을까. 아니, 그보다 가문의 검술을 알고 있다는 점이 더 이상했다.

"확실하군. 뭐, 좋아."

로딘은 고개를 끄덕였다.

"자세한 것은 묻지 않겠습니다. 어쨌든 오늘 승부는 내가 진 것으로 해두죠."

로딘은 돌아서며 사람들에게 식사를 지시했다. 한참 기대에 부풀었던 그들도 의외로 쉽게 로딘이 패배를 인정하자 의아해했지만 별다른 불만을 보이지는 않았다. 다만 레온에게 환호를 해주며 식사를 차리기 위해 부산히 움직였다.

"종종 들러주세요. 식사는 언제라도 대접할 테니."

씩 웃으며 로딘이 손을 들었다.

로딘은 캐러디안 숲에서 레첸 마을로 가는 길목까지 배웅을 나왔다. 비록 산적이라고는 해도 그다지 해를 입은 것도 아니고 더군다나 앞으로 무제한 통행을 보장받았으니 두 사람도 기쁘게 그의 배웅을 받았다. 마주 손을 들어 헤어진 후에 마차는 재빨리 레첸 마을을 향해 속력을 높였다. 마차가 사라질 즈음까지 숲에 서서 바라보던 로딘의 곁에서 타스틴이 중얼거렸다.

"저 어린 형제들이 마음에 든 모양이지? 뿔고둥을 그렇게 쉽게 내주다니 말야."

"맘에 들고 말고요. 검사로서 최고의 재능을 갖춘 녀석을 봤으니 말입니다."

“최고의 재능?”

그의 뒤에 서 있던 느킹먼이 궁금한 듯 물었다.

“잊었나? 전에 들렀던 내 친구가 말하지 않았나. 십대에 마스터가 된 재능을 소유한 동생이 있다고. 아마 지금이라면 왕국에서 다섯도 상대하기 힘들지 모른다고.”

“아아… 그 동생 이름이…….”

“레온 레스터. 바로 저 녀석이야. 게다가 말이야, 녀석은 동생의 재능을 너무 과소평가했어. 내가 보기엔 아마 왕국에서 견줄 만한 자는 셋도 안 될 거야.”

“자넨 어때?”

대뜸 타스틴이 물었다. 그의 질문에 로딘은 활짝 웃으며 어깨를 으쓱했다.

“자, 이만 돌아가도록 하죠.”

해질 무렵 레온과 알은 레첸 언덕의 기슭에 당도했다. 그 앞에서 마차를 세운 알은 갑자기 레온을 돌아봤다.

“자, 이만 넌 집에 돌아가.”

그의 말에 깜짝 놀라며 레온이 소리쳤다.

“무슨 소리야? 우린 동업자인데 이제 와서 헤어지자는 거야?”

“너 말도 안 하고 나온 거잖아. 그건 가출이나 마찬가지야. 집에 돌아가서 제대로 허락을 받고 와. 그때엔 정말 동업자로서 받아줄 테니.”

“그럼 나중에 포란으로 찾아오란 말야?”

“아니, 그럴 필요는 없어. 어차피 레첸에서 이틀 정도는 머물 예정이니까. 그때까지 허락을 받고 마을로 오면 되잖아."

알의 얼굴에 그다지 거짓이 없는 것 같아 레온은 일단 고개를 끄덕였다. 그가 수긍을 하자 알은 마차에서 내리며 이어서 말했다.

"난 '우정의 나눔터' 라는 주점에 있을 테니까 나중에 그곳으로 찾아와. 그리고 말은 가지고 돌아가라."

"왜?"

"말을 타고 왔으니 가져가야지."

그렇게 대답하는 알의 얼굴에서 사뭇 아쉬움을 느낀 레온은 잠시 주저했다. 어쩌면 이렇게 알과 헤어져 다시는 만나지 못할지도 모른다는 생각이 들었다. 집에 돌아가면 형에게 잡힐지도 모르는 일이었고 어쩌면 수도로 보내질지도 모른다. 자세한 사정은 몰라도 알이 아쉬워하는 것도 다시는 자신을 못 볼 것이라 생각하기 때문이라고 짐작했다.

"말은 됐어. 어차피 다시 가져올 텐데 뭐 하러 가져가?"

"뭐?"

레온은 빙긋 웃으며 검만 가지고 마차에서 내렸다. 그리고 어느새 레스터 성을 향해 뛰어가기 시작했다.

"그 말 이젠 내 것이 아니라 우리 것이잖아? 그리고 곧 돌아올 테니 그 마부석 비워둬."

"이, 이봐!"

알은 달려가는 레온의 뒤에서 소리쳤지만 그는 아랑곳하지 않고 그대로 달려갔다. 그의 뒷모습을 보며 알은 피식 웃었다. 그가 지금껏 생각해 왔던 것과는 반대로 레온은 귀족다운 모습이 없었다. 어쩌면 자신은 일생에 다시없을 좋은 친구를 만났던 것인지도 모른다. 비록 지금이 마지막이라도 그의 우정에 감탄하며 알은 마차에 올랐다.

그가 막 채찍질을 가하려는 찰나에 어느새 레온이 이쪽으로 달려오고 있었다. 의아해서 멈칫하는 사이에 레온은 다시 마차 옆에 다가왔다. 그는 숨결 하나 흐트러지지 않은 채 어깨에 메고 있던 뿔고둥을 알에게 건넸다.

"잊을 뻔했는데 이것도 맡아둬."

"이, 이건… 로딘이 네게 준 것이잖아?"

"아니. 나에게 준 것이 아냐."

레온은 억지로 알의 손에 뿔고둥을 쥐어주며 말했다.

"우리에게 준 것이야. 그러니까 이것도 네가 맡아둬."

레온은 다시 뒤돌아서 레스터 성으로 달려갔다. 뒤에서 알이 뭐라고 소리치는 것 같았지만 그는 무시하고 더욱 빠르게 질주를 했다. 이제 와서 알에게 자신의 능력을 숨길 필요가 없었기에 그는 최고 속력으로 달렸다. 바람 소리가 윙윙거리며 귀를 울렸다. 허리까지 자란 잡풀들도 레온을 가로막지 못한 채 좌우로 흩어졌다. 오랜만에 이렇게 달린다고 느끼면서 레온은 홀가분한 마음이 들었다.

그가 앞으로 해야 할 일이 생긴 것이다. 하고 싶었던 일을 찾은 것이다. 설사 형이 반대를 하더라도 꼭 장사를 하겠다는 결심이 섰다. 그렇게 결심하고 나니 두려운 것도 없었다. 그는 어서 집에 도착해 그 얘기를 해야겠다는 생각뿐이었다.

석양에 의해 붉게 물든 레스터 성 앞에 이르러 그는 속력을 늦췄다. 막 그가 성문을 들어서는 순간 문지기가 앞을 막아 섰다.

"누구냐! 해질 무렵부터는 성으로의 통행이 금지된다는 것을 잊었느냐?"

"나예요. 레온이요."

"앗! 레온 공자? 도대체 어딜 가셨다 오신 겁니까?"

"잠시 다녀올 곳이 있었어요. 형은 어디 있죠?"

"자택에 계십니다. 벌써 며칠 전부터 공작께서도 찾고 계셨습니다."

"에? 아버지가 오셨어요?"

안으로 들어서려던 레온이 흠칫 놀라며 물었다.

"네. 후작도 와 계십니다."

레온의 반응이 이상하다고 느끼면서 문지기는 성실하게 대답했다.

"혀, 형까지 왔단 말이에요? 무슨 일로?"

"그것까지는 저도 잘……."

"알겠어요……"

대답을 하면서 레온은 무거운 발걸음으로 저택을 향했다. 등 뒤로 성문이 닫히는 소리가 그의 마음을 짓눌렀다. 하이렌이라면 떼를 써서라도 어떻게 빠져 나올 방법이 있었다. 아니, 그렇게 할 생각이었다. 허락하지 않는다면 도망쳐서라도 장사를 하러 갈 생각이었다. 하지만 아버지와 버나드까지 와 있다면 설득은커녕 도망치기도 힘들었다. 어쩌면…….

그 다음은 생각하지 않으려고 레온은 고개를 저었다. 그리고 어느새 그의 눈앞에 레스터 공작 가문의 거대한 저택이 들어왔다. 그 앞에 집사가 레온을 알아보고 달려오는 것도 보았다. 그리고 그 부산한 움직임 가운데 레온은 다시금 굳게 다짐을 했다. 누가 뭐라 하든 장사를 하겠다고. 설사 아버지가 막아서더라도 꼭 장사를 하러 가겠다고. 그렇게 결심했다.

그리고 성큼 현관을 향해 발걸음을 옮겼다.

그가 막 현관에 들어설 때 이미 소식을 들은 공작이 계단을 내려오고 있었다. 그는 레온을 보고 얼른 다행스런 미소를 지으며 말했다.

"레온, 어딜 갔었던 거냐? 네가 없어졌다는 말에 한참 걱정을 했었다."

그의 뒤로 버나드와 하이렌, 도드리안도 나타났다.

그들을 살피며 레온은 심호흡과 함께 아버지에게 말했다.

"저 장사하러 갔다 왔어요."

그 말에 내려오던 하이렌과 도드리안의 발걸음이 멈췄다. 전후 사정을 알고 있는 두 사람은 올 것이 왔다는 생각에 하얗게 질렸다. 그들 뒤로 이미 얘기를 전해 들은 버나드도 굳은 표정으로 천천히 레온을 쏘아봤다.

아직 상황을 인식하지 못한 윌리엄은 의아해하며 레온에게 물었다.

"무슨 말이냐? 장사를 하고 왔다니?"

"저 중개상이 되고 싶어요."

단호한 음성이었다. 자신조차도 이런 목소리가 나올 줄은 상상도 못했다. 그리고 그 말을 들은 윌리엄은 대충 사태를 짐작했다. 레온이 기사의 길을 포기하고 장사꾼 같은 허접한 일을 하겠다는 것을. 그리고 그대로 속에서 분노가 확 끓어올랐다.

"무슨 말 같지도 않은 소리냐! 그런 헛짓거리나 하라고 널 가르쳤는 줄 아느냐?"

"헛짓거리라니요? 중개상은 중요한 일이란 말이에요!"

"레온, 밤이 늦었다. 이만 들어가서 쉬도록 해라."

계단 위에 있던 버나드의 차가운 음성이었다.

아직 초저녁이었지만 레온은 형의 말에서 커다란 위압감을 느꼈다. 그것은 분명 아버지와는 다른 무게였다. 그는 입을 다물고 가만히 서 있었다.

"무슨 소리야! 장사 따위를 하겠다니!"

윌리엄은 고래고래 소리를 지르며 레온에게 달려들었다. 아니, 만약 곁에서 하이렌과 도드리안이 붙잡지 않았다면 정말 달려들어 요절을 냈을지도 모르는 일이었다. 하이렌뿐이라면 뿌리치고라도 달려들겠지만 도드리안은 평범한 숙녀이니 윌리엄으로서도 쉽게 내치지는 못했다. 아무리 자신이 화가 났기로서니 마스터의 위력이 어느 정도인지는 잘 알고 있었다. 팔 한번 휘젓는 것만으로도 귀여워하던 도드리안은 벽으로 퉁겨져 죽을지도 모르는 일이다. 선뜻 뿌리치지 못하고 망설이고 있는 사이에 갑자기 위에서 버나드가 몸을 날려 두 사람의 사이에 내려섰다.

왕국 최고의 검사라는 칭호를 받는 버나드가 사이에 가로막자 윌리엄도 멈칫하며 힘을 빼고 물러섰다. 그러나 하이렌은 혹시 하는 마음에 더욱 긴장하여 아버지를 붙잡고 있었다. 가운데 선 버나드는 다시 침착한 목소리로 레온에게 명령했다.

"방으로 들어가라."

"하지만……."

"어서 들어가지 못할까!"

버나드의 호통에 레온은 찔끔하며 그의 곁을 지나 계단을 오르기 시작했다. 그의 뒤로 아버지인 윌리엄의 낮지만 분노에 찬 음성이 들렸다.

"너희들은 알고 있었구나… 그렇지?"

형들과 형수가 뭐라고 대답했는지는 들리지 않았다. 대답을 하기 이전에 이미 레온은 복도를 돌아섰기 때문이었다. 그는 방으로 돌아온 후에 후우, 하고 한숨을 쉬며 침대 위에 쓰러지듯 누웠다.

상황을 보아하니 아버지인 윌리엄이 허락을 해줄 것 같지는 않았다. 게다가 버나드 형의 표정도 심상치 않았다. 레온은 어떤 대련보다도 방금 전의 상황에서 훨씬 더 많이 긴장했다고 생각했다. 그리고 지금 침대에 누워 한순간의 긴장이 풀리자 어느새 잠들고 말았다.

한편 윌리엄과 버나드들은 거실에 자리를 잡고 앉았다. 아들들에게 배신을 당했다는 분노에 윌리엄의 얼굴은 벌겋게 달아올랐다. 그러나 쉽게 성질을 내지 않고 찬찬히 두 아들을 살폈다. 매사에 찬찬히 살피는 그의 성격이었지만 오늘처럼 갑자기 터진 상황에는 어떻게 대처해야 할지 엄두가 나지 않았다.

버나드는 팔짱을 낀 채 의자 깊숙이 몸을 묻고 있었다. 시선은 앞에 놓인 찻잔을 응시한 채 침묵을 지키고 있었다. 그의 맞은편에는 하이렌과 도드리안이 고개를 숙인 채 나란히 앉아 있었다. 하이렌은 이번 사태가 바로 자신의 부주의함에서 비롯된 것을 잘 알고 있었다. 그리고 그것으로 아버지가 얼마나 역정을 낼지도 알고 있었다.

"어떻게 된 거냐. 어째서 레온이 장사꾼 따위가 되겠다는 것이지?"

"작년에… 마스터가 된 이후에 장사에 대해 관심을 갖는 듯했습니다."

"작년부터? 그럼 어째서 내게 말하지 않았던 거냐!"

윌리엄 공작의 목소리가 한층 커졌다.

"그때는 그렇게 심각하게 여기지 않았었고… 무엇보다 장사에 대한 것들을 레온에게 알려주지 않으면 아무 일도 없으리라 여겼습니다. 그래서 성과 마을에 그런 명령을 하달하고 철저히 막았습니다."

"철저히 막았다고? 그런데 어째서 레온이 장사를 하고 왔다고 말하는 거지?"

"그것은……."

윌리엄의 비난에 하이렌의 고개가 더욱 수그러들었다. 곁에 있던 도드리안이 하이렌의 말을 거들었다.

"레온 도련님은 그다지 발이 넓은 편이 아닙니다. 예의 바르시고 사교성이 좋긴 합니다만 레스터 성 주위 이외에는 나다니질 않아요. 성과 마을에 금령을 내린 것만으로도 충분했으리라 여겼던 겁니다."

도드리안의 설명에 윌리엄은 그저 하이렌을 쏘아보기만 할 뿐이었다. 그는 잠시 그렇게 앉아 있더니 굳은 음성으로 중얼거렸다.

"여하간에 녀석에게 장사를 가르친 녀석이 있겠지? 그 녀석을 잡아다 죽여야겠다. 감히 귀족의 자제에게 장사 따위를 가르치다니! 용서할 수 없다."

"하, 하나……."

하이렌이 놀라 고개를 들었지만 그의 표정을 보고 흠칫 입을 다물었다. 윌리엄의 표정을 보아하니 정말로 그렇게 할 것 같았다.

"그럼 레온도 생각을 고치겠지."

"그럴까요?"

그때까지 잠자코 있던 버나드가 입을 열었다. 누가 뭐래도 버나드는 레스터 가문의 장자이자 후계자였다. 윌리엄도 그의 의견을 묵살할 수는 없었으니 모두들 버나드를 쳐다보며 다음 말을 기다렸다. 버나드는 천천히 앞에 놓인 차를 마시며 하이렌에게 물었다.

"네가 아버지께 이 일을 감춘 것은 다른 이유가 있었겠지?"

"다른 이유? 그게 뭐냐, 버나드?"

"이를테면 십 년 전에 이와 같은 일이 있었다는 것을 유념한 것이 겠지요. 그때와 같은 일이 벌어질까 두려웠던 것이 아닐까요?"

느닷없이 버나드는 십 년 전의 사건을 얘기했다.

바로 카슨이 음유 시인이 되겠다며 집을 나갔던 그때의 일을. 그리고 그것은 그대로 윌리엄의 분노로 이어졌고 레스터 기사단을 총동원하여 카슨을 잡았으며 그 와중에 상당한 기사들이 중경상을 당했었다. 카슨은 그 당시에도 이미 상당한 검술의 경지를 보였던 것이다. 결과적으로 죄책감을 느낀 카슨은 아버지의 뜻대로 기사가 되기는 했다. 그러나 그때부터 아버지와 사이가 벌어지게 된 것이기도 했다.

그때의 일을 떠올리자 윌리엄의 얼굴은 약간 일그러졌다. 그런 그의 표정을 살피며 하이렌은 조심스럽게 말했다.

"그렇습니다, 아버지. 레온은 마스터입니다."

"뭐라고?"

하이렌의 말이 얼른 귀에 와 닿지 않았다.

"레온은 마스터입니다. 게다가 벌써 숙련의 경지에 이르렀습니다. 그런 녀석을 과연 누가 막을 수 있단 말입니까?"

그의 말이 이제야 이해가 갔다. 생각해 보니 레스터 기사단으로는 어림도 없었다. 왕국의 유명한 마스터 기사를 총동원해야 레온을 잡을 수 있을까 말까 했다. 그러나 현실적으로 중범죄자도 아닌 그를 잡기 위해, 공적인 권한을 사용할 수는 없었다. 하이렌의 말이 이해되자 지금의 사태가 십 년 전의 일보다 더 심각하다는 것을 깨달은 윌리엄은 급하게 외쳤다.

"이번엔… 너희들이 있지 않느냐? 지금은 너희들도 마스터다."

카슨 때에는 버나드도 마스터의 경지에 이르지 못했었다. 물론 마스터의 경지가 바로 코앞이긴 했지만 마스터와 일반 기사는 엄연히 수준이 달랐다. 두 사람이 싸우면서 한쪽은 무기를 들고 한쪽은 맨손인 정도의 차이, 아니, 어쩌면 그보다 더 큰 차이일 수도 있었다. 그렇기에 뛰어난 자질을 보였던 카슨이라도 다수의 기사를 이길 수는 없었다.

그러나 레온과 같은 마스터라면 사정이 달랐다. 보통의 기사로는 수십 명이 달려들어도 어림없었고 같은 마스터의 경지에 오른 이만이 상대할 수 있었다. 그런 면에서 레스터 공작가는 이미 공인된 다섯 명의 마스터가 있었고 윌리엄은 그것을 지적한 것이다.

반면에 하이렌은 고개를 저었다.

"현실적으로 불가능합니다, 아버지. 아버지나 형은 수도의 국무에 임해야 하는 처지고 셋째는 이제 막 모스 섬으로 군대를 이끌고 가야 합니다. 게다가 같은 마스터라도 분명한 수준의 차가 있다는 것은 아버지께서 더 잘 아시지 않아요? 레온을 막으려면 최소한 형이나 카슨이 동시에 덤벼야 가능할 겁니다."

하이렌의 말에 윌리엄은 신음을 터뜨렸다. 확실히 그의 말대로 레온은 너무 강했다. 그가 지금껏 보아온 모든 기사 중에 가장 성취가 빠른 아이였다. 검의 재능에 있어선 확실히 버나드나 카슨보다 위였으며 지금까지 이룬 경지만 따져도 왕국에서 레온과 견줄 자는 다섯도 안 될 것이라는 게 집안의 공통된 의견이었다. 그런 레온을 실력으로 막는다는 것은 거의 불가능했다.

"저어……."

조심스럽게 도드리안이 입을 열었다. 윌리엄의 눈초리에 겁을 내면서도 도드리안은 천천히 의견을 말했다.

"레온 도련님은 얌전한 분이시니… 크게 싸울 일은 없으리라 여겨집니다. 잘 타이르는 것은 어떨까요?"

그녀의 말에 잠시 생각을 하던 윌리엄은 곧 고개를 저으며 탄식했다.

"카슨도 얌전했던 애였어."

"떠나기 전에 묻더군요. 형은 기사로서 행복하냐고."

느닷없는 버나드의 말에 윌리엄은 그를 돌아봤다.

"무슨 말이냐?"

"그리고 이번에도 내 제의를 거절하더군요."

버나드가 말한 이가 바로 카슨임을 모두 눈치 챘다. 버나드가 오래전부터 카슨에게 어떤 제의를 해왔다는 것은 모두가 알고 있었다. 그제의란 카슨이 근위대로 옮겨오라는 것이었다.

여기서 잠시 페나인 왕국의 군단 편성을 살펴보면 왕가를 지키는 친위대가 있고 왕국의 정예인 근위대가 있다. 대부분의 정예 기사들은 거의 이 두 개의 부대에 속해 있는 셈인데 반면에 왕국의 상징인만큼 훈련은 할지언정 실제적인 치안과 군무를 맡는 것은 아니었다.

그래서 그 밑에 돌격 기병단 십군단을 두었고 이들이 실제로 국경을 지키고 있었다. 이외에 대영주의 가문엔 성을 따서 사병화 되어 있는 기사단이 있는데 바로 레스터 기사단이 이와 같은 것이다.

그러나 그 병력과 규모는 크게 차이가 났다.

우선 친위대. 만 명의 병력으로 약 천여 명의 기사가 존재한다.

근위대는 왕국 최고의 정예인만큼 십만 명에 이르는 대병력과 오천에 달하는 기사가 존재하고 있었다.

돌격 기병단도 십만의 병력이긴 하지만 기사는 훨씬 적어서 총 백 명도 되지 않는다. 게다가 근위대는 엄연히 근위대장이라는 직위가 있어 총대장이 있는 반면에 돌격 기병단은 각 군단장은 있지만 총군단장은 존재하지 않았다. 이를테면 열 개의 서로 다른 군단인 셈이다.

대영주의 사병 기사단들은 그 수가 더 적어서 가장 큰 것이라야 만을 넘기 힘들다. 그 이유는 영주의 기사보다 왕국의 기사가 되는 것이 훨씬 명예롭고 실력이 있다는 증거였기 때문에 수도 적었고 능력도 훨씬 미치지 못했다.

여하간에 버나드가 카슨에게 근위대로 오라고 제의한 이유는 당연했다. 돌격 기병단은 말 그대로 왕국의 청소부에 불과했다. 소속 병사들도 매우 거칠고 사나워 흔히 대규모 용병단이라고 칭해질 정도였다. 또한 소속 기사들도 더 이상의 진급은 바랄 수도 없었다. 이를테면 기사들의 무덤이라 전해지는 곳이 바로 돌격 기병단이었다. 카슨이 검사로써 왕국에 견줄 자가 없다는 것을 감안한다면 그는 분명 근위대나 친위대의 중책을 담당할 수 있었다. 그렇기에 버나드는 카슨에게 근위대로 올 것을 제의했고 반면에 그는 언제나 돌격 기병단에 남기를 희망했다.

그가 어떤 이유로 돌격 기병단에 잔류하는지는 몰라도 갑작스레 그 이야기를 꺼낸 버나드에게 모두 의아해했다. 그러나 버나드는 윌리엄을 바라보며 다시 말을 이었다.

"아버지께선 카슨이 기병단에서 어떻게 지내는지 알고 있습니까?"

그의 말에 윌리엄은 화를 삭이며 낮게 말했다.

"알고 있다."

"알고 계셨다니 다행이군요. 그럼 레온에게도 같은 일이 일어날 것이란 것을 예측하실 수 있겠지요?"

"군… 군에서 장사를 할 수는 없지 않나?"

하이렌과 도드리안은 카슨이 어떻게 지내는지 몰랐다. 그러나 윌리엄의 화난 음성에서 그의 생활을 짐작할 수 있었다. 그는 기병단의 병사들과 어울려 노래를 부르는 것이 분명했다. 그리고 그것이 어쩌면 그곳을 떠나지 않는 이유일지도 몰랐다.

"검을 잘 쓴다고 기사가 되는 것은 아니라고 생각합니다."

버나드도 한층 목소리를 높여 단호하게 말했다. 그의 말에 윌리엄은 흠칫 얼굴을 굳혔다.

"카슨을 보고도 모르십니까? 아버지께선 만족할지 몰라도 분명히 말하건대 그는 기사가 아닙니다. 노래 부르는 기사, 아니, 검 잘 쓰는 음유 시인이란 말이 더 맞겠군요."

"네 말은… 네 말은……."

윌리엄은 화가 머리끝까지 치밀어 제대로 말을 잇지 못했다. 더듬거리던 그는 탁자를 내려치며 외쳤다.

"지금은 레온이 장사꾼이 되는 것을 막으려고 하는 중이다. 그런데 지금 이 순간 네가 그런 말을 하는 것은 무슨 뜻이냐!"

"말 그대로입니다. 분명히 말해 전 레온을 막을 생각이 전혀 없습니다. 아마 카슨도 같은 입장일 겁니다."

그렇게 말하며 버나드는 하이렌을 바라보았다. 그의 의견을 묻는 것이다. 하이렌은 윌리엄의 눈치를 살피며 조심스럽게 입을 열었다.

"저도… 형과 같은 생각입니다."

쾅!

두터운 대리석으로 만든 탁자가 순식간에 두 조각이 났다. 윌리엄은 분노한 기색을 숨기지 않고 탁자를 내려쳤다. 그러나 그 순간 놀란 사람은 도드리안뿐이었다. 사실 버나드나 하이렌도 그 정도 일은 능히 할 수 있었기에 그다지 놀랍지 않았다. 다만 윌리엄의 분노가 어느 정도인지 가늠하기 위해 눈치를 살필 뿐이었다.

윌리엄은 잠시 눈을 감은 채 격하게 숨을 몰아쉬었다. 그리고 벌떡 일어서며 중얼거리듯 말했다.

"너희들의 생각은 잘 알았다. 그러나 안 되는 것은 안 되는 것이다."

밖으로 나가는 그의 뒤통수에 버나드는 쐐기를 박듯 말했다.

"같은 과오를 두 번 범하지 마십시오."

그의 말에 윌리엄이 잠시 멈칫했지만 그대로 나갔다.

잠시 침묵이 흐른 후에 하이렌은 긴장을 풀며 입을 열었다.

"형이 레온을 편들 것이란 생각은 못했군요."

"다섯은 너무 많으니까."

"네?"

버나드는 구구절절 설명하는 성격이 아니었기 때문에 가끔 같은 형제간에도 알아듣기 힘들 때가 있었다. 지금 같은 경우도 다섯이란 형제의 수를 말하고 있다고 알아들었지만 많다는 것이 무슨 뜻인지 이해하기 힘들었다. 하이렌의 반문에 버나드는 여전히 같은 표정으로 대꾸했다.

"대영지라고 해도 다섯이 나누면 소영지보다도 못하지. 레온이 기사가 되지 않겠다면 나눠줄 필요가 없으니 모두에게 좋은 셈이 아니냐."

"혀, 형……."

　그의 말에 하이렌은 착잡한 심정이었다.

　엄밀하게 따지면 레스터 영지는 모두 버나드의 것이었다. 그것을 동생들에게 나눠주겠다는 그의 씀씀이는 분명 고마웠지만 레온에게는 주지 않겠다는 말은 또 이기적으로 들렸다. 그러나 하이렌은 형을 이해했다. 냉정하게 말하면서도 사실은 동생들을 잘 이끌어왔던 형이다. 결코 레온을 미워하는 것이 아님을 누구보다도 하이렌 자신이 잘 알고 있었다.

　"이봐, 여기 식사는 언제 주는 거야?"

　"어이, 알. 잠시만 기다려 줘. 그러게 평소에 시키던 것을 했으면 이렇게 늑장을 부리진 않았을 거 아냐?"

　"아아, 이제 풀죽은 그만 먹기로 했어. 이제부터는 체력을 생각해서 고기를 먹겠다구."

　"호오, 좀 벌었나 보지?"

　"물론. 이제 나도 제법 중급 중개상이라구."

　식탁에 팔을 걸친 채 알은 싱글거리며 소리쳤다. 그리고 몇 가지 덧붙여 소리치는 것을 잊지 않았다.

　"내일이면 이 도시가 발칵 뒤집힐 정도가 될 테니 두고 보라구!"

　레첸은 레스터 성의 직속 관할인만큼 부자들이 많이 살고 있는 지역이다. 그런 곳에 드워프의 장신구를 풀지 않는다는 것은 바보나 다름없었다. 어차피 레온이 돌아올 때까지는 시간이 제법 있을 테니 그동안 레첸에서 거래를 할 생각이었다.

　마침 음식을 가지고 오던 주인이 그의 말에 씁쓸히 웃고 있었다.

　"웃기지 말게. 자네가 뒤집지 않아도 이미 충분히 뒤집혀 있으니."

“뭔 소리야?”

“들어오면서 느끼지 못했어?”

“아아… 그리고 보니… 마을 어귀부터 웬 병사가 그렇게 많아? 무슨 전쟁이라도 난 분위기더군.”

“막내 공자가 갑자기 사라지신 모양이야.”

“막내 공자? 어디의?”

“훗, 자넨 이 마을 출신이 아니라 잘 모르겠군. 레스터 공작가의 다섯 형제에 관해 알고 있나?”

“모르지. 나 같은 상인이 그런 지체 높은 귀족과 친분이 있을 리 없잖아?”

“쳇. 누군 친분 따위 있는 줄 알아? 하긴 최소한 우린 공자들과 안면은 트고 사니까 다른 마을 사람들보단 친분이 있는 셈이군. 그래도 소식 정도는 듣고 살 것 아닌가?”

“돈이 되는 소식이라면.”

짧게 중얼거린 알은 별로 신경 쓰지 않는 태도로 닭찜에 손을 가져갔다. 죽죽 찢어서 빈 접시에 담으며 입으로 후후, 부는 동안 주인은 그 앞에 앉아 한숨을 푹 쉬며 말을 이었다.

“아마 자네도 공작 각하의 아드님이신 네 분 공자에 대해선 들은 바가 있을 거야. 버나드 후작이나 하이렌 백작, 카슨 자작 같은 분들의 소식 정도는 들었겠지? 한데 그분들 말고도 막내 공자가 한 분 더 계시다네. 나이 차가 많아서 아직 이십 세도 되지 않았을 정도라 이름을 알리진 못하셨지만 성에서 가끔 나오는 기사들의 말을 빌리자면 왕국에 다시없을 검의 천재라고 하더군. 어이, 이봐. 듣고 있나?”

“그래, 그래. 계속 말해 봐.”

쩝쩝거리며 연신 닭 뼈를 핥는 알을 쳐다보며 주인은 다시 입을 열었다.

"내가 막내 공자를 뵌 것은 작년 이맘때였어. 햇볕에 빛나는 금발 머리를 뒤로 묶어서 늘어뜨린 채 도드리안과 함께 마을에 나타난 거지. 사실 거리는 가깝다지만 도드리안이 마을에 온 것은 근 이 년 만이었어. 온 마을 사람들이 너무나 반가워 그녀에게 다가가 인사를 했어. 그때 도드리안이 그 소년을 우리에게 소개했지. 믿어지나? 공작 각하의 다섯째 공자가 바로 그 소년이었던 거지."

"그래, 그래. 잘났군. 귀족과 얼굴 트고 살고 있으니 얼마나 행복하겠나?"

약간 빈정대는 말투에 주인은 화를 내며 소리쳤다.

"웃기지 말게. 막내 공자는 셋째 공자처럼 소탈한 사람이야. 신분에 상관없이 마을 사람들과 친하게 지내려 했다고! 언제나 해질 무렵이면 마을에 와서 놀다 가시곤 했지."

주인은 다소 화가 가라앉았는지 다시 한숨을 쉬며 고개를 저었다. 한참 날개를 뜯어내던 알은 이렇게 하다간 끝도 없이 넋두리를 늘어놓겠다 싶어 곧 입을 열어 물었다.

"그래서? 그 막내 공자란 분이 사라졌단 거야?"

그의 질문에 주인이 퍼뜩 정신을 차리며 대꾸했다.

"그래. 그러니까 사흘 전이었어. 성에서 오전에 마을로 출발했다는데 정작 이곳엔 오지 않으셨거든. 그래서 지금 레스터 성과 레첸은 발칵 뒤집힌 상태야."

"그거 안됐군."

"게다가 공자는 장사에 관심이 많단 얘기야. 그래서 공자 앞에서 장사에 관한 얘기는 입도 뻥긋 못하게 되어 있거든. 어쩌면 십 년 전과 같은 일이 벌어지지 않을까 마을 사람들 모두 걱정을 하고 있지.”

“십 년 전?”

“아, 자넨 몰라도 돼. 마을의 비밀이니까.”

“그래?”

하고 막 닭 가슴살을 벌리던 알은 흠칫하며 멈췄다.

자신이 이 마을을 떠났던 것도 정확히 사흘 전이었다. 그리고 레온을 만났던 것도 사흘 전이었다는 것을 그는 기억해 냈다. 게다가 레온은 장사에 지대한 관심을 보였지만 정작 아는 것은 거의 없었다. 또한 주인이 잠깐 언급했던 외모에 금발 머리를 뒤로 땋아 늘어뜨렸다는 점도 그를 불안하게 했다. 그는 정색을 하고 주인을 바라봤다.

“이봐. 그 막내 공자의 이름이 뭐야?”

“그건 왜?”

“혹시…… 레온이라고 하지 않나?”

“어? 그걸 자네가 어떻게……?”

“저, 정말… 레온인가?”

주인의 얼굴을 보며 자신의 짐작이 맞았음을 깨달은 알은 너무 놀라 의자에 힘없이 기대었다. 그리고 두 팔을 축 늘어뜨리며 잠시 혼란 상태에 빠졌다.

지난 사흘 간 자신과 지냈던 레온이 그 유명한 윌리엄 레스터 공작의 다섯째 아들이라는 사실이 믿어지지 않았던 것이다.

“밤이 깊었습니다, 공작 각하.”

캄캄한 실내에 촛불을 들고 한 늙은 남자가 들어서서 허리를 숙이

머 말했다. 그러나 어둠 속에서 그에게 대답하는 것은 아무것도 없었
다. 그럼에도 남자는 다시 한 번 입을 열었다.

"공작 각하……."

"토톰… 자넨 어떻게 생각하나?"

후우, 하는 긴 한숨 소리와 함께 창가에 놓인 의자에서 목이 잠겨
거칠고 메마른 소리가 들렸다. 이윽고 의자에서 몸을 일으키자 달빛
에 윌리엄의 침울한 모습이 보였다.

"무엇 말입니까, 공작 각하?"

"자네는 내 아들들을 오랜 동안 봐오지 않았나? 어쩌면… 나보다
더 잘 알고 있을지도 모르지. 내가 만약 레온이 장사하겠다는 것을 막
는다면… 카슨처럼 녀석도 엇나가게 될까?"

"……."

"왜 대답이 없지?"

"저에겐 그 질문에 대해 대답할 권한이 없습니다, 공작 각하."

"그래, 그렇겠지."

다시 윌리엄의 입에서 긴 한숨이 나왔다.

"레온은 어떻게 하고 있지?"

"말씀하신 대로 방에서 한 발짝도 나오지 못하게 했습니다. 저녁
무렵에 작은 마님께서 식사를 가지고 들어가신 것 빼고는 아무도 출
입하지 않았습니다. 공자께서도 조용히 계십니다."

"도드리안이? 그래… 이보게, 토톰. 자네 생각에 레온이 얼마나 있
으면 도망칠 생각을 할 것 같은가?"

"역시 그 질문에 대해서도……."

"대답해 보게. 아니면 자네도 레온이 장사를 해야 한다고 생각하는

건가?"

"공작 각하, 제가 어찌 감히……."

"그만, 그만. 난 자네의 생각을 알고 싶을 뿐이네. 레스터 가의 집사로서의 토톰이 아닌, 그냥 자식 가진 부모로서의 토톰에게 묻는 거야. 그러니 걱정 말고 대답해 주게."

윌리엄의 힘없는 말에 토톰은 묵묵히 서 있다가 겨우 입을 열었다.

"카슨 공자의 경우엔 4일 걸렸습니다."

"그랬었지… 그럼 레온도 그럴까?"

"경우가 다릅니다. 그때엔 공작 각하께서 돌아오신다는 얘기를 전해 듣고 그날 밤에 바로 도주했으니까요. 만약……."

"내가 오지 않았다면 좀 더 오래 있었을지도 모르겠군."

윌리엄은 피식 웃으며 허탈하게 말했다.

이유는 알 수 없지만 그는 자식들과 이상하게 엇나가는 경우가 많았다. 큰아들은 자신과 성격이 비슷하다는 것을 자신도 인정했다. 그만큼 심사를 헤아리기도 힘들었고 과묵하여 평소에도 대화를 나누지 않는다. 둘째는 내성적이고 조용하며 소심한 편이라 자신에게 속내를 비치지 않는다. 셋째는 말할 것도 없고, 넷째조차도 자신과 있는 것을 그다지 좋아하지는 않았다.

"내가 그렇게 부담스러웠던 걸까?"

천천히 중얼거린 윌리엄은 고개를 돌려 토톰을 쳐다봤다.

"내일… 내가 일어날 때까지 깨우지 말게. 그리고… 카논의 세이버를 준비해 주게."

토톰은 잠시 머뭇거렸다. '카논의 세이버'를 준비하란 윌리엄의 말에서 심중을 알아챈 까닭이었다. 그리고 심사 또한 짐작할 수 있었지만 결코 자신의 직분에 벗어나는 말을 꺼내진 않았다.

"……알겠습니다, 공작 각하."

"그래."

윌리엄은 천천히 자신의 침실로 향했다. 그가 침실 문을 닫으며 마지막으로 중얼거린 말을 뒤에 있던 토톰은 겨우 들을 수 있었다.

그 말은 마치 자신에게 속삭이는 말처럼 작았다. 문이 닫히자 토톰은 잠시 멍청히 서서 윌리엄이 중얼거린 마지막 말을 되뇌었다.

"나도 이젠… 늙은 걸까……."

"여어. 잘 잤나, 주인장?"

막 계단을 내려오는 알에게 희색이 만면한 주인이 급히 소리쳤다.

"이봐, 막내 공자께서 어제 저녁 무렵에 돌아왔다는군. 아주 건강한 모습이래. 마을 사람들이 지금 그 일로 모두들 기뻐하고 있지."

"아아, 그래. 잘됐군."

하지만 말투와 달리 알의 표정은 그리 밝지 않았다. 성에서 있었던 일치고 소문이 빠르게 퍼지긴 했지만 그 사실을 이미 알고 있었던 것이다. 레온이 레스터 공작의 다섯째 아들이라는 것을 알게 된 어제 말이다.

"얼굴이 별로 좋지 않군. 잠을 잘못 잤나? 아침은 뭐로 하겠나?"

"부드러운 걸로 아무거나."

주문을 받고 주인이 되돌아서자 알은 급히 물었다.

"이봐. 혹시 날 찾는 사람은 없었나?"

"없었는데. 누구 올 사람이 있나?"

"아니, 없었다면 됐어. 혹시 성에서 누굴 수배하거나 하진 않았어?"

"전혀. 왜 그러지?"

"아니, 아무것도 아냐."

알은 고개를 돌려 한참 창밖을 내다봤다. 다소 어수선한 모습이었지만 사람들은 모두 즐거워하는 눈빛이었다. 그러나 알의 심사는 매우 불안했다.

귀족의 아들, 그것도 공작의 아들에게 장사를 가르쳤다. 금지령까지 내려져 있는 상태에서 동업까지 해버렸으니 그의 목숨은 그야말로 바람 앞의 촛불 같은 상태였다. 만에 하나 레온이 자신의 이름을 말한다면 당장 병사들이 들이닥칠 것은 자명한 노릇이었다.

물론 알은 레온을 믿고 있었지만 이것은 믿고 안 믿고의 문제가 아니었다.

레온 때문에 다소 심란해하는 동안 그의 아침 식사가 나왔다. 그는 수저를 들고 따스한 수프를 마시기 시작했다. 속이 따뜻해지자 그는 우울한 생각 따위는 떨쳐 버렸다. 아니, 떨쳐 버리기로 했다.

'그래, 뭐 어떻게든 되겠지. 알 게 뭐야. 지금 중요한 것은 저 물건을 팔아 넘기는 거라구. 아무렴. 공작가의 일 따위 알 게 뭐야.'

그렇게 중얼거리며 애써 밝은 기분으로 돌리려고 노력했다.

비밀에 부쳐진 탓에 상황을 전혀 이해하지 못하고 있다곤 하지만 레스터 성은 현재 오랜만에 활기가 넘쳤다. 며칠 전 갑자기 사라져서 모두를 걱정시킨 레온 공자가 어젯밤 돌아왔기 때문이다. 워낙에 강한 소년이니 해코지를 당할 리는 없었다 해도 혹시나 가출한 것이 아닐까 모두들 걱정한 것이었다.

그런 그들을 창밖으로 쳐다보던 윌리엄은 침대를 일어나 종을 쳤다. 금세 하녀가 들어왔다.

"집사를 불러주게."

"네, 주인님."

멍한 표정으로 침대에 앉아 있을 때 토톰의 침착한 발걸음이 들려왔다.

"일어나셨습니까, 공작 각하."

"토톰…… 거실의 애들을 불러주게. 카논의 세이버도 그곳으로 가져와 주면 좋겠군."

"예. 알겠습니다."

토톰이 나가자 윌리엄도 천천히 침대에서 일어나 준비를 하기 시작했다.

잠시 후 윌리엄이 거실에 들어갔을 때에는 버나드와 하이렌, 도드리안이 앉아 있었다. 그리고 탁자 위에는 검 한 자루가 놓여 있었다.

모두의 인사를 받으며 자리에 앉은 윌리엄은 천천히 검을 집어 들었다. 그리고 반 정도 검을 뽑았다. 일순간에 은빛 광채가 방안에 번득였다. 끝 부분은 양날이었지만 가운데 부분부터 밑동까지 날이 하나인 이 검이 바로 '카논의 세이버' 라고 불리는 검이었다. 그 유래에 대해선 알려지지 않았지만 최초의 소지자는 윌리엄의 할아버지였던 에드워드였다. 그가 죽기 전에 '카논의 세이버' 의 다음 주인으로 아직 태어나지도 않은 막내 증손자를 지명했었다.

윌리엄은 검을 다시 꽂아 넣으며 문 앞에 서 있는 토톰을 쳐다봤다.

"레온을 불러주게."

마구간에 마차를 넣으며 알은 흥얼대고 있었다. 기대 이상은 아니었지만 제값을 받고 물건을 넘겼기 때문이다. 게다가 수량이 제법 많았다는 것도 그를 흡족하게 했다. 한참 흥얼대며 마차에서 말을 떼어내는 작업을 하고 있는데 마침 여관의 주인이 그에게 다가왔다.

"이봐, 알. 잠시 얘기 좀 하세."

"아, 뭔가? 말해 봐."

돌아보지도 않고 알이 대꾸하자 주인은 헛기침을 했다. 그의 태도가 평상시와 다른 것 같아 알은 하던 일을 멈추고 그를 바라봤다. 그의 표정은 매우 심각해 보였다.

"무슨 일이야?"

"저 말⋯⋯."

머뭇거리며 주인은 마구간에 매여 있는 말을 가리켰다. 돌아보니 그것은 아침에 따로 매어놓았던 레온의 말이었다. 그제야 주인이 무엇을 말하려는지 짐작했지만 그는 시침을 뗴었다.

"저 말이 왜?"

"저거… 자네가 어제 끌고 온 말 맞지?"

"그래."

"자네 말인가?"

"그래. 왜 그러지?"

"아니… 막내 공자가 타고 다니는 말과 비슷해서 말이지. 정말 자네 말이 맞는 것이겠지?"

"틀림없네. 염려하지 않아도 좋아."

"아, 그래. 한시름 놨네."

주인은 갸웃거리며 안으로 들어갔다.

알은 레온의 말을 바라보며 조금은 착잡한 심정으로 중얼거렸다.

"역시… 이 말을 끌고 나가지 않길 잘했군. 모두가 알아볼 거라 생각했는데… 내일 새벽 일찌감치 떠나는 게 좋을 것 같아……."

알은 묵묵히 서 있다가 불현듯 터번을 벗어 바닥에 던졌다. 그리고 화난 목소리로 투덜거렸다.

"이 자식, 한마디 말 정도는 해줬어야 하잖아. 날더러 뭘 어쩌란 거야?"

검끝의 1/3이 양날이기에 찌르기와 베기가 가능한 검이었다. 일반적인 세이버가 기병용으로 찌르기에 적합하게 만들어지는 것과는 전연 달랐다. 중량도 훨씬 가벼워 평소 레온이 쓰던 것과 같은 무게였다. 다만 다른 점은 손가락을 보호하는 손잡이 부분의 가드가 없다는

것이었다. 마치 바스타드 소드처럼 십자형의 가드만이 손잡이와 검날
을 구분 짓고 있을 뿐이었다.

레온은 잠시 검을 휘둘렀다. 순간 방 안 가득히 은빛 섬광이 번득였
다. 그의 몸이 멈추고, 어깨가 멈추고, 팔이 멈추었을 때 한줄기 은빛
도 자취를 감추었다. 방 안 가득히 자신과 공명하던 검의 떨림을 느끼
며 레온은 흥분을 감추지 못했다.

레온은 놀랐다. 지금까지 자신이 배운 검술에 놀라울 정도로 정확
하게 반응하는 검이었다. 마치 자신이 배운 검술은 이 검을 위해서 만
들어진 게 아닐까 착각될 정도였다.

방 안에 남아 있는 검의 여운을 느끼며 레온은 가볍게 한숨을 쉬고
검을 수습했다. 그리고 작은 테라스를 통해 어둡게 깔려 있는 밤하늘
을 쳐다봤다.

커다란 건물이라고 해도 이층에서의 높이는 레온에게 별것 아니었
다. 뛰어내리려고 마음먹는다면 얼마든지 가능했다. 도망치려고 마음
먹는다면 또한 얼마든지 가능했다. 그리고 그는 새벽이 오기 전에 결
단을 내려야만 했다.

저 멀리 닫혀지지 않은 성문을 뚫어져라 쳐다보며 레온은 어제 낮
에 아버지가 하던 말을 다시 떠올렸다.

네 인생에 있어 가장 중요한 선택을 내일 새벽까지 해주기를 나는
바란다. 물론 너에게 시간이 촉박하다는 것과 네가 원하지 않을 수도
있다는 것을 안다. 그러나 살아가다 보면 지금보다 더한 선택을 네가
원하지 않더라도 강요받게 되는 때가 많을 것이다. 그렇기 때문에 지
금 내가 너에게 선택을 강요하는 것이 크게 잘못되었다곤 생각지 않

는다.

네가 어떠한 선택을 하더라도 이 검은 네 것이 될 것이다. 처음부터 너에게 주어졌던 검으로 이름은 '카논의 세이버' 라고 한단다. 보다시피 손잡이의 형태가 기존의 것들과는 전혀 다른 것이다. 이 검의 유래에 대한 것도 전혀 밝혀지지 않았다. 추측컨대 먼 외국에서 오래 전에 건너온 것이 아닐까 생각되어진다. 이 검의 최초 사용자는 너의 증조부이신 에드워드 레스터 후작이시다. 그분께서 임종하시며 유언하시길 자신의 마지막 증손자에게 이 검을 남기겠다고 하셨다. 그 후에 대대로 가보로 전해지면서 이 검은 새로운 주인을 기다렸다. 이제 내 조부의 유언대로 이 검을 너에게 넘기겠다.

자, 이제 네가 내일 새벽까지 선택해야 할 것에 대해 말해 주겠다.

너는 내일 아침 나와 네 형을 따라 수도로 가게 될 것이다. 그곳에서 성년식을 치를 때까지 보다 더 엄한 검법 훈련과 귀족으로서의 예법을 배우게 될 것이다. 그리고 성년이 지나면 곧바로 기사 시험을 치르고 국왕 폐하가 인정하는 정식 기사가 될 것이다.

만약 네가 이 길을 원하지 않는다면 넌 아침이 오기 전에 이 성을 떠나길 바란다. 네가 떠날 수 있도록 성문을 활짝 열어놓고 어떠한 제지도 하지 않을 것을 약속한다. 그러나 네가 이곳을 떠나는 것과 동시에 너에게 레스터라는 성의 사용을 금하겠다. 나에게 있어 넌 죽은 것이고 너에게 있어 가족이 없어진다는 것이다. 너의 아버지도, 형들도, 형수와 조카들도 없게 된다는 말이다. 네가 레스터에서 누렸던 모든 특권마저 사라질 것이다.

너에겐 가혹한 선택이겠지만 이것은 당연하다고 난 생각한다. 내 아들은 어디까지나 기사이며 귀족이어야만 한다. 나에게 장사를 하는 아들은 필요없다. 내일까지 충분히 생각을 하고 선택을 하길 바란다.

레온은 낮게 한숨을 쉬었다. 벌써 동쪽 성문이 희뿌옇게 밝아오는 것이 보였다. 이제 그에게 남은 시간은 얼마 되지 않았다. 그는 혈연을 끊으면서까지 자신이 하고 싶은 일을 해야 하는지 매우 망설여졌다. 설마 하고 생각하기도 했지만 평소의 아버지보다 훨씬 더 위엄있는 모습과 침묵으로 일관하던 형들의 모습에서 그런 가능성은 쉽게 배제됐다.

아직 소년 티를 벗지 못한 레온으로선 인생의 갈림길에 서 있다는 것조차 쉽게 자각하기 힘들었다. 그것을 깨닫는 데만 장장 하루를 소비한 셈이다.

그때 노크 소리가 들렸다.

"네, 들어오세요."

문이 열리며 도드리안이 들어왔다.

"벌써 일어나셨나요?"

약간 초췌한 얼굴로 레온이 미소 지었다. 도드리안은 살짝 미소를 지으며 대답했다.

"아직 안 잔 거예요. 지금쯤이면 도련님의 생각도 많이 정리되셨을 것 같아 들어왔어요."

"네… 아직 결정하지 못했어요."

대답을 들으며 도드리안은 그의 표정을 살폈다. 말과는 달리 이미 굳게 결의한 흔적이 있음을 그녀는 놓치지 않았다. 들리지 않게 한숨을 쉬며 그녀는 들고 있던 바구니를 그에게 내밀었다.

"이게 뭔가요?"

"어제부터 아무것도 못 드셨죠? 두 사람 분의 식사를 조금 챙겼어요. 그리고 약간의 장사 밑천도 넣었고요."

그녀의 말에 레온은 잠시 코끝이 시큰해졌다. 그러나 곧 명랑하게 말했다.

"감사합니다, 형수님."

미소 짓고 있던 도드리안은 잠시 머뭇거리더니 조심스럽게 입을 열었다.

"어떤 사람에게 장사를 배우나요?"

그녀의 질문에 레온은 자랑스럽게 대답했다.

"포란의 알 베자스. 저의 동업자입니다."

그날 아침 알 베자스는 조용히 주점을 나섰다. 아침이라고는 해도 아직 해도 떠오르지 않아 쌀쌀함이 그대로 느껴지는 봄 날씨였다. 그러나 알은 그런 것에 아랑곳하지 않고 부지런히 장식품을 챙기고 마차에 두 마리 말을 묶은 후에 서둘러 마을의 길을 달렸다.

근 며칠 동안의 장사는 그에게 매우 큰돈을 안겨주어 매우 흡족했다. 그러나 지금 레첸을 떠나는 알 베자스의 마음은 무거웠다. 공작의 아들에게 장사를 가르쳤다는 두려움과 동업자이기 이전에 좋은 친구가 될 수 있었으리라 여겼던 레온과의 이별에 대한 아쉬움과 마치 도망치듯 레첸을 떠나야 하는 죄책감이 그를 짓눌렀다.

대로를 급히 달린 탓에 레첸을 완전히 벗어났을 때에도 아직 해는 떠오르지 않았다. 알은 잠시 마차를 세우고 길게 한숨을 쉬었다. 만 이틀이 되지 않은 시간 동안 레첸에서 지냈던 것은 그에게 매우 긴장된 순간이었다. 아니, 레온을 만난 후부터 지금까지의 시간이 모두 긴장과 흥분으로 채워진 느낌이었다. 그리고 지금 레첸을 벗어나는 순간 그 모든 것들이 한낱 꿈으로 사라지리라 생각했다.

최소한 레첸에 머물고 있는 동안 레스터 성에서 자신을 잡으려 하지는 않았다. 그것에 대해 알은 깊게 생각해 봤다. 가능성은 두 가지였다. 레온이 자신과의 의리를 지키기 위해 발설하지 않았거나, 레스터 성주가 사실을 알고서도 묵인한 것이리라. 그리고 어느 경우일지라도 알은 두 번 다시 레온을 보지 못할 것이라고 생각했다.

마차를 출발시키기 전에 알은 잠시 레스터 성을 바라봤다. 아쉽지만 잊을 것은 잊어야 했다. 레온은 자신과는 어울릴 수 없는 신분이었으니까. 그렇기에 지금 마차를 출발시키는 것과 동시에 지난 며칠 간의 일을 그는 깨끗이 잊어야 했다. 그리고 정말로 마차를 출발시키려는 순간이었다.

두 가지 가능성 이외에 전혀 생각해 보지 못했던 알에게 또 하나의 가능성이 달려오고 있었다. 금빛 머릿결을 휘날리며 그를 향해 양손을 휘저으며, 말보다 더 빠른 속력으로 마차를 향해 질주하는 그 가능성은 바로 레온이었다.

열려 있는 성문을 밤새도록 지켜보던 윌리엄 공작의 두 눈에는 큼직한 물방울이 맺혀 있었다. 그의 뒤로 익숙한 발걸음이 들리자 윌리엄은 가라앉은 목소리로 중얼거렸다.

"기어이 떠났군."

"……."

"버나드가 일어나는 대로 수도로 돌아갈 수 있게 준비해 주게."

"……버나드 후작께서도 밤새 주무시지 못한 것 같습니다."

"그런가… 말은 그렇게 해도 모진 녀석은 못 되니까……"

잠시 말을 끊고 생각에 잠기던 윌리엄이 고개를 숙이며 힘없이 말했다.

"괜찮다면 레온의 방은 그대로 놔두길 바라네. 내 의견이 아니라 자네 의견인 것처럼 하이렌에게 말해 주게. 하이렌이라면 자네 의견을 무시하지는 않을 테니까."

"알겠습니다, 공작 각하."

토톰의 대답에 고개를 끄덕이며 윌리엄은 손짓을 했다. 혼자 있고 싶다는 공작의 뜻을 알아챈 토톰은 서둘러 밖으로 나갔다.

"넌 바보야."

"알아, 알아."

"넌 미쳤어."

"그건 좀 심하잖아?"

"뭐가 심해? 내가 너라면 말이지, 장사 따위엔 관심도 안 가질 거야. 돈 몇 푼 벌겠다고 죽어라 일하는 게 뭐가 좋아? 차라리 기사가 되어 영지를 받는 게 훨 낫지. 그럼 일 따위 안 해도 세금을 걷을 수 있잖아? 그런 걸 박차다니… 넌 미쳐도 단단히 미쳤어."

"그래서? 내가 돌아온 게 못마땅하다는 거야?"

약간 토라진 레온을 바라보며 알은 피식 웃었다. 포란으로 향하는 동안 레온에게 자초지종을 들은 후 알은 계속 비아냥거리고 있었다. 그러나 말은 그렇게 했어도 내심으론 레온이 돌아온 것이 마냥 기쁜 알이었다.

"그럴 리가 있겠어? 네가 돌아온 건 정말 기뻐. 그런데 그 바구니에

든 건 뭐야?"

소중한 듯 무릎 위에 감싸고 있는 바구니가 궁금해 알이 물었다.

"형수님이 싸준 우리들의 아침이야."

그의 대답에 흘깃 하늘을 한번 쳐다본 알이 투덜거렸다.

"이봐, 지금은 점심때라구. 그런 게 있으면 진작 좀 꺼내놓지 그랬어?"

"네가 자꾸 캐물으니까 그랬지."

그러면서 바구니를 열었다. 안에는 잼과 치즈가 넣어져 있는 잘 구운 빵이 몇 개 있었다.

"으음, 먹음직스러운데……."

알이 군침을 흘리며 대꾸하자 레온은 얼른 한 개를 집어 그에게 건네었다. 그리고 자신도 하나를 집어 입으로 가져갔다.

"그 밑에는 뭐가 있는 거야?"

흘깃 빵 밑으로 보이는 또 다른 보자기에 알이 물었다.

"장사 밑천을 좀 넣으셨다고 하시던데……."

보자기를 열어 동전 한 개를 꺼내 보였다. 번쩍거리는 금화였다. 금화가 눈에 번득이자 알은 깜짝 놀라며 소리쳤다.

"설마 그 보자기에 들어 있는 동전이 모두 금화란 말야?"

"웅, 그런 것 같은데?"

보자기 안을 살피며 레온이 대꾸하자 알은 얼른 보자기를 들어 무게를 가늠해 보았다. 그는 얼른 소리를 죽여 다시 레온에게 말했다.

"같은 동전이라도 동화보다 금화가 열 배의 값어치가 있는 것은 알고 있겠지?"

"웅. 그 정도는 나도 알아."

"이 정도 무게라면 못해도 동화 이백 디나르와 맞먹어. 그러니까 이 안에 들어 있는 동전이 모두 금화라면……."

"이천 디나르?"

"응. 못해도 그 정도는 될 거야."

"오오, 그래?"

"오오, 그래? 무슨 반응이 그래? 젠장, 그 보자기에 들어 있는 돈이 마차 뒤에 실린 상품 전부와 맞먹는다구. 내참, 넌 정말 돈 감각이 없구나?"

"너무 그러지 마. 이게 얼마나 큰돈인지 실감할 수 없을 뿐이니까."

"쳇. 전에 설명해 줬잖아?"

"그래… 1디나르로 살 수 있는 것들에 대해서 많이 설명해 줬지. 으음, 그래도 실감이 안 가긴 마찬가지야. 솔직히 말하면 난 물건을 사본 적이 한 번도 없거든."

그의 말에 알이 놀라며 바라봤다.

"뭐? 그럼 누가 사?"

"응, 토톰 아저씨가 사 와. 우리 집의 총집사거든. 그리고 내가 갖고 싶은 게 있으면 내 이름을 대고 그냥 가져오면 돼. 그럼 상점에서 성으로 사람을 보내 대금을 받아 가거든. 그래서 네 설명만으로는 뭐가 얼마인지 전혀 감이 안 와."

"공작이란 건 정말 대단한 거로구나."

알이 부러운 듯 중얼거리더니 잠자코 마차를 몰기 시작했다. 레온이 돌아온 것은 반가운 일이었으나 앞으로 그에게 장사를 가르칠 생각을 하니 까마득해져 왔다.

레첸에서 포란까지는 이틀이면 충분히 갈 수 있는 거리였다. 그러나 두 사람 모두 전혀 급할 게 없었다. 게다가 싣고 있는 상품이 고가의 장식품이었기에 여기저기 작은 마을에 들러 조금씩 물건을 넘기느라 꽤 시간이 걸렸다. 포란에 도착할 즈음에는 장신구를 절반 이상 팔았고 대부분 동화로 받은 탓에 알은 커다란 궤짝을 구입해 그곳에 돈을 넣었다. 그렇게 큰돈을 가지고 있으면서도 두 사람 모두 크게 두렵지는 않았다. 왜냐하면 페나인 왕국에서 몇 안 되는 마스터 검사 레온이 있기 때문이었다.

사흘이 지나 두 사람은 드디어 작은 계곡을 지나게 되었다. 그 계곡이 끝나는 부분의 언덕에서 알은 소리쳤다.

"여기가 포란이야."

알이 가리키는 방향에 커다란 도시가 형성되어 있었다. 이쪽 산에서 저쪽 산까지 넓게 퍼져 있어 그 규모가 결코 레첸에 뒤지지 않는 커다란 마을이었다. 다만 레첸이 강 근처에 지어져 있어 구릉이 완만한 것에 비해 포란은 산과 산 사이에 끼어 있어 건물들이 층을 이루고 있다는 것이 특징이었다. 처음으로 레첸 이외의 큰 마을을 접하는 레온이 감탄을 했다.

"굉장하다."

"그렇지? 이 포란을 중심으로 이 일대에는 목축업이 번창하고 있어. 치즈, 양모, 모직물, 가죽 등이 포란의 유명한 특산물이지. 여기가 너와 나의 근거지니까 잘 알아둬."

"응."

내리막길로 들어선 마차 위에서 레온은 연신 주변을 둘러봤다. 알의 말대로 마을 주변의 언덕에 드문드문 양들이 떼지어 있는 것이 보였다. 마침 가장 가까운 양 떼 사이에서 한 사나이가 나타나며 소리쳤다.

"여어, 알? 꽤 늦게 돌아온 것 아냐? 너도 장사에 실패했냐?"

"무슨 소리! 치즈는 몽땅 팔았어. 이 마차에 실린 것은 다른 상품이라구!"

"정말이야?"

"물론이지! 다른 중개상은 어떻게 됐어?"

"이번에도 전부 개박살이 났다더군. 너도 조심하는 게 좋을 거야."

"신경 써줘서 고마워."

알이 화답을 하고 레온을 돌아보며 걱정스럽게 말했다.

"아무래도 이번 거래에서도 모두 바론에게 당한 모양이야."

"훗. 걱정하지 마. 녀석이 까불면 내가 혼내줄 테니까. 마스터 검사라는 게 어떤 건지 내가 가르쳐 주지."

"이봐, 힘으로 모든 것을 해결하려고 하지 마. 넌 이제 귀족이 아니라구."

핀잔을 주면서 알은 손을 들어 반대 편 산기슭을 가리켰다. 그가 가리킨 곳에 낡고 작은 신전 하나가 보였다.

"저곳이 내가 살고 있는 대지 모신의 신전이야. 앞으로 네가 살 곳이지."

"이야, 정말 낡았다. 신전으로 보이질 않아."

"당연하지. 대지 모신은 그다지 인기있는 신은 아니니까. 농부가 아니라면……."

"그럼 이제 저곳으로 가서 짐을 풀 생각?"

"아니, 들를 곳이 한군데 있어."

"어딘데?"

그 말에 알은 약간 난감한 표정으로 레온을 바라봤다.

"내 동생이 일하는 곳이야. 얼마 전에 하녀로 팔려 갔거든."

그 말에 레온은 잠자코 있었다. 그런 레온을 보며 피식 미소를 짓고 알은 마저 말을 꺼냈다.

"친동생은 아냐. 고아원에서 함께 자란 사이일 뿐이야. 작년에 열여섯이 되면서 고아원에서 나가게 됐거든. 배운 것도 없고 재주도 없으니까 결국 그런 일을 하게 된 거지."

"왜 고아원에서 나가야 하는데?"

그 말에 알은 길게 한숨을 쉬었다.

"어쩔 수 없어. 고아원에 버려지는 아이는 해마다 생기니까. 그애들을 맡으려면 누군가 고아원을 떠날 수밖에 없는 거야. 그리고 떠나야 한다면 일할 수 있는 나이 든 애들이 먼저 나가게 되는 거지."

"넌 아직 고아원에 있잖아?"

"응. 난 일부러 남았어. 장사를 해서 번 돈으로 모두를 돌보고 싶었거든. 누구도 쫓아내지 않을 수 있도록… 그리고 모두가 오순도순 모여 살 수 있기를 바라거든."

알의 대답이 매우 씁쓸했기에 레온은 더 이상 묻지 않았다.

두 사람 모두 침묵을 지키고 있는 동안 마차는 마을 중심부에서 조금 떨어진 어느 부잣집에 도착했다. 그는 저택 앞에서 집사를 찾았다.

곧 중년 사내가 나오자 알은 얼른 소리쳤다.

"이봐, 내 동생을 만나러 왔는데……."

"그러게, 알. 마침 일이 없으니 잠깐이라면 볼 수 있을 거야."

"아니, 하루 정도 데려갈 생각이야. 얼마면 돼?"

"하루라… 내일 저녁까지는 데려올 거지?"

"그래."

"좋아. 1다나르만 내."

두말없이 알은 품에서 돈을 꺼내 사내에게 내밀었다. 돈을 확인한 사내는 서둘러 안으로 들어갔다. 곧 한 소녀가 밖으로 나와 알을 발견하고는 달려왔다.

소녀는 얼른 마차 위로 뛰어 오르더니 반갑게 알을 포옹했다.

"오빠가 부른 거야?"

"그래. 고생했지?"

서둘러 마차를 출발시키며 알이 물었다. 그러나 소녀는 환하게 웃었다.

"아니. 괜찮아. 가끔 일이 힘들기는 하지만……."

소녀의 옷은 하얀 레이스가 달린 앞치마를 입고 있었다. 레온은 얼른 웃옷을 벗어 소녀에게 내밀었다.

"괜찮다면 이걸 입을래?"

"아, 고마워요."

수줍게 웃으며 소녀는 상의를 걸쳤다. 그리고 알에게 귓속말로 속삭였다.

"오빠, 저 사람은 누구야?"

"응, 소개하지. 이쪽은 이번에 나와 동업을 하게 된 레온이라고 해. 레온, 얘가 내 동생인 지나라고 해."

"안녕하세요. 빨강 머리 지나라고 해요."

"안녕. 정말 머리카락이 빨갛구나. 잘하면 데이겠는걸?"

"풋."

레온의 농담에 지나는 깔깔대고 웃었다. 그녀의 웃음에 레온도 기분 좋게 웃었다. 지나가 하녀라는 사실을 알면서도 개의치 않는 레온에게 안도하며 알은 서둘러 대로를 달렸다.

레온과 지나가 농담을 주고받는 사이에 반대 편에서 마차 한 대가 달려오고 있었다. 얼른 알이 레온에게 속삭였다.

"레온, 잘 봐둬. 저 사람은 포란에서 제법 중급의 중개상이야. 얼굴을 익혀두면 도움이 될 거야."

"경쟁자 같은 거야?"

"비슷한 거지. 그렇지만 서로 정보를 나눠주기도 하니까 친하게 지내서 손해볼 건 없어."

그렇게 말하며 알은 곧 상대에게 소리쳤다.

"이봐, 고리스. 오랜만이야."

"여어, 알. 이번 치즈 매출은 어땠어?"

마차 위에는 뚱뚱한 사내가 수심에 잠긴 채 앉아 있었다.

"전부 팔았지. 그쪽은?"

"정말 전부 팔았단 말야? 듣기로는 바론 상회에서 너보다 하루 먼저 출발했다고 하던데?"

"그랬지. 레첸에서는 허탕만 쳤거든. 대신 카프에는 내가 먼저 도착했어."

"운이 좋았군. 난 완전히 망했어. 이런 작은 거래마저 실패했으니 말야. 이번 주 내로 고리스 상회는 문을 닫을지도 몰라."

"정말이야?"

"그래."

고리스의 얼굴이 더욱 울상이 되었다.

"자금이 없어서? 내가 이번에 좀 벌었는데 좀 빌려줄까?"

"아니, 그만두겠어. 더 이상 포란에서 바론에게 대항한다는 것은 무리야. 그래도 난 나은 편이지. 아직 자금이 남았으니까. 차라리 다른 곳에 가서 장사를 할까 생각 중이야. 죽어도 바론 밑으로는 들어가고 싶지 않으니까."

"그래… 나중에 신전으로 찾아와. 뭔가 도울 일이 있으면 도울게."

"그러지."

"아참, 다음 상품 출하일은 언제야?"

"응? 넌 치즈 전문이잖아? 치즈라면 삼 개월 있어야지. 초여름이나 되어야 나올 테지. 알면서 왜 물어?"

"아니, 이번에 좀 큰돈을 벌었거든. 다른 상품도 손대볼까 하는데 출하일을 전혀 모르니까 묻는 거야."

"허허. 너 정말 바론에게 대항할 생각이야?"

의외라는 듯 고리스의 눈이 동그래졌다.

"내가 포란을 떠날 수 없다는 건 네가 더 잘 알잖아?"

"고아원 때문에 말이지? 후우… 그래도 바론에게 상대할 생각이라니… 용기가 가상하다."

"상관 마. 어쨌든 출하일이 언제야?"

"음. 내일 양모가 거래된다고 들었어."

"그건 너무 빠르군. 그 다음은?"

"일주일 정도 후에 모직물이 나올 거야. 하지만 미리 충고하는데 포기하는 게 좋을 거야."

고리스가 진지하게 대답했다.

"왜?"

"샌슨 할아버지네 모직물이 나온다고 하더군. 꽤나 고가니까 바론 녀석 무작정 가격을 올릴 거야. 얼마나 벌었는지는 모르지만 포기해."

대답 대신 알은 마차 뒤의 포장을 걷어 장신구 하나를 고리스에게 던졌다.

"감정해 봐."

고리스가 받은 장신구는 통이 넓은 팔찌였다. 팔목 부분을 몽땅 감싸고도 남을 정도로 넓었지만 무게도 가벼웠고 폭도 줄일 수 있도록 고안되어 있었다. 게다가 겉면의 무늬도 평범함을 넘어 정교하게 세공 되어진 매우 진귀한 장신구라는 것을 한눈에 알 수 있었다.

감정을 하던 고리스가 놀라며 알을 쳐다봤다.

"이거 어디서 구한 거야? 레첸에 이 정도로 세공을 할 수 있는 장인이 있었어? 아니면 카프? 굉장한데? 거의 드워프와 맞먹는 실력이야."

"당연하지. 드워프에게 얻었으니까."

"뭐?"

고리스의 두 눈이 더욱 커졌다.

"너, 드워프와 거래를 했어? 정말?"

"그래. 모두 오십 개를 받았는데 오는 도중에 팔고 지금 남은 것은 이십 개 정도야. 포란에서 몽땅 풀어야지."

"오십 개? 이런 물건을 오십 개나 구했단 말야? 그럼 얼마야? 천? 천오백?"

"이천 디나르 정도 예상하고 있어. 어때? 이 정도면 바론하고 한판 붙어도 괜찮지 않겠어?"

"너, 이번에 횡재했구나!"

그 말에 알이 낄낄대고 웃었다. 겨우 드워프와 거래한 정도로 놀라는 고리스의 모습이 재밌었다. 캐러디안 숲을 무제한 통행할 수 있다는 것과 자신 옆에 앉은 소년이 공작의 막내아들이라는 사실을 안다면 고리스는 기절초풍할지도 모르겠다고 생각했다.

장신구를 건네며 고리스가 심각하게 말했다.

"이봐, 알. 지금 내게 남은 자금은 오백 디나르 정도야. 괜찮다면 네 싸움에 나도 끼워주지 않겠어? 이대로 떠나기엔 너무 억울해."

그의 말이 뜻밖인지라 알은 어리둥절해졌다.

"무슨 소리야?"

"어차피 포란에서 계속 장사를 할 생각이라면 바론 상회를 피할 수는 없잖아? 고리스 상회는 망한 것이나 다름없지만 그래도 거래처와 규모로 따지면 중급은 될 거라고 생각해. 비록 지금은 네가 거금을 쥐고 있지만 거래처도 없이 싸운다는 것은 불가능해. 내가 가진 거래처를 넘길 테니 함께 싸우자. 물론 대부분 바론에게 거래처를 빼앗기기는 했지만 내 신용도 괜찮은 편이거든. 어때?"

그의 말에 재빨리 알은 머리를 굴렸다. 확실히 고리스의 말은 일리가 있었다. 그렇지만 알은 더 이상 동업자를 늘릴 생각은 없었다.

"이봐, 그건 안 될 말이야. 자넨 어엿하게 자네 이름으로 상회를 가지고 있잖아? 난 아직 상회 이름도 가지지 못한 하급 중개상이라구. 자네와 동업할 처지는 못 돼."

"동업하자는 게 아냐. 바론 밑으로 가는 것보다는 자네 밑에서 바론을 무찌르는 게 낫겠다는 거지. 상회 이름이야 지금부터 알 상회라고 붙이면 그만이잖아?"

그의 대답에 조금 구미가 당긴 알이 눈을 깜박였다. 자신의 이름으로 상회를 낸다는 것은 모든 중개상의 보람 같은 것이었다. 물론 이름이야 자기 마음대로 정해서 붙이면 그만이지만 남이 알아주는 것은 아니다. 그건 상회라고 볼 수도 없다. 상회라는 이름은 그만큼의 신용과 실적을 바탕으로 붙여지는 것이다. 그리고 지금 고리스는 자신의 신용과 실적을 양도하겠다고 말하는 중이다. 당연히 알로선 관심이 갈 수밖에.

그러나 곧 곁에 앉아 멀뚱거리는 레온을 흘깃 보고는 다시 대답했다.

"미안하지만 그건 나 혼자 결정할 사항이 아냐. 이 친구랑 상의해 봐야 하거든."

"그 청년은 누구야?"

그제야 고리스도 알의 곁에 앉아 있는 레온에게 관심을 보였다.

"소개하지. 내 동업자, 레온이라고 해."

"동업자?"

"그런 일이 좀 있었어. 하여간 나중에 신전으로 들러줘. 그 일에 대해 좀 더 상의해 보고 싶으니까."

"알겠네. 그럼 이만 가지."

고리스와 헤어진 후에 세 사람은 대로를 달리기 시작했다. 문득 레온이 알에게 물었다.

"아까 얘기하던 건 뭐야?"

"아아, 있어. 나중에 설명해 줄게. 지금 네 수준으로는 말해 줘도 모를걸."

"쳇."

투덜거리며 뭔가 말하려고 했던 레온은 곧 입을 다물었다. 그의 시야에 넓은 광장이 갑자기 나타났기 때문이다. 가운데에 커다란 분수대가 놓여 있고 바닥은 벽돌이 깔려 있는 아름다운 광장이었다. 레첸은 레스터의 직속 마을이기에 꽤 큰 편이었지만 이런 광장은 없었다.

당연히 레온으로서는 처음 보는 풍경이기에 투덜거리려던 것도 잊고 광장을 둘러보기 시작했다.

"굉장해! 마을 한가운데에 이런 광장이 있다니 정말 놀라운걸?"

"포란은 자유민이 많거든. 그래서 집회 같은 것들이 종종 벌어지지. 그러자면 이런 광장은 필수적으로 필요하게 돼."

"그렇지만 너무 아름답다."

"응. 포란의 자랑거리 중에 하나지."

으쓱하며 알이 받아넘겼다.

그때 광장 한쪽에 시끄러운 소란이 일었다. 마침 신전으로 가기 위해선 그쪽을 지나야 했기에 세 사람은 자연스럽게 그쪽으로 눈길을 보냈다.

"왜 이렇게 시끄럽지?"

"종종 있는 일이야. 이 광장은 마을의 중심이라 사람들이 많이 모이거든."

"오빠, 저 사람이 맞고 있나 봐요."

지나가 걱정스러운지 누군가를 가리켰다.

그녀가 가리킨 곳에 노란 후드를 걸친 사내가 여러 명에게 둘러싸인 채 얻어터지는 장면이 보였다. 땅바닥에 주저앉은 채 품에 무언가를 소중히 안고 있었다. 그리고 동네 건달로 보이는 몇 명이 욕설과 함께 짓밟고 있었다.

"이봐, 무슨 일이야?"

알이 마차를 세우고 구경하던 이에게 물었다.

"저 녀석이 허락도 없이 공연을 했다는군. 여행자인 모양인데 휴우타 녀석들에게 제대로 걸린 거지 뭐."

"쳇, 텃세인가? 휴우타는 보이지 않는데?"

"어디선가 술 마시고 있겠지."

"저렇게 한 사람을 여러 명이 때리는 건 나쁜 일이잖아? 왜 아무도 말리지 않지?"

마차 위에서 지켜보던 레온이 나서서 물었다. 구경하던 몇몇이 힐끔 레온을 쳐다보더니 빈정대듯 말했다.

"너도 외부인인 모양인데 함부로 나서지 말라고. 여행자인 주제에 허락도 없이 공연을 한 저 친구가 잘못한 거라고."

"그게 왜 잘못이죠?"

"규칙 같은 거야. 자유민이 많은 만큼 자유스럽지만 자칫하면 떠돌이들이 모여들어 무질서하게 될 수도 있으니까."

곁에 있던 알이 대신 대답을 했다. 그러나 여전히 납득할 수 없다는 얼굴로 레온은 소리쳤다.

"그렇다고 해도 사람이 사람을 때린다는 것이 정당화될 수는 없어!"

그리고 말이 끝나기가 무섭게 몸을 날렸다. 마차에서 순식간에 말 등을 사뿐히 밟고 하늘 높이 솟구쳐 수십 명이 에워싼 가운데에 착지했다. 처음부터 지켜본 사람 이외에는 그야말로 하늘에서 사람 하나가 내려온 셈이니 모두들 깜짝 놀라 그를 쳐다봤다.

레온은 그런 시선을 무시한 채 때리고 있던 사람들을 노려봤다.

"이봐요, 그쯤 해서 그만두는 게 어때요?"

"넌 뭐야? 까불지 말고 저리 꺼져."

땅바닥에 구르고 있는 사내를 짓밟던 중이라 미처 보지 못했는지 그들은 레온의 출현에 아랑곳하지 않았다. 그리고 재차 발을 들어 사내를 차려고 했다. 이에 발끈한 레온이 몸을 날렸다.

어느새 그의 몸은 사내들 틈을 비집고 들어가 주먹을 날리기 시작했다. 그리고 몇 번 휘두르지 않았는데도 서너 명의 사내가 바닥에 널브러져 꼼짝도 하지 않았다. 아직 서 있던 몇 명이 얼른 동료들을 부축하며 소리쳤다.

"넌 뭐야?"

"나? 난 레온이라고 합니다."

"젠장! 누가 이름을 물었냐? 넌 이 녀석과 어떤 사이지?"

"어이, 휴우타 패거리들. 그쯤 해두고 물러서 줬으면 좋겠는데."

사람들을 밀치며 알이 가운데로 나섰다. 그를 알아본 사내가 멈칫했다.

"여어, 알. 오랜만이군. 한데, 이 녀석과는 아는 사이야?"

"그래. 괜찮다면 저기 널브러져 있는 녀석도 내가 데려갔으면 하는데?"

"으음… 아무리 휴우타와 친구라 해도 그건 좀……."

"아무럼 어때? 저 친구도 더 맞으면 죽게 생겼는데 이쯤에서 그만하라구."

"쳇."

바닥에 침을 뱉으며 손짓을 하자 뒤에 있던 사내들도 군말없이 동료를 부축하고 자리를 떴다. 싸움이 끝나자 구경꾼들도 모두 흩어지기 시작했다. 모두 물러서는 것을 살피며 알은 천천히 다가갔다.

"너도 참 대책없는 녀석이다. 그렇게 막무가내로 끼어들면 어떡해?"

"그냥 놔두면 사람을 죽이겠던걸."

　그렇게 대꾸하며 레온은 쓰러져 있던 사내를 부축했다. 꽤 맞은 것
치고는 비교적 깨끗한 얼굴로 일어선 사내는 옷을 털며 미소를 지었
다.

　"구해주셔서 감사합니다."

　"보아하니 힘 좀 쓸 것 같은데 왜 그렇게 맞고 있었던 거야?"

　일어선 사내가 매우 건장하자 알이 얼굴을 찡그리며 투덜거렸다.
그러자 사내는 바닥에 놓인 류트를 집어 들며 말했다.

　"혹시라도 이 류트를 망가뜨릴까 봐서요. 제 유일한 밥줄이거든요."

　"음유 시인?"

　얼른 레온이 아는 체를 하자 사내는 빙긋 웃으며 고개를 끄덕였다.

　"예, 음유 시인 스레이라고 합니다."

　"쳇. 가난뱅이로군. 너도 타라구. 여기 더 있다간 얻어맞기밖에 더
하겠어?"

　"아, 예."

　스레이가 우물쭈물하며 짐을 챙겼다. 그의 뒤에서 레온이 웃으며
어깨를 쳤다.

　"내 이름은 레온입니다. 저 친구는 알 베자스. 퉁명스럽게 말하긴
하지만 좋은 녀석이에요."

　"예, 예."

　스레이가 멋쩍게 웃는 동안 벌써 마차에 오른 알이 다시 소리를 질
렀다.

　"이봐, 빨리빨리 타라구. 안 그러면 놔두고 가버린다."

　포란에서도 한참 외곽의 산기슭에 위치한 신전에 대한 첫인상은 멀리서 보던 것보다 훨씬 더 낡았다는 것이었다. 인적이 드문 황량함과는 거리가 멀었지만 전체적으로 궁색하다는 것이 정확했다. 신전과 그 주변이 깔끔해 누군가 늘 청소를 해왔다는 것은 알 수 있었지만 신전의 벽면은 여기저기 벗겨지고 새로 칠한 것들이 어우러져 얼룩덜룩했다.

　신전을 보면서 레온이 내린 결론은 '대규모의 보수공사' 였다. 그것은 뒤에 타고 있던 스레이도 마찬가지였나 보다.

　"꽤 낡았군요."

　"네 집도 아니면서 신경 쓸 필요 없잖아?"

　그의 말에 신경이 거슬렸는지 알의 억양이 시비조로 나왔다. 그러나 스레이는 빙긋 웃었다. 광장에서 한참 얻어맞고도 화 한번 내지 않고 웃었던 것으로 미루어 그의 천성이 원래 그런 모양이다.

"꽤 많은 곳에서 대지 모신을 섬기는 신전을 봐왔습니다만 이렇게 낡은 곳은 처음입니다. 기부하는 사람이 없나 보죠?"

"포란은 자유민이 많으니까… 나도 신전에서 자라지 않았다면 대지 모신 따위 알 게 뭐야, 이랬겠지."

"하하, 솔직하군요."

"건방진 거야."

비탈길을 오르며 알은 거푸 채찍질을 가했다.

신전 앞에 이르렀을 때에 그 옆의 작은 집 한 채가 보였다. 그리고 그 안에서 한 떼의 아이들이 쏟아지듯 나왔다.

"오빠!"

"누나!"

형, 오빠, 누나, 언니를 연호하며 아이들은 마차를 에워쌌다. 곧 이어 마차에서 떨어지라고 고함치는 알의 목소리와 아이들 이름을 연신 불러대는 지나의 목소리가 어우러져 신전 앞은 아수라장이 되었다. 한참을 떠들며 알과 지나를 반기던 아이들은 곧 두 가지가 바뀌었다는 것을 깨달았다. 하나는 전과 달리 마차 앞에 말이 두 마리가 있다는 것이요, 또 하나는 마차 위에 모르는 사람이 두 명이 더 있다는 것이었다.

알을 포함한 네 사람이 마차에서 내리자 아이들은 곧 새로운 사람들을 힐끗거렸다. 그때 신전에서 인자한 목소리가 들렸다.

"처음 본 사람들에게 힐끔거리는 것은 실례란다. 예의바르게 인사를 해야지."

목소리를 따라 레온이 돌아보니 어느새 나왔는지 하얀 사제복을 입은 노인이 서 있었다. 얼른 알이 나서며 인사를 했다.

"다녀왔습니다, 애리오트 사제님."

"그래, 수고했다. 알. 한데, 뒤에 계신 분들은…?"

애리오트의 말에 레온도 앞으로 나서 고개를 숙였다.

"레온이라고 합니다. 이번에 알과 동업을 하게 된 장사꾼입니다."

"반갑습니다. 동업이라고 하시면… 포란 출신이었던가요?"

"아닙니다."

"사제님, 레온에 대해선 나중에 설명해 드리겠습니다."

난처한 듯 알이 머뭇거리자 뭔가 다른 내막이 있음을 눈치 채고 또 다른 인물을 쳐다봤다.

"그대는 음유 시인인 것 같군요."

"스레이라고 합니다."

스레이도 웃으며 짤막하게 소개를 했다.

"어쨌든 만나서 반갑습니다, 두 분. 그럼 안으로 들어가시지요. 지나, 너도 오랜만이구나."

"예, 사제님."

생글거리며 지나가 인사를 건네자 애리오트는 곧 두 사람을 안내하며 신전 옆의 작은 집으로 향했다. 지나가 아이들을 인솔하여 뒷마당으로 사라지자 알도 한숨을 쉬며 서둘러 마차를 정리하기 시작했다.

밖에서 보던 것과는 달리 집안은 꽤 큰 편이었다. 방문도 여러 개가 보였고 식탁을 겸한 거실도 넓었다. 애리오트는 두 사람을 식탁으로 안내하고 차를 내 왔다. 어느새 마차를 정리한 알도 장신구를 짊어지고 안으로 들어왔다. 그 뒤로 끙끙대는 소리와 함께 여러 명의 아이들이 달려들어 궤짝을 옮기고 있었다.

"그건 뭐냐, 알?"

두 사람에게 차를 건네던 애리오트가 의아하여 물었다.

"이번에 치즈를 넘기고 다른 상품을 구매… 얻어왔어요. 그리고 오는 동안 그 상품을 팔아 돈을 좀 모아왔죠."

"그럼 그 궤짝에 들어 있는 것이 돈이란 말이냐?"

"네."

알은 궤짝을 받아 식탁 위에 올려놓았다. 그리고 궤짝을 열어 애리오트에게 내밀었다. 뒤따라 들어온 아이들도 서로 먼저 보려고 식탁에 엉기기 시작했다.

고개를 들어 궤짝을 살피던 애리오트가 깜짝 놀라 떨리는 목소리로 말했다.

"알, 도대체 어떤 물건을 구입한 거냐? 이 정도로 돈을 벌려면 보통 물건은 아니었을 텐데… 그런 걸 살 형편이 안 된다는 것은 무지한 나라도 알 수 있다. 도대체 무슨 일이 있었던 거지?"

"헤헤… 설명하자면 좀 깁니다."

식탁 위에 달라붙어 궤짝을 본 아이들도 평생 이렇게 많은 돈은 보지 못한 터라 입을 벌린 채 말을 잇지 못했다.

"으음, 벌꿀인가요? 맛이 독특하군요. 직접 양봉(養蜂)을 하나 보죠?"

갑자기 스레이가 끼어들며 물었다. 얼떨떨한 와중에 지나가 친절하게 설명했다.

"예, 신전 뒤에 벌꿀을 키우고 있어요. 저희는 식량을 살 형편이 아니라 신전 뒤에 밭을 일구거든요. 가축도 몇 마리 있어요."

"혼자 하시려면 힘들겠습니다, 사제님."

“아닙니다. 아이들과 함께 일하고 있으니 그다지 힘들진 않지요.”

그렇게 대답한 애리오트는 곧 뒤돌아 지나에게 부탁을 했다.

“지나, 아이들을 이끌고 뒤에 가서 오늘 저녁거리를 준비해 주지 않겠니?”

“예.”

자신도 알의 이야기를 듣고 싶었지만 지나는 두말없이 아이들을 이끌고 밖으로 나갔다. 어수선한 분위기가 가라앉자 애리오트는 알과 궤짝을 번갈아 쳐다보며 묵묵히 그를 재촉했다. 알은 헛기침을 하며 천천히 그간의 일을 설명하기 시작했다.

레첸에서 바론 상회에게 당한 일, 레온을 만나 동업을 한 일, 카프에서 장사를 한 일, 드워프를 만나 거래를 한 것들을 설명했지만 레온이 공작의 아들이라는 것과 캐러디안에서 산적을 만났던 것만은 얘기하지 않았다. 일이 잘 풀렸다고는 해도 굳이 걱정을 끼칠 필요는 없다고 생각한 것이다. 그저 레온은 평범한 기사의 아들 정도로 설명했다.

한참 듣고 있던 애리오트는 고개를 끄덕이며 레온에게 답례를 했다.

“부족한 알과 동업을 하시기로 하셨다니 감사할 따름입니다. 부디 앞으로도 많은 도움을 주시길 바랍니다.”

“아니에요. 오히려 제가 배우고 있는 입장인걸요.”

레온이 머리를 긁적이며 멋쩍어하자 애리오트는 가볍게 미소로 대답했다.

“알, 드워프와 거래한 것은 천운이었다. 다음을 기약했다고 해도 실례를 범해서는 안 된다. 드워프는 장사에 문외한이지만 언제나 진심으로 거래를 하도록 해라. 혹시라도 자만해서는 안 돼. 알겠지?”

“명심하겠습니다.”

“한데… 캐러디안 숲을 지나면서 정말 산적을 만나지 않았단 말인 가요?”

느닷없이 스레이가 끼어들며 물었다. 알과 레온이 움찔하긴 했지만 동시에 고개를 저었다.

“만나지 않았소. 우리로선 운이 좋았지.”

“그거 정말 이상하군요. 그 숲엔 산적이 많아서 여행자들도 꺼려하는 길인데… 그곳을 아무런 제지도 없이 통과했다니…….”

“아무렴 내가 거짓말을 했겠어? 거짓말이라면 어떻게 이 물건과 돈을 고스란히 가지고 왔겠나?”

“하하, 아니, 거짓말을 했다는 것이 아니고… 의아해서 그런 것뿐이죠.”

얼른 스레이가 두 손을 저으며 물러섰다. 그 앞에서 듣고 있던 애리오트도 걱정스러운 표정으로 알과 레온을 쳐다봤다.

“나도 그 길에 산적이 많다는 얘기는 들어왔다. 다행히 신께서 도우셔서 이번엔 무사히 지나왔지만 앞으로는 삼가도록 하는 게 좋을 것 같다.”

“네, 그렇게 하겠습니다. 사제님.”

두 사람이 동시에 대답을 했지만 눈이 마주치자 눈치 채지 못하게 서로 미소를 지었다. 산적이 있건 없건 그 길을 자유롭게 통행할 수 있다는 것을 두 사람만 알기로 약속했던 터였다. 그리고 그 내막을 밝히지 않기로 이미 로딘과 약속한 뒤라 어쩔 수 없이 사제를 속이게 된 것이다.

“한데… 이 돈은 다 어쩔 셈이죠?”

궁금한 듯 스레이가 물었다.

"자넨 신경 꺼줘."

퉁명스럽게 대꾸한 알이 애리오트를 돌아보며 입을 열었다.

"사제님, 이번에 큰돈을 번 계기로 포란에서 제법 큰 규모의 장사에 참가할 생각입니다. 물론 신전 수리도 해야 하고 지나를 데려오는 것도 시급하다는 것은 압니다만 지금이 아니면 바론에게 구매처를 몽땅 뺏길 위험이 있거든요. 죄송합니다만 조금 더 참아주실 수 있겠는지요?"

애리오트는 여전히 인자한 미소를 지은 채 고개를 끄덕였다.

"네가 신전과 아이들을 위해서 애쓰는 것은 모두가 알고 있는 사실. 여기 일은 걱정 말아라, 알."

그 대답에 한시름 놓은 알이 소리쳤다.

"감사합니다, 사제님. 다음 번 거래가 끝나면 반드시 신전 수리를 하도록 하겠습니다."

"그보다는 지나를 데려오는 것이 시급하다. 그런 곳에서 고생시킬 수는 없잖니?"

조금 침울한 표정으로 애리오트가 바라보자 알도 천천히 고개를 끄덕였다. 그리고 스레이를 돌아보며 입을 열었다.

"이봐, 여기서 며칠 지낼 거라면 우리 일을 좀 도왔으면 하는데……."

"무슨 일 말인가요?"

"마차를 만들어야 하거든."

"마차를… 만들어요?"

"마차는 있잖아, 알?"

"마차가 한 대인 것보다는 두 대인 것이 더 많은 물건을 취급할 수 있잖아? 사람이 두 명인데 당연히 마차도 두 대가 있어야지."

"그렇다고 마차를 만든단 말입니까?"

"그럼 그 비싼 마차를 사라구? 이봐, 음유 시인. 아까 자네가 타고 온 마차도 사실은 나와 아이들이 만든 거야. 꽤 튼튼하지 않았어?"

"그렇긴 하더군요……."

떨떠름한 표정으로 스레이가 대꾸하자 알은 손을 까딱거렸다.

"알아들었으면 어서 일어나. 적어도 밥값 정도는 해줘야 하잖아?"

"아, 예. 듣고 보니 그렇군요."

"알, 너무 서두르지는 말아라."

"걱정 마세요, 사제님. 적당하게 준비만 하는 거니까요. 만드는 것은 내일 아침부터라구요."

손을 들어 애리오트를 안심시키며 알은 씨익 웃었다.

다음날 아침, 보통 때와는 달리 신전은 매우 부산하게 시작됐다. 앞마당에는 목재가 즐비하게 널려 있었고 그 사이에는 제법 덩치가 커다란 소년들과 청년 셋이 분주히 움직이고 있었다.

"토마슨, 못을 좀 더 갖고 와. 아크, 그 널빤지를 이쪽으로 옮겨줘. 스레이, 여길 좀 잡아주겠어?"

알의 명령에 따라 마차를 만드는 작업은 수월하게 진행되고 있었다. 알과 소년들에게 이번 작업은 두 번째였고 스레이 역시 여기저기 떠돌며 경험이 풍부한 탓인지 꽤 능숙했다. 어쩌면 이날 중에 마차를 완성할 수 있겠다고 생각하던 알은 문득 레온을 보고 얼굴을 찡그렸다.

"이봐, 레온! 처음부터 그렇게 쳐대면 못이 구부러지잖아!"

"미안. 처음 하는 일이라 좀 어렵다."

"됐어, 됐어. 우리가 할 테니 넌 뒤꼍에서 지나를 좀 돕도록 해."

서둘러 레온을 쫓아내며 최소한 내일까지 완성해야겠다고 알은 중얼거렸다.

알에게 내몰리듯 뒤꼍으로 간 레온은 지나와 어린 소녀들이 있는 곳으로 다가갔다.

"무슨 일이에요, 오빠?"

방금 빨래를 했는지 옷을 널고 있던 지나가 눈을 동그랗게 뜨며 물었다. 일하는 데 방해만 된다고 쫓겨와 버렸지 뭐야, 라고 말하자니 조금 자존심이 상하는 기분이라 레온은 머리를 긁적이며 계면쩍게 대답했다.

"뭔가 도울 일이 없을까 해서 말야."

"흐응……."

알 것 같다는 얼굴로 물끄러미 바라보던 지나가 생긋 웃었다.

"쫓겨왔죠?"

"아니, 그런 건 아니고… 음, 어떻게 알았어?"

"알 오빠가 좀 그래요. 평소엔 느긋하다가도 일할 때는 굉장히 급하죠. 다른 뜻은 없을 거예요. 못하는 거 붙잡고 있지 말고 차라리 다른 일을 하라는 뜻이니까요. 기분 나빠하지는 마세요."

"기분 나쁘진 않아. 다만 잡일에 익숙지 않아서 미안할 뿐이지."

"풋. 솔직하네요. 음, 무슨 일을 하면 잘할 수 있을까……."

지나는 서둘러 주위를 둘러보며 생각에 잠겼다. 그녀의 중얼거림에 레온은 다시 머리를 긁적였다. 자신있는 일이라면 검을 휘두르는 정도인데 여기에서는 전연 쓸모없는 일 중에 하나임이 분명했으니까.
속으로 그렇게 생각하는 와중에 지나가 그를 잡아끌었다.

"그렇지. 오리에게 모이를 주는 일은 어렵지 않을 거예요, 오빠. 참,
오빠라고 불러도 되죠?"

"응, 괜찮아."

남은 빨랫감을 뒤에 있는 소녀들에게 건넨 지나는 레온을 끌고 갔
다. 지나는 커다란 양동이 두 개에 사료를 담아서 커다란 국자를 푹
꽂아 그 중 하나를 레온에게 건넸다.

"음식 찌꺼기를 말린 거라 좀 냄새가 날 거예요."

"응, 좀 그러네. 이런 걸 먹여도 괜찮아?"

"새로 음식을 줄 수 있는 형편이 못 되니까요."

나머지 하나를 들면서 지나는 수줍게 웃었다.

레온은 지나와 함께 안쪽으로 들어갔다. 작은 개울 근처에 오리들
이 꽥꽥거리고 있다가 두 사람에게 달려들기 시작했다.

"이렇게 하시면 돼요."

먼저 지나가 국자로 먹이를 퍼서 주변에 휙 뿌렸다. 레온도 얼른 그
녀를 따라 오리에게 먹이를 흩뿌렸다.

"너무 흩뿌리면 먹지 못해요. 그렇다고 한곳에 모아두면 서로 싸우
니까 띄엄띄엄 골고루 놓는다는 기분으로 하시면 돼요."

"아아, 미안."

조금 조심스럽게 국자를 사용하자 지나가 웃으며 고개를 끄덕였다.

"이야, 이것도 쉬운 일은 아니구나."

"세상에 쉬운 일이 어디 있겠어요?"

"그렇기는 하지만… 그래도 이렇게 애지중지 키운 오리를 잡아먹

는다면 눈물이 나겠어.”

“호호, 그렇다고 사다 먹을 수는 없잖아요?”

“응…”

문득 성에서 아무 생각 없이 먹던 오리 요리들도 누군가 이렇게 애정을 갖고 키웠던 것은 아닐까 하고 레온은 생각했다. 알이 푸념했던 것처럼 레온은 세상에 대해 너무 몰랐다. 성에서 보호받고 있을 때는 전혀 느끼지 못했지만 막상 나와보니 생각했던 것과는 너무 달랐다. 그렇다고 실망한 것은 아니다. 단지 무슨 일이든 너무 모르는 자신에게 조금 실망을 했다고나 할까.

“뭐, 조금씩 배워 나가면 되지.”

“예?”

레온의 혼잣말에 지나가 돌아봤다.

“응? 아, 아니. 혼잣말이야. 그런데 지나… 음, 하녀 일은 힘들지 않아?”

그의 질문에 움찔 놀라긴 했지만 지나는 내색하지 않고 담담히 대답했다.

“힘들지 않다고 하면 거짓말이겠죠. 그렇지만 나 혼자 고생하고 있는 것도 아닌걸요. 말하진 않지만 사제님이나 오빠도 많이 힘들 거예요. 거기 가겠다고 했을 때 오빠가 많이 울었어요. 가지 말라고, 갈 필요 없다고 했지만 우리에겐 먹을 것이 너무 부족했죠. 지금은 잘됐다고 생각해요. 나도 고아원을 위해서 돈을 벌고 있다고 생각하니까요. 그리고 가끔씩 이렇게 와서 애들 보는 것으로 만족해요.”

양동이를 털어내며 소녀는 방긋 웃었다.

“넌 강하구나.”

"풋. 그렇지도 않아요. 사실은 가끔 울 때도 있고 그래요."

"그래도 그런 생각을 한다는 게 얼마나 대견해?"

"호호. 그런데 오빠는 어떤 사람이에요? 알 오빠는 그냥 길에서 만난 동업자라고만 하는데 정말은 어떤 거죠?"

"그 말대로야. 우린 정말로 길에서 만났어. 그리고 동업을 하기로 했지."

"에에? 정말? 농담 아니었어요?"

놀랍다는 듯 두 눈을 동그랗게 뜨며 바라보자 레온은 당황하며 대꾸했다.

"농담 아냐. 우리가 왜 그런 거짓말을 하겠어?"

그때 알이 뒷마당에 나타났다. 그는 지나를 보더니 얼른 손을 흔들며 소리쳤다.

"지나, 점심 준비 좀 해줘."

"아직 점심때는 아니잖아, 오빠?"

"오후에 나가봐야 할 것 같아. 장신구를 넘겨야 하거든. 이봐, 레온. 너도 준비해. 마을 구경도 할 겸 같이 나가자."

"알았어."

구경이라는 말에 레온이 신나서 뛰어갔다.

간단한 준비를 마치고 두 사람은 곧 마을로 향했다. 신전은 마을에서 벗어난 곳에 있었고 마을도 상당히 큰 편이었기에 상점가에 도착하기까지 꽤 오래 달렸다. 달리는 마차 위에서 무료함을 달래기 위해 레온은 궁금하던 것을 물었다.

"사제님이 지나를 빨리 데려오라는 건 무슨 뜻이야?"

"아아… 말 그대로."

"말 그대로? 그럼 그곳에서 빨리 데려오란 말? 그냥 신전으로 돌아오면 되는 거 아냐?"

"아니. 몸값이라는 게 있으니까."

"몸값이라니?"

"처음에 팔려갈 때 백 디나르 정도 받았거든."

"뭐야! 그럼 사람을 매매한단 말야? 노예도 아닌데? 이건 잘못된 거 아냐?"

레온의 발끈하는 말에 힐끔 쳐다본 알은 피식 웃었다.

"넌 정말 어려. 진짜 세상 물정 모른다. 돈 없는 자유민은 노예보다 더 비참한 법이야. 그렇게라도 살아야 한다구."

"그, 그렇지만……."

"됐어."

"지금이라도 당장 지나를 데려오도록 하자. 백 디나르 정도는 우리에게도 있잖아?"

"어제도 말했지만 이 돈은 장사 밑천이야. 함부로 쓸 수는 없어. 그리고 지금 당장은 천 정도뿐이잖아. 만약 상점가에서 바론을 편들어 물건을 구입해 주지 않으면 나머지 천도 벌 수 있을까 말까라구."

"나한테 이천 디나르가 있잖아!"

레온이 소리 지르자 알은 서둘러 그의 입을 막았다. 다행히 주위엔 아무도 없었다. 알의 표정이 굳어지며 무겁게 말했다.

"그 돈은 우리의 비밀 무기야. 함부로 발설하지 말란 말야."

"비밀… 무기?"

"맡겨둬. 나만 믿으라구. 유용하게 써줄 테니."

그렇게 말한 알이 씩 미소를 지었다. 그리고 정면을 바라보고 얼굴을 찡그렸다.

"녀석들… 돌아왔군."

레온이 바라보니 앞에 두 대의 마차가 덜컥거리며 달려오는 것이 보였다. 막 마을에 들어섰는지 마차 위의 포장은 먼지로 지저분해 보였다.

"누군데?"

"바론 상회의 소나임이란 녀석이야. 이번 치즈 상품을 레첸과 카프에 가서 팔고 오라고 할당받은 녀석이지. 저래도 수완이 뛰어나서 바론의 오른팔 격이지."

그렇게 대꾸하던 알이 레온을 보며 다시 씩 웃었다.

"무슨 뜻인지 알겠어? 바론 상회의 이인자가 우리에게 물먹은 거라구. 치즈라고 만만하게 본 바론에게 한방 먹인 셈이야. 게다가 이번 거래에서 소나임은 상당히 열받았을 테니 우리에게 견제를 심하게 할 거란 말야."

"흥. 걱정하지 마! 여차하면 아주 요절을 내버릴 테니까."

레온의 대답에 알은 묵묵히 고개를 저었다. 물론 쉬울 거란 생각은 안 했지만 여전히 레온은 귀족이었을 때의 버릇을 버리지 못하고 있었다. 툭하면 검을 뽑을 생각이 먼저 앞서고 있으니 고쳐지려면 앞으로도 상당한 시일이 걸릴 거란 생각이 들었다.

그때 소나임도 알의 마차를 알아봤다. 그는 얼굴을 붉히며 소리를 질렀다.

"알 베자스! 도대체 무슨 수를 쓴 거지? 어떻게 우리보다 먼저 카프에 도착할 수 있었던 거냐? 게다가 듣자니 넌 어제 포란에 왔다던데?"

"너 같으면 그 비밀을 말하겠냐?"

낄낄하고 웃으며 알이 맞받아 쳤다.

"뭐야! 이 자식! 해보자는 거냐!"

평범한 체구의 소나임이 달리는 마차에서 성큼 뛰어내리며 어느새 검을 뽑았다. 곧 이어 달려들려던 소나임은 주춤하며 멈췄다. 어느새 그의 목덜미에 차가운 검날이 느껴졌던 것이다.

"우웃."

잔뜩 겁에 질리며 소나임은 검을 겨눈 사람을 쳐다봤다. 금발의 하얀 피부 그리고 매서운 눈초리로 소나임을 쏘아보는 이는 이제 막 소년 티를 벗은 레온이었다.

"너, 넌 뭐야?"

그렇게 소리치면서 분명 이 청년이 알과 함께 마차에 타고 있었다는 것을 소나임은 떠올렸다. 자신보다 늦게 움직였음에도 전혀 눈치 채지 못할 정도로 빠르게 그의 목을 겨눌 정도이니 분명 소나임이 상대할 수 있는 인물은 아니었다. 한때엔 용병 생활을 했던 만큼 소나임은 검에 자신이 있었다. 그럼에도 일순간에 제압을 당했으니 그로선 단단히 겁에 질릴 수밖에 없었다.

"나? 난 레온. 알과 동업자야. 됐지?"

무덤덤하게 레온이 대꾸하자 소나임은 더욱 질렸다. 그의 표정에서 어쩌면 간단하게 자신을 죽일지도 모른다는 생각이 스쳤던 것이다. 물론 소나임은 레온에 대해서 전혀 몰랐기에 그런 생각을 한 것이지만.

항상 쾌활하게 웃는 레온이라도 며칠간 바론 상회의 횡포에 대해선 감정이 쌓여 있었다. 그러니 바론의 오른팔이라는 소나임에 대해서도 좋은 감정을 가지고 있지 않은 것은 당연했다. 자연히 그의 말투가 무뚝뚝해질 수밖에 없었다.

"젠장. 알았으니 이것 좀 치워! …주세요……."

"먼저 검을 뽑은 건 당신이잖아?"

"어이, 레온. 그만하면 녀석도 알아들었을 거야. 그만 가자구."

"응."

대답과 동시에 레온은 검을 거두며 마차에 뛰어올랐다. 그 신속함에 소나임은 혀를 내두르며 멍하니 서 있었다. 그런 그를 내려다보며 알이 소리쳤다.

"이봐. 가서 바론에게 전해! 우리가 있는 한 포란을 독점할 순 없을 거라구!"

"이, 이 자식! 겨우 치즈 중개상인 주제에 못하는 말이 없구나!"

"흐흐… 그 생각도 곧 접게 해주지!"

"뭐야? 그게 무슨 뜻이지?"

당황하는 소나임을 쏘아본 후 알은 곧 마차를 출발시켰다. 뒤에서 시끄럽게 주절대는 소나임을 모르는 척하며 두 사람은 곧 상점가로 들어섰다.

포란의 상점가는 꽤나 번화했다. 늘 레첸의, 그것도 해질녘의 상점가만 봐오던 레온으로선 꽤나 놀랄 수밖에 없었다. 골목 하나가 상점으로 꽉 들어차 있었으며 그 종류도 매우 다양했다. 가구점, 대장간, 포목점, 푸줏간, 야채 가게 등등이 일단 레온의 눈에 들어오는 상점이었다.

"와아, 크네."

"포란은 자유 도시이면서 상업 도시니까. 당연한 거지."

알이 어깨를 으쓱하며 천천히 마차를 몰았다.

"이 골목 말고도 네 개 정도 더 있어."

"에엑? 이게 끝이 아냐?"

마차 위에서 놀라는 레온에게 알은 피식 미소로 화답했다. 그리고 손을 들어 상점 하나를 가리켰다.

"저기가 장신구점이야. 우리가 갈 곳이지."

"저곳만 가면 돼?"

"아니, 몇 군데 더 들러야지. 여기 오면서 봤잖아? 이런 고가의 장신구는 많이 못 들여놓는걸… 포란이라고 다를 건 없어."

"아하, 그래서 여기저기 뿌리는 거로군?"

"하하! 뿌린다라… 그런 셈이지."

알은 유쾌하게 웃으며 고개를 끄덕였다.

"네가 실패할 거라곤 생각 못했는데……."

큼직한 마당에 키가 크고 마른 사내가 포장이 걷힌 마차를 보며 씁쓸히 중얼거렸다. 그의 곁에 계면쩍은 표정을 지은 소나임이 서 있었다.

"그래서 말했잖아? 나이가 어리고 규모가 작다고 무시할 녀석이 못 된다고."

마른 사내가 약간 책망하는 어조로 소나임을 다그쳤다. 듣고 있던 소나임이 고개를 저으며 대꾸했다.

"바론! 도대체 알 베자스를 그렇게 과대평가하는 이유가 뭐야?"

"과대평가? 흥! 알이 지금까지 이룬 실적과 신용을 근거로 정확하게 평가한 것뿐이야. 녀석은 진짜 장사꾼이야. 게다가 배짱까지 두둑

한 녀석이지. 지금은 비록 규모가 작더라도 십 년 안에 마을 하나를 장악할 정도로 클 녀석이지."

"그렇다 해도 포란을 장악하진 못할 텐데? 포란에는 네가 있잖아?"

소나임의 말에 바론은 피식 웃었다. 그리고 검지를 펴서 소나임의 눈앞에 흔들며 말했다.

"운이 좋았을 뿐이야. 내가 녀석보다 십 년 먼저 장사를 했다는 것과 내겐 물려받은 상회가 있었던 것뿐."

"그, 그렇지만… 넌 장사를 배우기 위해 유학까지 갔다 왔잖아! 포란의 상인 중에 너만큼 지식이 풍부한 녀석은 없을 거야!"

"물론 그래. 그렇지만 소나임. 알이란 녀석은 말이지. 지식 같은 거 배우지 않아도 충분히 몸으로 익혀가는 녀석이란 말야. 그게 녀석의 장점이야."

그렇게 대꾸한 바론은 천천히 마차 두 대를 훑어봤다. 그리고 다시 소나임에게 질문을 던졌다.

"마차 한 대의 치즈가 고스란히 남았다는 것은 레첸과 카프 중에 한 곳은 거래를 못했다는 것이겠지?"

"카프."

"카프라… 내가 알기론 카프는 여섯 마을이 모여 있는 곳이야. 아무리 그래도 마차 한 대가 고스란히 남는다는 것은 이해가 안 가는네? 게다가 포란에서 출발한 것도 네가 빨랐잖아?"

다그치는 듯한 말에 소나임이 당황했다.

"아, 아냐! 난 정말 술 마시거나 놀지 않았다고! 같이 갔던 녀석들이 증명해 줄 거야! 나도 궁금해 미치겠어! 녀석이 지나가는 건 한 번도 보지 못했는데 카프에 도착했을 때에는 벌써 사라진 이후였으니까!

정말이야!"

"아아, 널 책망하는 게 아냐. 출발 전에도 말했지만 이번 거래는 우리에게 아주 중요한 거야. 알 베자스를 망하게 한 이후에 녀석을 포섭해야 했으니까. 그 이유를 누누이 설명했으니까 네가 중간에 노닥거리지 않았을 거라고 난 믿어. 그렇지만 결과는 이렇게 나왔지."

바론은 마차에 기대어 팔짱을 끼고 물끄러미 하늘을 쳐다봤다. 그가 생각에 잠겼다는 것을 눈치 챈 소나임은 묵묵히 옆에 서 있었다. 잠시 후 바론은 중얼거리듯 입을 열었다.

"레첸에서 거래하려면 하루는 소비했을 거야. 그동안에 알이 지나가진 않았어?"

"절대! 결코! 충분히 주의를 했으니까. 적어도 그때까지 반나절은 앞섰을 거라고 장담해."

"그래? 흐음. 그렇다면……."

바론은 피식 웃었다.

"한방 먹었군. 역시 알 베자스인가? 그 상황에서 뜻밖의 타개책을 들고 나오다니."

"……뭔가 알아챈 거야?"

"모르겠어? 포란에서 레첸까지는 외길이야. 알이 서두른 만큼 너도 서둘렀으니 거리는 좁혀지지 않았겠지. 그렇지만 레첸에서 카프까지는 길이 두 개지. 네가 먼 거리를 서두르는 동안 알은 지름길을 여유 있게 갔단 얘기야."

"길이… 두 개? 말도 안 돼! 캐러디안 숲을 가로지르는 길을 말하는 거야? 거긴 상인들이라면 당연히 피하는 길이라고!"

"맞아. 하지만 그 길이 아니면 이런 결과는 나오지 않아. 너보다 하루 늦게 출발한 녀석이 똑같이 카프를 경유하고도 하루 먼저 포란에 도착했다. 즉, 알은 지름길을 이용했단 얘기고 그 정도를 단축할 만한 길은 캐러디안 숲을 가로지르는 수밖에 없어.”

“하지만… 하지만… 거기엔 산적이 있어!”

“그래. 어쩌면… 알은 산적에게 상당한 액수를 통행세로 줘야 했을 거야.”

“미친 녀석이군!”

소나임이 신경질적으로 내뱉은 말에 바론은 고개를 저었다.

“아니! 그렇게 해서라도 거래를 성공적으로 끝냈다는 것이 중요해. 녀석은 이윤보다 신용을 택했다는 얘기야. 그리고 그것이 진짜 장사꾼의 모습이지. 역시 알은 탐나는 녀석이야. 삼 개월 후가 기대되는걸?”

바론은 소나임의 어깨를 툭툭 쳤다.

“삼 개월 후의 치즈 거래에도 알 베자스의 상대론 널 지목할 거야. 그때는 내 믿음을 저버리지 않겠지?”

“걱정하지 마. 이런 치욕은 한 번으로 족하니까! 이제 녀석의 술수를 알아챘으니 속을 이유도 없지!”

바론은 그의 대답에 고개를 끄덕였다.

“그나저나 이 치즈는 어쩐다? 반품했다가는 내 신용에 금이 갈 테고… 조금 늦긴 했지만 남쪽으로 돌려봐야 하나?”

“미안해, 바론. 이렇게 당할 거라곤 정말…….”

“네 탓이 아냐. 단지 알이 임기응변에 강했던 것뿐이지.”

소나임을 위로하며 바론은 난감한 표정으로 마차의 치즈를 바라봤다. 이 정도 양이면 큰 마을 하나 정도는 충분히 거래할 수 있었고 작은 마을이라면 대여섯 개까지도 가능했다. 게다가 이미 출발 전에 각 지역별로 할당을 시킨 이후라 마차 한 대 분의 치즈는 바론에게 골칫거리가 된 셈이었다.

"할 수 없군. 이건 상회에서 자체적으로 소비하는 수밖에. 우리라고 고스란히 반품시켜서 신용에 먹칠을 할 수는 없잖아?"

"……."

그때였다. 갑자기 밖에서 누군가 헐레벌떡 뛰어왔다.

"바론 회장! 큰일났습니다!"

"무슨 일이야?"

뛰어온 사내가 바론 상회의 소속 상인 중에 하나임을 알아본 두 사람은 의아한 표정으로 그를 바라봤다. 그는 숨을 헐떡이며 겨우 입을 열었다.

"알… 알 베자스가… 헉, 헉……."

"알 베자스? 또 그 녀석이야? 이번엔 무슨 일이지?"

바론은 눈살을 찌푸렸다. 그리고 그의 이름을 듣는 순간 어쩐지 좋지 않은 예감이 들었다. 그리고 그의 예상대로 사내의 입에서 나온 말은 충격적인 말이었다.

"알 베자스가… 장신구점에… 드, 드워프의 장신구를 내놨습니다."

"뭐?"

곁에 있던 소나임이 황당해서 반문했다. 그의 반문에 숨을 몰아쉬며 사내는 몇 번이고 재차 얘기했다. 한숨을 푹 쉬며 바론은 지그시 관자놀이를 짚었다.

"거래 개수는 어느 정도던가?"

"그건… 정확히 모르겠습니다만… 꽤 많은 숫자인 것 같습니다. 제

가 이 소식을 접한 건 벌써 알이 네 번째 상점을 지난 이후였으니까
요. 어쩌면 포란 전부를 돌고 있는지도 모릅니다."

"포란 전부라… 장신구점이 모두 몇 개지, 소나임?"

"아마… 여섯 개 정도로 알고 있는데……."

"여섯 개라… 아무리 잘 나가는 점포라도 드워프의 장신구는 네 개
이상 들여놓기 힘들 거야. 워낙에 고가니까… 만약 여섯 개 점포 모두
들른다면… 그 개수는……."

"이십여 개 정도란 얘기네."

"적어도 천 디나르 정도?"

대충 어림잡아 추산을 한 바론은 어이가 없는지 허탈하게 웃었다.

"뭐야, 이 녀석? 이번 거래에서 본전치기를 한 게 아니라 갑절의 이
윤을 봤잖아? 뭐 이런 녀석이 다 있어?"

"바, 바론, 괜찮아?"

실성한 듯 웃어젖히자 곁에 있던 소나임이 그를 부축하며 걱정했
다. 한참을 그렇게 웃던 바론은 천천히 손을 저으며 고개를 끄덕였다.
그는 잠시 생각하더니 뛰어온 사내에게 물었다.

"오늘 양모 거래에 특별히 웃돈 주고 사 간 녀석은 없었지?"

"아, 네. 없었습니다. 모든 것이 바론 회장의 지시대로 이루어졌습
니다."

"그래? 알았어. 가봐."

사내가 다시 나가자 바론은 신경질적으로 마차를 걷어찼다. 그의
태도에 소나임이 놀라며 소리쳤다.

"왜 그래? 바론!"

"젠장! 모르겠냐? 내 계획에 엄청난 차질이 생겼잖아?"

"무슨 소리야? 겨우 알 때문에 그래? 녀석 하나 정도로 흔들릴 바론 상회가 아니란 건 너도 알잖아?"

"멍청한 녀석아! 근 이 년 동안 우릴 물먹인 녀석이 있었냐? 지금까지 우리가 손댄 물품 중에 실패한 게 있었어? 전부 우리에게 거래처를 뺏기고 이곳을 떠나거나 아니면 내 밑으로 들어왔다고! 고작 치즈 거래 실패에 화를 내는 게 아냐!"

"그, 그럼……?"

"두고 봐. 그동안 내게 당한 녀석들이 알을 중심으로 뭉칠 테니까. 녀석은 보기 좋게 치즈 거래를 성공한 데다가 드워프의 장신구까지 손에 넣었어. 아마 지금쯤 자금을 천에서 이천 디나르 정도는 소유하고 있을 거야. 여기에 다른 녀석이 가세한다면…… 그래도 모르겠어?"

"모르겠어. 어떻게 되는데?"

"멍청한! 녀석의 다음 거래 품목은 삼 개월 후의 치즈가 아니란 말야! 젠장! 다음에 출하될 물건이 뭐지? 으윽! 일주일 후에 모직물이 나오는군. 모직물이란 말야! 포란의 알짜배기 상품이라고! 녀석은 여기에 승부수를 띄울 게 틀림없어!"

"하, 하지만… 알은 지금까지 치즈 거래만 하던 녀석이야. 갑자기 모직물을 거래하려고 해도 거래처가 없다면……."

"장신구는 거래했던 녀석이냐?"

차갑게 쏘아보는 눈빛에 소나임이 움찔했다.. 그러나 겨우 입을 열어 대꾸했다.

"하지만… 그건 워낙 희귀품이라……."

"그럼 만약에 알을 중심으로 뭉친 녀석들이 순순히 거래처를 내준다면?"

"아!"

"이제 알겠냐? 전에도 말했지만 알은 조무래기 상인 따위가 아니야. 게다가 이번 거래에 따라서는 우리가 큰 타격을 받을 수도 있단 말이다."

그렇게 대꾸한 바론은 마차 난간을 두 손으로 쾅 하고 내리쳤다. 그리고 잠시 숨을 고른 후에 조금 침착한 어조로 소나임에게 명령했다.

"지금 바론 상회가 동원할 수 있는 자금을 모두 모아. 이번 모직물 거래에 적어도 알 베자스에게는 단 한 필도 돌아가지 않게 해야 해. 그리고 알이 살고 있는 고아원도 감시하도록 해. 그곳에 어떤 중개상이 들락거리는지 잘 살펴. 어쩌면 알 베자스가 뒤에서 조종할 수도 있으니까 들락거리는 녀석들도 철저히 감시해. 가능하면 녀석들의 회계 상태도 조사하고. 알겠어, 소나임? 이번 거래에 내 운명이 걸려 있단 말야. 포란의 꿈이, 아니, 레스터 상인의 운명이 걸려 있단 말야."

"알겠어, 바론."

"그래."

고개를 끄덕이며 소나임을 내보낸 후 바론은 혼자 중얼거렸다.

"포란에서 날 상대할 녀석은 알 베자스뿐일 거라고 생각은 했지만… 그래도 십 년 후에나 상대가 될 줄 알았는데. 녀석, 도대체 어떤 경로로 드워프의 장신구를 손에 넣은 걸까?"

고리스가 신전을 찾아온 것은 지나를 데려다 준 지 얼마 지나지 않아서였다. 게다가 그는 혼자서 찾아온 것도 아니었다. 그의 뒤로 두서너 명이 의기소침한 모습으로 늘어서 있었는데, 처음 이들을 본 레온은 무슨 장례 행렬이라도 지나는 줄 착각할 정도였다.

신전 옆의 집은 저녁때면 아이들이 바글대기 마련인지라 알은 그들을 신전으로 데려갔다. 모두는 한구석에 둥글게 모여 앉았다.

이미 고리스와 길에서 대화를 했었던지라 알은 이들이 찾아온 이유를 짐작했다. 게다가 레온에게도 미리 귀띔을 했지만 무턱대고 이들에게 아쉬운 소리를 할 생각은 없었다. 당장 아쉬운 것은 자신이었지만 그렇다고 사정할 생각은 처음부터 갖지도 않았다. 그렇기에 알은 여유를 부리며 찬찬히 그들을 살펴보았다. 모두 안면이 있는 자들로, 포란에서는 중급의 중개상들이었다. 적어도 몇 개월 전까지만 해도 자신의 상회 이름을 걸고 있었던, 그리고 지금은 바론에게 밀려난 자들이었다.

서로 눈치를 살피며 머뭇거리고 있을 무렵 신전 문이 열리며 소년이 들어왔다. 오전에 목재를 옮기던 아크라는 소년임을 레온이 알아보는 동안 알은 손짓으로 그를 불렀다.

"무슨 일이냐, 아크?"

"저어… 사제님이 이거 보내셔서요."

아크는 두 손으로 받쳐 들고 있던 쟁반을 알에게 건네었다. 소년이 은근히 머물려고 하는 것을 눈치 챈 알은 서둘러 입을 열었다.

"아크, 형이 중요한 얘기를 해야 하니까 방에서 동생들을 보살펴 줄래?"

"네."

아쉬운 듯 아크는 밖으로 나갔다.

잠시 침묵이 흐르는 동안 알은 쟁반을 고리스 일행에게 밀고 손짓을 했다. 고리스가 먼저 쟁반에 담긴 벌꿀 과자를 먹자 다른 일행도 손을 대기 시작했다. 한참 그들을 살피던 알이 드디어 입을 열었다.

"맛이 괜찮지? 직접 구운 거야."

"좋은데, 알."

말은 그렇게 하면서도 고리스는 더 이상 과자에 손을 대지는 않았다. 그리고 숨을 깊이 들이마시며 천천히 다음 말을 잇기 시작했다.

"괜찮다면… 이 청년을 정식으로 소개해 주겠어? 언뜻 듣기로는 동업자라고 했지만… 지금부터 우리가 할 얘기에 필요한 사람인지 아닌지 의심스럽거든."

"그 말대로야. 레온. 나의 동업자. 지금부터. 그리고 앞으로도."

짤막하게 끊으며 알이 대답했다.

그 말에 잠시 술렁이긴 했지만 그들은 이내 평정을 찾았다. 별다른 소개가 없어도 알의 말에 깊은 믿음이 묻어 나오고 있음을 그들은 눈치 챘다.

"좋아, 알. 네 말을 믿지. 사실 우리가 여기 찾아온 이유는 너도 짐작하고 있을 거라고 생각해. 만약 이 친구가 너의 동업자라면 우리가 상의할 문제 역시 들어야 하겠지."

잠시 말을 끊고 고리스는 레온을 바라봤다. 그의 때 묻지 않은 눈빛에서 장사꾼의 모습을 찾을 수는 없었지만 이미 알의 말이 있었기에 주저하지는 않았다.

"우리가 여기 찾아온 것은 오늘 네가 상점가에 내놓은 '드워프의 장신구'가 꽤 고가에 팔렸다는 것을 알기 때문이야. 아마 지금 포란에서 넌 두 번째로 현금을 많이 소지하고 있을 거라고 생각해. 정확히 어느 정도지?"

"말해야 해?"

"우리에겐 중요한 문제니까. 우리 예상보다 적다면 우린 그냥 돌아갈 수밖에 없으니까."

"좋아. 솔직하게 말하지. 이천 디나르보다 약간 많아."

그 말에 다시 일행들이 술렁대기 시작했다. 그들은 다소 흥분한 것 같았다. 그들을 진정시키며 고리스가 다시 물었다.

"포란에서 번 건… 미안해, 좀 뒷조사를 했어. 천 디나르 정도로 알고 있는데?"

"맞아. 그렇지만 레첸에서 여기까지 계속 물건을 팔면서 왔거든."

"그럼 처음 개수가 몇 개였던 거야?"

놀랍다는 듯 일행 중 하나가 소리쳤다. 뒤이어 곁에 있던 자가 신중하게 물었다.

"도대체 이 물건을 어떻게 구한 거지?"

"미안. 그건 말할 수 없어. 하지만 이건 장담하지. 일회성은 아냐."

알의 말에 갑자기 신전은 깊은 침묵에 빠졌다.

한참 후에 고리스가 놀랍다는 듯 소리쳤다.

"이, 이 물건을 또 구할 수 있단 말야?"

"그런 뜻이지. 어때? 이제 얘기할 마음이 들었어?"

알은 모두를 돌아보며 빙그레 미소를 지었다.

그는 알고 있었다. 이들이 망설이고 있는 이유를. 바론에게 대항하고 싶은 마음은 굴뚝같지만 무작정 알의 밑으로 들어오고 싶어하지 않는다는 것을. 그것은 그동안 알이 치즈 거래나 하던 하급 중개상인 탓에 믿음이 가지 않았고 비록 지금은 자금이 많아도 바론에게 깨질 것이라 예상하기 때문이라고. 그렇기에 '드워프의 장신구'를 상점가에 풀었다는 것에 혹하긴 했지만 쉽게 말을 꺼내지 못하고 있음을 눈치 챘다. 어쩌면 이들은 알과 연합하여 한번 바론을 혼내주는 정도로 만족할지도 모를 일이었다.

그러나 그건 알에게 별로 이득이 되지 못했다. 그것을 알기에 그는 언제라도 '드워프의 장신구'를 손에 넣을 수 있다고 말한 것이다. 고가의 상품을 또 구할 수 있다면 얘기는 달라진다. 적어도 알의 밑에 있으면 망하지 않을 수 있으니까. 설사 그들의 거래처를 몽땅 주더라도 결코 손해는 보지 않을 테니 그들로서도 구미가 당기는 얘기인 셈이다.

그들끼리 서로 눈빛을 교환하는 동안 알은 느긋하게 꿀 과자를 입에 넣었다. 그들끼리 어떻게 상의하든 알이 생각한 결과와 그리 차이가 나지 않을 거란 자신이 있었다. 그리고 짐작대로 고리스는 그의 예상에서 별로 차이 나지 않게 말하기 시작했다.

"너도 알다시피 포란에서 바론을 피해 중개업을 한다는 것은 이제 불가능해. 소규모의 작은 상회가 바론을 이긴다는 것은 무리야. 이건 너에게도 해당되는 말이지."

"천만에. 아까 들었던 것처럼 내겐 '드워프의 장신구'가 있어. 포란의 물건을 가지고 나갈 수 없다면 다른 곳의 물건을 가지고 들어오면 돼. 그렇게 실적을 쌓다 보면 충분히 바론과 대적할 수 있지. 물론 시간이 오래 걸리겠지만 말야."

"그래… 너라면 할 수 있을지도 몰라. 그렇지만 시간이 오래 걸리겠지. 게다가 녀석은 대규모인데 넌 동업자 친구까지 해봐야 겨우 둘이잖아?"

"그래서?"

"우리 생각은 그래. 바론이 다른 상회를 자꾸 집어 삼켜서 대규모로 성장하려는 것처럼 우리도 대규모로 뭉쳐야 한다고 말야. 그렇지 않고서는 바론을 이기긴 힘들다고 말야. 네 생각은 어때?"

"흠. 그래서 나와 연합을 하겠다는 뜻?"

"그렇지."

"싫어!"

단호하게 알이 대꾸했다. 그의 말이 의외인지 모두들 놀라며 그를 쳐다봤다. 그러나 알은 그런 그들의 시선을 무시하고 레온에게 물었다.

"넌 어때? 이들의 제안이 맘에 들어?"

"아니. 나도 싫어. 이들은 단지 일시적으로 뭉쳐서 바론을 혼내주자는 것뿐이잖아? 별로 우리에게 이득이 되진 않을 것 같아."

그의 대답에 고리스 일행이 얼굴을 찡그렸다. 그들의 생각을 너무나도 정확하게 짚어냈기에 다소 놀란 것이다. 물론 이미 알이 레온에게 귀띔을 했다는 것을 그들은 짐작하지 못했다.

다급하게 고리스가 먼저 말했다.

"아냐. 사실 우리도 그런 뜻으로 온 것은 사실이지만… 만약 네가 계속 '드워프의 장신구'를 손에 넣을 수 있다면 사정은 달라."

그렇게 말한 고리스는 일행의 눈치를 살피며 조심스럽게 말했다.

"적어도 난 네 밑에서 계속 일할 생각이야."

"이봐, 고리스!"

누군가 먼저 고함을 질렀다. 그러나 곧 화를 삭이며 알에게 사정하듯 입을 열었다.

"나도 마찬가지야. 나도 네 밑에서 일하겠어! 너라면 바론을 혼내주는 정도가 아니라 그를 이 포란에서 밀어낼 수 있을 거야. 내가 잃었던 상권을 찾을 수 있을 거라고 난 믿어."

"나도, 나도!"

갑자기 서로 알의 밑에서 일하겠다고 소리 지르자 알은 손을 뻗어 그들을 조용히 시켰다. 소란이 가라앉자 알은 짐짓 레온을 돌아보며 말했다.

"이렇게까지 말하는데… 넌 어떻게 할래?"

"뭐, 규모가 크면 큰 장사를 할 수 있겠지. 좋잖아?"

알은 모두를 돌아보며 싱긋 웃었다.

"그럼… 앞으로 우리 밑에서 일하겠다는 거지?"

“알을 중심으로 벌써 일곱 명은 뭉친 모양이야.”

“그래? 어떤 녀석들이야?”

“일단 알은 상회를 가져본 적이 없어서 그런지 대부분은 고리스가 추진하는 것 같아. 그 외에 몇몇 놈이 더 있어.”

“고리스? 그 녀석은 아직 자금이 꽤 남았을 텐데?”

바론은 읽고 있던 서류에서 눈을 떼며 얼굴을 찡그렸다. 요즘 그의 기분은 매우 좋지 않았다. 연일 들려오는 알에 대한 소문이 그의 심기를 건드린 탓이다. 그의 예상대로 알과 중개상들이 회합을 했지만 상황은 뜻밖으로 흘렀다. 갑자기 소규모 중개상들이 자신의 간판을 내리고 알의 밑으로 들어가 버린 것이다. 연합 정도로 예상했던 바론으로선 그 사실은 꽤나 충격이었다. 이렇게 되면 알은 몇몇 거래처를 잠시 빌리는 게 아니라 영구적으로 소유하는 셈이다. 게다가 고리스 같은 아직 자금이 남은 녀석들이 가세한다면 알의 자금 동원력도 결코 무시할 수는 없었다.

“젠장! 요즘은 욕밖에 안 나오는군. 현재 우리 자금은 어느 정도야?”

“지금은 육천 다나르 정도야. 하지만 모직물 출하일까지 적어도 이천 정도는 더 동원할 수 있을 거야.”

“그래? 팔천이라. 괜찮은 액수군. 알이라면 어느 정도 동원이 가능할까?”

“글쎄… 고작해야 이천 오백이 한계 아닐까?”

“왜?”

“일단 밝혀진 것은 천 다나르. 여기에 고리스 같은 녀석들이 합세

한다고 해도 천 디나르 이상은 어려울 거야. 전부 알거지가 되다시피 해서 알에게 달라붙은 거니까. 그렇다면 만약 알에게 숨은 자금이 전부일 텐데, 오백 이상 보긴 힘들지 않을까?"

"그렇군. 제법인데, 소나임. 그렇지만 좀 더 신중을 기해서… 삼천 이라고 해두자."

"좋아. 그래 봐야 우리의 팔천에는 상대할 수 없겠지. 이번 모직물 도 모두 우리에게 떨어질 거야."

소나임의 자신있는 말투에 고리스는 고개를 저었다.

"너무 자신만만해하지 마. 모직물을 내놓는 집은 어때? 혹시라도 변동은 없는 거겠지? 갑자기 물량이 늘면 녀석들에게 돌아갈 수도 있 단 말야."

"걱정 마. 절대 그럴 일은 없어. 사전 조사대로야. 육천이면 몽땅 쓸어 담을 수 있어. 게다가 이천의 여유 자금이 곧 생기니까 안전하다 고."

"으음. 그걸로 안전하다고 할 수는 없어. 쳇! 이럴 줄 알았으면 양 모를 몽땅 구매하는 게 아닌데… 할 수 없지. 성주를 찾아가 보도록 할까."

"왜? 출하일을 변경할 생각이야?"

소나임이 황급히 소리쳤다. 비록 바론이 성주와 안면이 있기는 했 지만 출하일을 변경하는 짓을 했다간 당장 밑에 있는 상인들도 들고 일어날 것이 뻔했다. 그런 걱정을 묵살하듯 바론은 피식 웃었다.

"설마! 아무리 나라도 그런 위험한 짓은 안 해. 그보다는 저번 성벽 보수 공사 때에 빌려줬던 돈을 받으러 가는 것뿐이야."

"아하! 그렇군. 그 돈이면 충분해! 역시 넌 머리가 비상해!"

소나임이 손뼉을 치며 감탄하는 동안 바론은 자리에서 일어나 겉옷을 걸치기 시작했다. 시중을 드는 소나임에게 그는 한마디 덧붙였다.

"상점가에서 알 쪽으로 자금이 들어가지 않도록 주의해. 혹시라도 녀석에게 출자하겠다는 녀석이 나타날지도 모르니까 미연에 방지하라고. 상점가뿐이 아냐. 목장이랑 생산지도 잘 살펴봐. 혹시라도 우리에게서 등을 돌릴 자가 나타날지도 모르니까. 알겠지?"

"걱정하지 마. 벌써 그렇게 하고 있으니까."

"그래, 이번 거래에 최대한 만전을 기하자고."

제법 폼나게 차려입은 바론은 서둘러 성으로 향했다.

모직물이 출하되는 당일. 포란은 다소 떠들썩했다. 모직물은 치즈와 더불어 포란의 가장 유명한 상품이다. 삼 개월에 한번씩 대량으로 생산되는 치즈가 값싼 물건이라면 모직물은 소량이지만 포란에서는 가장 고가의 품목에 드는 물건이다. 그렇기에 모직물이 출하되는 날은 마을의 축제가 벌어지는 날이기도 했으며 그것은 치즈 축제와 더불어 포란의 또 하나의 볼거리 중에 하나였다.

그렇지만 이날은 조금 특별하다는 것을 사람들은 의식하고 있었다. 근 몇 년 동안 모든 상품의 출하를 독점하다시피 한 바론에게 알이 비공식으로 도전한 것을 알기 때문이었다. 그렇기에 마을의 부를 축적한다는 의미보다는 두 사람, 정확히는 두 상회의 싸움을 지켜보는 것에 더욱 열을 올렸다. 그리고 축제 분위기도 은근히 양쪽으로 갈라진 양상이었다.

그런 것에 아랑곳하지 않고 외딴 신전에는 마차 세 대가 출발 준비를 서두르고 있었다. 바로 알과 레온 일행이었다.

"일주일 동안 긁어모은 액수는 얼마나 돼, 고리스?"

"천 정도."

"흠. 총 삼천으로 상대해야 한다는 계산이군."

알은 머리를 긁적였다. 그리고 들고 있던 터번을 머리에 동여매며 레온에게 소리쳤다.

"어이, 준비해. 너무 늦게 가면 뒷자리에 앉아야 한단 말야."

"알았어."

레온은 고리스가 가져온 궤짝을 알의 마차에 싣고 재빨리 뒤의 마차에 올라탔다. 며칠 전에 완성한 레온의 마차였다. 그의 곁에 얼른 스레이가 올라탔다. 그는 품에 안을 수 있는 작은 류트를 들고 멋쩍게 웃었다.

"마을 축제라면 공연을 할 수 있겠죠? 저도 동행하게 해주십시오."

"넌 그렇게 맞고 공연을 할 생각이야?"

알의 핀잔에도 그는 미소를 지을 뿐이었다. 이윽고 터번을 모두 맨 알이 소리쳤다.

"좋아! 출발하자! 고리스가 앞장을 서! 다녀오겠습니다, 사제님."

애리오트 사제와 아이들의 배웅을 받으며 고리스의 마차를 선두로 세 대의 마차가 마을을 향해 달리기 시작했다.

포란의 중심에 있는 마을은 매우 북적였다. 분수대를 중심으로 동쪽과 서쪽, 남쪽의 공터에는 축제 분위기가 무르익고 있었다. 그리고 북쪽의 공터에는 커다란 단상이 놓여졌고 좌우로 성에서 나온 병사들이 늘어서 있었다. 상품이 출하되는 날은 마을의 중요한 행사였기에 치안을 위해서 몇몇의 기사들과 병사들이 나오곤 했다. 게다가 이날

은 일 년에 두 번 정도 있는 모직물 출하일이기에 더욱 중요한 날이었
다.

그런 시끄러운 외중에 북쪽 구석에 바론은 상인들을 이끌고 자리를
잡았다.

"알은? 아직 안 온 건가?"

"그런 것 같아."

소나임의 대꾸에 바론은 초조하게 남쪽 광장을 쳐다봤다. 그곳의
커다란 대로는 사람으로 붐비고 있어 보이지 않았지만 알의 흰 터번
이 보이지 않는 것은 확실했다.

"쳇! 늑장 부리고 있군. 아직 시간은 안 된 건가?"

"이제 곧이야, 바론. 좀 침착해."

다른 날보다 조급해하는 바론의 모습에 다른 상인들도 동요하고 있
었다. 그런 분위기를 느꼈는지 소나임이 얼른 그의 귀에 속삭였다. 막
상 고개를 끄덕이기는 했지만 바론은 쉽게 진정되지 않았다.

묵묵히 단상 앞의 의자에 앉은 바론은 천천히 심호흡을 했다. 그런
그를 반대편에서 지켜보는 일행이 있었다. 이번에 알 밑으로 뭉친 상
인들이었다. 그들도 아직 도착하지 않은 알 때문에 조급하긴 마찬가
지였다.

그때 남쪽 공터가 시끄러워지며 누군가 소리쳤다.

"알이 왔다!"

"고리스도 함께 있군!"

그 말이 끝나기 무섭게 바론은 뒤를 돌아봤다.

사람들의 외침대로 세 대의 마차가 나란히 북쪽으로 다가왔다. 흰
터번의 알과 뚱보 고리스, 그리고 금발의 레온이 마차에서 내리는 모

습이 보였다. 그들에게 먼저 와 있던 일행이 다가가는 모습도 보였다.
바론은 천천히 몸을 일으키며 소나임에게 손짓을 했다.

"좋아. 시작하기 전에 한번 정찰을 해볼까?"

소나임을 데리고 바론이 다가가는 동안 알 일행은 분주하게 궤짝을
운반하기 시작했다. 먼저 와 있던 상인 중에 한 명을 붙잡고 알이 물
었다.

"바론은 얼마나 가지고 있는 것 같아?"

"일단 마차에서 나온 궤짝은 여덟 개야."

"여덟 개? 팔천 디나르? 굉장하군."

"어렵겠는데……."

곁에서 듣고 있던 고리스가 눈살을 찌푸렸다. 그런 그의 어깨를 토
닥이며 알은 속삭였다.

"우리도 삼천이나 있어. 아무렴 몽땅 뺏기진 않겠지. 하여간 내가
지시한 대로만 움직이라구."

"걱정은 접어. 우리도 하루 이틀 장사한 건 아니니까."

바론이 다가오는 것을 보고 알과 고리스는 입을 다물었다. 얼른 고
리스가 자리를 잡으러 가자 알은 미소를 지으며 바론을 쳐다봤다.

"여어, 포란의 대상(大商)께서 나에게 볼일이 있는 건가?"

"듣자니 이번에 '드워프의 장신구'를 손에 넣었다며, 알? 단 며칠
만에 명성을 올린 솜씨가 제법이던데?"

"그래도 자네 솜씨만 하겠어? 생산처든 구매처든 몽땅 가로채는 자
네의 솜씨는 일품이니까 말야."

"뭐라고? 터진 입이라고 아무렇게나 지껄이는 게 아냐!"

곁에 있던 소나임이 발끈 화를 내며 달려들려는 순간이었다. 그 즉

시 레온이 한걸음 나서 알의 앞을 가로막았다. 그의 등장에 소나임은 주춤하며 멈췄고 얼른 바론이 손을 들어 그를 제지했다.

"그만둬, 소나임. 우린 거래를 위해 모인 것이지 싸움을 하자는 게 아니잖아?"

바론의 말에 주춤거리며 소나임이 물러섰다. 그를 따라 돌아가면서 바론은 알에게 미소를 건넸다.

"서로 만족할 만한 거래를 하도록 하자, 알 베자스."

"글쎄다? 그건 너에게 달렸겠지. 너처럼 욕심 많은 녀석이 만족한 다는 건 힘들 테니까."

그의 비아냥거림에 바론은 피식 웃을 뿐 대꾸하지는 않았다. 걸어가면서 바론은 조용히 물었다.

"알의 곁에 있던 녀석은 누구야? 저 금발 애송이 말야."

"몰라. 듣기론 이번에 알과 동업을 한 녀석이라는데… 보통 녀석은 아니더군."

"뭐가?"

"검술 실력이 장난이 아냐."

그리고 전에 레온에게 당했던 것을 짧게 간추려 설명했다. 그의 이야기를 들은 바론은 혀를 내둘렀다.

"말도 안 돼. 포란 성의 기사들을 제외하면 너의 검술은 포란에서는 제일이잖아? 그런 네가 졌단 말야?"

그는 흘깃 어깨 너머로 알과 레온을 쳐다봤다. 아직 그들은 제자리에서 바론을 쏘아보고 있었다. 바론은 출신이 불명인 이 레온이라는 청년에게 뭔가 큰 비밀이 있음을 직감했다.

두 사람이 자리로 돌아가는 것을 묵묵히 지켜보는 레온에게 알이 중얼거렸다.

"저 녀석이 바론이야. 직접 본 소감이 어때?"

"말라깽이 같네."

레온의 말에 알은 억지로 웃음을 참았다. 적어도 포란에서 바론에게 그렇게 대놓고 표현을 하는 사람은 없었다. 그만큼 바론의 영향력은 셌다.

알과 레온이 자리를 잡고 앉는 것과 동시에 단상 위로 시장이 올라왔다. 다른 마을의 촌장 격으로 마을 사람들을 대표하여 영주에게 발언할 수 있는 지위가 바로 촌장이다. 공권력은 없지만 마을에서 신뢰받는 대표자를 선출하기 때문에 아무리 영주라도 쉽게 무시할 수는 없었다. 게다가 포란은 자유민이 많았기 때문에 그 영향력은 꽤 컸다.

단상에 올라온 시장은 곧 거래를 시작함을 알렸고 웅성거림이 잦아드는 순간 첫 번째 물건이 위로 올라왔다. 시장이 소리쳤다.

"모톤 집에서 생산한 것으로 총 삼십 필이오. 금액은 삼백 디나르부터!"

"육백 디나르!"

제일 먼저 소리친 사람은 소나임이었다. 시작하자마자 배의 가격을 부르자 이내 광장은 웅성거리기 시작했다. 역시 이번에도 바론 상회가 물건을 독점할 것 같다는 푸념이 여기저기에서 터져 나오는 순간 고리스가 일어섰다.

"구백 디나르."

일순 광장이 조용해졌다. 자신의 귀를 의심하는 중이었다. 그런 그들을 대표하여 소나임이 외쳤다.

"미쳤군! 구백 디나르라면 본전도 건지기 힘들 텐데?"

그의 말대로 모직물은 세 배에서 네 배 정도가 적정가였다. 아무리 장사 수완이 좋아도 네 배 이상은 받기 힘들다. 특히 모톤 집에서 내놓은 모직물은 그렇게 뛰어난 상품도 아니었다. 그렇기에 사람들은 고리스가 구백 디나르를 부른 것에 매우 놀랐다. 그러나 고리스는 천연덕스럽게 대꾸했다.

"그건 바론 상회에나 해당되는 말이지. 우린 충분히 천이백에 팔아 올 수 있어. 자신없으면 물건을 우리에게 넘기던지?"

"천 디나르."

조용히 손을 들고 바론이 입을 열었다. 그의 말이 떨어지기가 무섭게 광장에 있던 사람들은 모두 알을 주시했다. 그가 다시 거래액을 올릴지 주목하는 것이다. 그러나 알은 조용히 고개를 저었고 곧 고리스는 자리에 앉았다.

알이 포기를 표시하자 시장은 다시 사람들을 둘러보며 외쳤다.

"더 부를 사람은 없소? 없다면 바론 상회에 물건을 넘기겠소."

두 번을 더 반복한 후에 물건은 바론 상회에 전달이 됐다. 바론은 궤짝 하나를 모톤에게 넘겨 대금을 치렀다.

그런 식으로 계속하여 경매가 이뤄졌다. 대개의 상품이 한계에까지 다다라서 거래되었다. 그 이유는 알이 무리해서라도 가격을 올리기 때문이었고 바론 역시 지지 않고 맞받아 주기 때문이었다.

아직 단 한 필도 거래를 하지 못한 알 진영은 의외로 침착한 반면에 모든 상품을 독점한 바론 진영은 매우 초조해하고 있었다.

슬쩍 소나임이 바론에게 속삭였다.

"바론. 저 녀석 술수를 부리고 있는 것 같아. 일부러 한계액까지 끌어올리고 있잖아? 이대로라면 우리가 본전치기를 하겠어."

“멍청하긴. 이제 눈치 챈 거냐?”

“뭐야, 그럼 알고 있었어? 그래도 계속 하겠다는 거야?”

“알의 속셈은 뻔해. 아마 샌슨 할아버지네 모직물을 손에 넣겠다는 거겠지.”

“뭐?”

그의 대답에 소나임이 황당하다는 듯 입을 벌렸다. 샌슨 가의 모직물은 포란에서도 최고로 쳐주는 물건이었다. 정교하고 꼼꼼하여 실밥 하나 흐트러짐이 없는 최고의 물건이다. 또한 누구보다 많은 물량을 내놓기로도 유명하여 샌슨 가와 거래한다는 것은 제법 큰 상회가 아니면 불가능했다.

“겨우 삼천으로 말야?”

믿어지지 않는다는 표정으로 소나임이 중얼거렸다.

“샌슨 가의 물건은 오늘 가장 마지막에 거래될 예정이야. 아마 알은 다른 물건을 구비할 것처럼 보이면서 우리의 자금을 바닥낼 생각이겠지. 최소한 삼천 이하로 떨어트리면 녀석에게 승산이 있을 테니까.”

“아……..”

소나임이 입을 다물지 못하고 놀라자 바론은 미소를 지었다.

“걱정하지 마. 오늘 나오는 물건의 양을 이미 계산해 놨으니까. 한 계액까지 이르러도 이천오백 정도는 남을 거야.”

“그렇다면……..”

소나임도 빙긋 웃으며 알을 쳐다봤다. 문득 금발의 레온이 이쪽을 쳐다보고 있는 것에 움찔하며 소나임은 고개를 돌렸다.

어느덧 경매도 막바지에 이르러 드디어 샌슨 가의 모직물이 올라왔

다. 샌슨 가의 모직물은 총 육십 필에 달했다. 물건이 많은 탓에 단상
에 올라온 것은 그 중 다섯 필이었다. 곧 시장이 소리쳤다.

"오늘의 마지막 물건이오. 샌슨 가의 육십 필! 거래액은 천오백 디
나르부터!"

"이천오백 디나르!"

바론이 벌떡 일어나 외쳤다. 처음부터 굉장한 액수가 불려졌지만
사람들은 웅성거리지 않았다. 바론 측에서 부른 값은 현재 그들이 가
진 모든 자금이라는 것을 눈치 챈 것이다. 그에 반해 알은 궤짝 세 개
를 고스란히 가지고 있으니 누가 봐도 이 승부는 뻔했다.

모두들 기대하는 표정으로 알을 쳐다보자 그도 천천히 일어났다.

"삼천."

순간 광장이 떠나갈 듯 함성이 일어났다. 비록 대부분의 물건을 바
론에게 빼앗겼지만 샌슨 가의 모직물은 알이 차지했다고 판단한 것이
다.

그때였다. 바론이 손을 들었다.

시장이 모두를 진정시키자 바론은 소리쳤다.

"삼천오백!"

처음에 그 소리는 함성에 묻혀 잘 들리지 않았다. 그러나 가까운 곳
에서 그 소리를 들은 사람이 차츰 전하기 시작하자 곧 좌중은 크게 술
렁이기 시작했다. 뻔히 이천오백이 남은 것을 아는데 느닷없이 삼천
오백을 불렀으니 모두들 놀랐다.

누군가 소리쳤다.

"거래는 이 자리에서 돈을 건네면서 성립되는 거야! 바론, 자네에게
삼천오백이 있단 말인가?"

"물론이다!"

바론은 재차 고함을 지르더니 품에서 주머니 하나를 꺼내 단상 위로 던졌다.

"확인해 주게, 시장."

시장이 얼른 주머니를 열어 안에 들어 있는 것을 쏟아냈다. 순식간에 단상 위로 번쩍이는 금화가 떨어져 내렸다. 햇빛을 받아 더욱 빛을 발하는 금화가 떨어지는 동안 군중들의 소란은 차츰 잦아들기 시작했다. 그 와중에 바론의 뒤에 있던 소나임이 소리쳤다.

"이 금화는 총 천 다나르요! 현금을 확인했으니 모두 불만은 없겠지?"

그의 외침이 광장을 울리는 동안 몇몇이 탄식하는 소리가 들렸다. 그리고 알의 곁에 있던 고리스도 울분을 참지 못하고 소리쳤다.

"바론! 도대체 언제까지 상품을 독점할 생각이냐? 네 녀석의 횡포에 모두 분개하고 있다는 것을 알기나 하냐?"

그의 욕설에도 불구하고 바론은 천천히 단상 앞으로 걸어갔다.

"그럼 물건을 받았으면 합니다."

어쩔 줄 몰라 하던 시장이 고개를 끄덕이며 물건을 넘기려는 순간 알이 자리에서 일어섰다.

"잠깐!"

그의 외침에 모두들 알을 주시했다.

"아직 경매가 끝난 것은 아니잖소, 시장? 누군가 삼천오백 이상을 부를 수 있는 것 아니오?"

그의 말에 몇몇 사람이 실소를 던졌다. 누군가 알에게 비아냥거렸다.

"이봐! 거래 한두 번 해본 것도 아닌데 그런 소리가 나와? 지금 여기서 삼천오백을 가진 자가 몇이나 있겠어?"

그러나 알의 말이 맞는지라 시장은 모두를 둘러보며 외쳤다.

"삼천오백 나왔소. 더 부를 사람은 없소? 없다면 이번에도 바론 상회에 물건을 넘기는 것으로 하겠소."

잠시 시간을 두고 재차 소리를 질렀다. 그러나 아무도 대꾸를 하는 사람은 없었다. 마지막으로 확인을 하기 위해 시장이 입을 여는 순간 알이 나섰다.

"삼천육백!"

그의 말에 모두들 긴장을 하며 주시했다. 군중은 물론 고리스들도 놀라서 그를 쳐다봤다. 누군가 바론에게 소리친 것처럼 거래가 성립하기 위해서는 바로 이 자리에서 현금을 지불해야 했다. 결코 뒤에 준다는 말은 용납되지 않았다. 그런 사실을 뻔히 알고 있기에 모두들 당황하기 시작했다.

문득 바론이 피식 웃으며 알에게 다가와 물었다.

"설마 자네에게도 금화가 있다고 말할 참은 아니겠지?"

"왜? 너에겐 있고 나에겐 없을 거라고 생각하나?"

능청스럽게 받아치는 알의 모습에 다들 눈을 동그랗게 떴다. 그의 말에 반신반의하며 바론이 급히 소리쳤다.

"만약 있다면 이 자리에서 보여주지 그래?"

"못할 것도 없지."

그렇게 대꾸한 알은 뒤를 돌아 크게 소리쳤다.

"레온! 우리의 자금이 고작 삼천 뿐일 거라고 믿는 모양이야."

"결코 아니지!"

미소를 지으며 얼른 레온이 나섰다. 그리고 품에서 주머니 하나를 꺼내어 높이 쳐들었다. 때에 맞춰 알은 터번을 벗어 펼쳐 들었다. 얼른 고리스가 달려와 한쪽 끝을 잡자 레온은 주머니를 열고 터번 위에 쏟기 시작했다.

"우와와아아!"

일순 광장이 크게 감탄을 하기 시작했다. 언뜻 보기에도 바론이 보인 금화보다 갑절의 금화가 터번 위로 쏟아지고 있었다. 주머니에 들어 있던 금화를 모두 보인 레온이 시장을 보며 소리쳤다.

"이 정도면 육백 다나르는 충분히 되겠죠?"

그의 말이 떨어지기 무섭게 알이 바론에게 쏘았다.

"자, 이제 그쪽의 숨은 자금은 뭐가 있지? 삼천육백 이상을 부를 수 있는 거야?"

묵묵히 지켜보고 있던 바론의 얼굴이 조금씩 일그러지기 시작했다. 그의 표정에서 이미 승리를 예견한 알이 시장을 바라봤다.

"이번에도 세 번 반복해서 소리쳐 주시오. 누군가 나보다 더 부를 수 있는 사람이 있을지도 모르니."

그렇게 대꾸하며 알은 흘깃 바론을 살폈다. 그는 어느새 자리에 돌아간 채 얼굴을 감싸고 앉아 있었다.

환성이 잦아드는 시점에 시장은 세 번 반복해서 알의 금액을 소리쳤고 그 누구도 더 이상 부르는 자는 없었다.

"그럼 샌슨 가의 모직물은 알과 레온 상회에 낙찰되었소!"

시장의 말이 끝나기 무섭게 고리스를 비롯한 알 측 상인들이 소리를 질렀다.

처음부터 바론의 여덟 궤짝을 보고 팔천 다나르로 추정하고 모든 상품의 금액을 한계액까지 끌어올렸다. 마지막에 고리스의 품에서 금화로 천 다나르가 나왔을 때에는 모두 졌다고 생각했다. 하지만 레온에게 그 배의 금화가 있었다는 것을 알면서 알측 상인들은 기사회생(起死回生)한 셈이다.

거래가 끝나고 광장 여기저기에서 축제가 벌어지는 와중에 알은 샌슨 가의 모직물을 싣고 있었다. 그 옆에 있던 고리스가 말했다.

"저 친구에게 이천 다나르가 있었을 줄은 상상도 못했어."

"그러니까 내 동업자지."

알은 피식 웃으며 대꾸했다.

그때 이미 물건을 다 실은 바론이 그들에게 다가왔다. 그는 꽤나 분통이 터져 시뻘겋게 달아올라 있었다.

"네가 오늘 한 짓이 레스터의 상인들에게 얼마나 해가 되는 짓인지 알기나 하는 거냐?"

"뭐?"

느닷없는 말에 알이 반문했다.

"모르겠냐? 시대는 변하고 있어! 레스터의 상인들도 변해야 한단 말야! 그래야 살 수 있어!"

"무슨 소리냐, 바론?"

"내가 윈저 령(領)에 상업을 배우러 갔었던 것은 알고 있겠지? 그 영지는 이 포란과는 비교도 할 수 없을 정도로 많은 자유민이 있었다. 그 자유민들 중에 얼마나 많은 상인들이 힘을 키우고 있는지 알아?"

윈저 령이라면 레스터에서 서남쪽 방향에 있는 영지였다. 페나인에서 작은 편에 속한 영지이지만 남쪽 연안을 중심으로 외국과의 무역이 발달해 있는 탓에 상업이 무척 발달한 영지이기도 했다. 또한 레스터 령의 대영주인 레스터 가문이 기사 가문으로 유명한 것처럼 윈저 령의 윈저 가문은 학술로 유명했다.

그러나 이런 자리에서 갑작스레 바론이 윈저 령에 대해 말을 꺼내는 것이 알은 이해되지 않았다. 아무리 윈저 령의 상인들이 발전한다손 치더라도 레스터와는 상관없는 일이다. 아무리 자유민이라 해도 대영지를 벗어난다는 것은 쉽게 허가되지 않는 탓이었다. 법을 어긴 유랑자라면 또 모를 일이지만.

"윈저의 상인들은 길드를 만들고 있어. 그게 뭘 뜻하는지 알아? 상인들이 단합을 한다는 거야. 왜 외국의 상품이 윈저를 거쳐 전국으로 퍼져 나가고 있다고 생각해? 윈저의 상인들이 뭉쳐서 전국을 주름잡기 때문이야. 이대로 간다면 페나인의 모든 상권은 윈저의 상인들에게 넘어갈 테지. 내가 포란에 돌아온 이후에 왜 그렇게 상인들을 모으려고 힘을 쏟았는지 알기나 하냐? 우선 포란의 상인들이 뭉치고 나아가 레스터의 모든 상인들이 뭉쳐서 길드를 만든다면 우리의 상권을 지킬 수 있을 거라고 생각했기 때문이다. 그런데, 그런데 네가 내 일을 방해한 거야! 알아?"

바론이 목청을 돋우는 동안 알은 묵묵히 듣기만 했다. 이윽고 바론이 씩씩대며 입을 다물자 알은 침착하게 입을 열었다.

"그렇다고 해서 독점이 허용되지는 않아. 네가 지금까지 한 것은 모두에게 이해를 구한 것이 아니라 무조건적인 포섭이었어."

"뭐라고? 우리에겐 시간이 없어! 녀석들의 물건은 벌써 우리의 시장에서 날개 돋친 듯 팔려 나가고 있다고! 하지만 우리 물건 중 윈저에 진출한 건 뭐가 있지? 하나도 없어! 단 하나도 없다고! 그런 상황에서 하나씩 절차를 밟아 나간다는 게 말이나 돼? 말이나 되는 소리냐고!"

광장 한쪽 구석에서 시작된 알과 바론의 언쟁에 어느새 사람들이 몰려들기 시작했다. 바론의 곁에선 소나임이 허리춤의 검을 만지작거리고 있다가 레온과 눈이 마주친 이후에 겸연쩍게 손을 떼었다. 레온도 알과 어깨를 나란히 한 채 바론의 말을 듣고 있었다.

레온은 반도 알아듣지 못하는 말 투성이었지만 윈저 령이 언급되는 시점에서 진지하게 귀기울이고 있는 중이었다. 그는 윈저 령을 구경하고 싶다고 생각했다. 윈저의 상인들이 레스터에 들어올 수 있다면 반대로 레스터의 상인들도 윈저에 들어갈 수 있지 않을까, 하고 레온은 궁리했다. 그리고 잘은 몰라도 이 바론은 그 해답을 알고 있을지도 모른다고 추측했다.

"그래서? 모든 상회를 집어삼키는 짓이 옳다는 뜻이냐? 단지 시간이 없어서, 라는 말로 변명할 수 있다고 생각 하냔 말이다!"

알도 약간 언성을 높였다. 그에게 동조하듯 곧 주위에서 '옳소, 옳소' 하고 누군가 소리쳤다.

"포란은 레스터에서 보자면 마을 하나에 불과해. 우리가 빨리 뭉쳐야 다른 지역도 이끌 수 있는 것 아니겠어? 비록 지금은 너희들이 분개할지 모르지만 결국 날 이해할걸? 우리 포란의 상인들이 이 레스터의 상권을 주도해 나가게 될 테니까!"

그의 외침에 곧 웅성거림이 잦아들기 시작했다. 대부분이 상인인 탓에 이 말이 무엇을 뜻하는지 금세 알아챈 것이다.

"그렇게 해서 탄생된 레스터의 상인 길드. 그 길드 장은 네가 되겠군?"

알이 비아냥거렸다.

“내가 주도했으니까 당연한 것 아닐까? 물론 나보다 더 뛰어난 자가 있다면 기꺼이 그에게 양보하겠어.”

“네가 주도했다고? 네가 상인들을 위해서 뭘 했지? 우리의 눈에 비친 네 모습은 욕심꾸러기에 지나지 않아!”

알의 말에 바론이 다시 발끈했다.

“네 말은 나 혼자 이익을 독차지했다는 뜻이냐? 웃기지 마라. 난 내 밑에 들어온 상인들에게 이익을 골고루 분배했단 말야!”

“물론 그랬겠지! 다른 상인들의 이익을 뺏어가면서 말야!”

그 말에 바론이 당황하며 말을 잇지 못했다.

실제로 바론은 공정하게 이익을 분배했지만 그건 어디까지나 상회에서나 해당되는 말이었다.

“누구나 마찬가지 아냐? 자신의 상회를 중시하는 것은! 너 역시 같아. 상인 몇이 모여 상회 하나 만들었다고 지금은 우쭐댈지 모르겠지만 결국 너도 나와 다를 바 없어.”

다급하게 소리치는 바론을 향해 알은 미소지었다.

“다르고 말고. 상인이란 결국 이익을 추구하는 자들이야. 우린 서로의 이익을 위해서 모인 것이지 힘에 굴복해서 모인 것이 아니니까.”

“……뭐라고?”

“모르겠냐? 네 말대로 나 역시 거대 상회를 꿈꾸고 있지만 그것은 더 큰 이익을 위해서일 뿐, 무슨 상권을 장악하겠단 목적이 아니란 말야.”

“이유야 어찌 되었든… 결국 너 역시 다른 상인을 압박하긴 마찬가지야!”

“흥! 우리가 누굴 압박했다는 거지?”

“우리! 우리 바론 상회가 목표로 하던 상품을 가로채지 않았나! 그것이 압박이 아니라고 말할 테냐?”

그 말에 알을 비롯한 상인들이 크게 웃어대기 시작했다.

“이봐, 바론. 넌 경쟁과 억압의 차이를 잘못 알고 있는 거 아냐? 우린 정당하게 경쟁을 했지, 너에게서 상품을 가로채 온 것은 아니라구.”

“정당한 경쟁이었다고? 네가 정당한 금액으로 경매에 임했었단 말야? 웃기는 소리! 넌 금액의 한도액까지 끌어올렸어!”

“그래서? 그 물건을 갖다 팔면 이익이 남지 않을 거란 얘기야? 만약 그렇다면 넌 중개상으로선 수준 이하란 얘기야. 난 분명히 이익을 남길 수 있을 만큼만 금액을 올렸으니까.”

‘수준 이하’ 란 말에 바론의 이성이 저 멀리 날아갔다. 그는 오른손을 쳐들어 알을 가리켰다. 그리고 크게 소리 질렀다.

“내 자존심을 건드리다니, 도저히 용서할 수 없어! 너에게 승부를 신청하겠다!”

“그거 좋지! 우린 동업자니까 그 승부 내가 대신 받겠다.”

조용히 듣고 있던 레온이 성큼 나서며 검을 뽑아 들었다. 그는 지금의 상황을 귀족들이 종종 명예와 긍지를 걸고 상대에게 도전하는 의식으로 받아들였다. 그리고 검이라면 절대 지지 않을 거란 자신이 있으니 알을 대신해 나선 것이다.

반면에 바론은 잠자코 있던 레온이 검을 뽑아 들고 자신을 노려보자 질겁을 하며 물러섰다.

“무슨 짓이야! 누가 검으로 승부하자고 했었나? 우린 상인이야. 상인이라면 상인답게 승부해야 하지 않아?”

"상인답게?"

"그렇다! 너희가 가진 모직물과 우리가 가진 모직물을 지정한 마을에 먼저 파는 사람이 이기는 것으로 승부하자! 물론 너희가 가진 모직물이 훨씬 적은 양이니 우리도 같은 물량으로 승부하겠다. 어때?"

"당신 바보로군? 내가 듣기론 우리가 가진 모직물은 포란 제일이라고 들었는데 상대가 되겠어?"

레온이 어깨를 으쓱하며 바론을 비웃었다. 그러나 바론은 진지하게 대답했다.

"단지 상품이 좋다는 이유로 잘 팔릴 거라고 생각한다면 넌 상인으로선 실격이야. 내 말뜻을 알이라면 알 거야."

바론이 알을 쳐다보며 물었다. 그러나 알은 떨떠름한 표정으로 대꾸할 뿐이었다.

"헛소리 집어쳐, 바론. 우린 우리대로 장사할 곳이 있으니까. 그런 쓸데없는 승부는 내 알 바 아냐."

"겁먹은 거냐? 질까 봐?"

"무슨 소리! 우릴 얕잡아 보지 마! 그 승부 받아주겠다. 어느 마을까지로 할 것인지 정하시지!"

"레온!"

황급히 알이 그를 말렸지만 이미 말이 끝난 이후였다. 바론은 회심의 미소를 지었다.

"좋아! 내가 원하는 마을은 스고우의 중심 마을이다."

"…스고우?"

"스… 고우?! 너 미쳤나?"

알은 놀라서 입이 쩍 벌어졌다. 반면에 레온은 스고우라는 지명에 곰곰이 생각에 잠겼다. 분명 어디선가 많이 듣기는 했지만 좀체 감이 잡히지 않았던 것이다. 그러나 그의 생각은 오래지 않았다. 알의 외침에 곧 스고우라는 단어를 어디서 들었는지 기억해 낸 것이다.

"스고우의 마을은 레스터 령이 아니잖아? 거긴 스고우 령이야! 거길 우리가 어떻게 간단 말야?!"

"말했을 텐데? 내 꿈은 레스터의 상품이 전국에 퍼지는 것이라고. 이 정도 일도 해낼 수 없으면서 감히 내게 대항하겠단 생각을 하는 건 아니겠지? 게다가 우리보다 너희 쪽 상품이 더 뛰어나다며? 만약 네가 물러서겠다고 한다면 그건 포란의 상품에 자신이 없다는 뜻으로 비칠 뿐이야."

"절차라는 게 있잖아? 우린 그런 절차를 밟을 정도의 상인이 아니야."

"하! 조금 전 네 말은 뭐였지? 너 역시 대상인을 꿈꾼다고 하지 않았었나? 그런데 왜 물러서겠다는 거지?"

알이 말을 잇지 못하고 있을 때 레온이 손을 뻗어 두 사람을 제지시켰다. 모두들 레온에게 시선이 멈추었다. 약간 긴장된 듯, 그러면서도 자신감에 찬 모습으로 레온은 입을 열었다.

"좋아, 그 승부 받아주겠어. 대신 당신이 승부 방법을 걸었으니 우리 쪽에서 상품을 걸어도 되겠지?"

"훗. 좋을 대로. 그래 뭘 걸 생각이지?"

"거래 장부 전부!"

조용한 음성이었지만 몰려 있던 모든 사람들이 똑똑히 들었다. 그러나 그 말이 무슨 뜻인지 알아채는 데는 꽤 오랜 침묵이 흐른 후였다. 일순간에 사방에서 경악이 새어나왔다. 거래 장부 전부를 걸겠다는 것은 그야말로 상회의 모든 것을 거는 것과 마찬가지였다. 비록 알과 레온 상회가 만들어진 지 얼마 되지 않았다손 치더라도 그 밑에 모여 있는 상인들의 거래처도 적은 숫자는 아니었다. 아니, 그 거래처야말로 바론의 거래처를 제외한 모든 것이라고 할 수 있었다. 물론 그 숫자는 바론이 가진 것에 비한다면 한참 모자라는 것이었다. 그렇기에 경악을 하던 모든 사람들은 다시 바론을 주시하기 시작했다. 과연 그가 이런 말도 안 되는 승부를 응할 것인가 하고 생각했다.

"도박을… 하자는 거야?"

"왜? 상품이 너무 커서 승부하기에 부담이라도 생겨?"

담담한 어조로 레온이 물었다. 그의 말에 자존심을 상한 바론이 크게 소리쳤다.

"좋다! 그 승부 받아주겠다!"

그 말을 끝으로 바론은 휙 몸을 돌려 자신의 마차로 돌아갔다.

순식간에 그 소식은 온 마을로 퍼지기 시작했다. 그들이 사건의 진위를 물으러 달려들기 전에 알은 레온을 이끌고 잽싸게 마차에 올랐다. 그가 서둘러 광장을 벗어나자 고리스들도 나머지 마차를 탄 채 그를 따라갔다. 문득 광장 어귀에서 공연을 준비하던 스레이가 잽싸게 마차에 올라탔다.

어수선한 분위기가 마을을 감싸고 있는 와중에 스레이가 두 사람에게 물었다.

"듣자니 무슨 내기를 했다면서요?"

"신경 꺼!"

퉁명스럽게 알이 대꾸했다. 그의 말투가 매우 신경질적이라 생각한 스레이는 곧 입을 다물었다. 반면에 레온은 의아한 듯 그를 쳐다봤다.

“왜 그래? 알?”

“몰라서 물어? 네가 무슨 짓을 저질렀는지 몰라?”

“왜? 내기에서 이기면 바론 상회도 우리 밑으로 접수할 수 있는 거 잖아? 그럼 우린 포란 제일의 중개상이 되는 거 아냐?”

“그 내기라는 게 문제란 말야!”

고함을 지른 알은 힘차게 마차를 몰며 잠시 생각에 잠겼다. 그리고 긴 한숨과 함께 레온을 바라봤다.

“아무리 자유민이라도 대영지를 벗어날 수 없다는 건 알지? 그렇지 만 대영주에게서 통행증(通行證)을 받아내면 가능해. 원저의 상인들이 전국으로 진출할 수 있는 이유도 원저 영주가 순순히 통행증을 발급 해 주기 때문이야. 물론 그 가운데에 일정량의 이익금을 분배받는다 고 하지만… 이를테면 우리가 스고우 령을 가기 위해선 레스터의 대 영주에게 통행증을 발급 받아야 해. 그게 누군지 알겠어?”

“아…! 하이렌 레스터?”

“맞아. 안됐지만 이번 여행에 넌 빠져 있도록 해. 네가 레스터 성에 간다면 죽었다 깨어나도 우리에게 통행증이 나올 리가 없을 테니.”

“왜?”

“너라면… 통행증을 주겠냐?”

“……”

“다행히 난 모르니까 어쩌면 손쉽게 통행증을 줄지도 모르지.”

“아…… 하지만……”

“왜?”

“어쩌면… 널 알고 있을지도 모르는데?”

“……무슨 소리야?”

짐칸에 앉아 있는 스레이를 눈여겨보며 레온은 알에게 속삭였다.

"성에서 나오기 전에 형수님을 뵈었다고 했었잖아?"

"그래서?"

"그때 형수님이 묻더라고. 누구에게 장사를 배우느냐고… 그래서 대답했어. '포란의 알 베자스'라고… 그러니까, 어쩌면 형도 네 이름을 알고 있지 않을까?"

그의 말에 기가 막힌 표정을 지으며 알은 허탈하게 웃었다.

저녁을 먹기 전에 입가심을 위해 페로즈산 포도주를 막 입에 댔을 때였다. 문이 열리고 조심스러운 발걸음으로 토톰이 들어왔다. 그는 발자국 소리 하나 없이 하이렌의 뒤에 멈춰 섰다.

"아벤 백작께서 오셨습니다."

"아벤 백작이?"

잘라놓은 스테이크 한 조각을 포크로 찍던 하이렌이 의아해하며 토톰을 쳐다봤다.

아벤 백작은 레스터의 가신 중 한사람으로 윌리엄 때에는 레스터의 내실을 담당했던 인물이다. 윌리엄이 중앙으로 진출한 이후엔 하이렌을 도와 레스터 령의 정책을 보좌하는, 말 그대로 이인자의 위치를 굳히고 있었다.

검 실력은 그다지 좋은 편이 아니었지만 정책 수행 능력이 뛰어났고 머리가 비상했으며, 무엇보다도 충성심이 가득한 인물로 하이렌을 비롯하여 레스터 가문의 전폭적인 지지를 얻고 있었다.

게다가 중년을 넘은 나이로 오래 전에 백작 서임을 받았기 때문에 경험적인 면에서도 하이렌이 많은 자문을 구하곤 했다. 그렇지만 그의 성격상 사교적이지 못했기에 일이 끝나면 곧바로 집으로 돌아가는 편이었다. 그러니 이런 시간에 갑작스럽게 하이렌을 방문했다면 그것은 공무에 관련되었을 가능성이 컸다. 그것도 꽤나 중대한 일임이 분명했다.

하이렌은 곧 토톰을 돌아보며 고개를 끄덕였다.

"백작께서는 어디에 있습니까?"

"지금 문 앞에 계십니다."

"저런……."

하이렌은 황급히 몸을 일으키며 문 옆에 있던 하녀에게 손짓을 했다. 이윽고 문이 열리자 중키에 멋진 콧수염을 기른 아벤 백작이 모습을 드러냈다.

"무슨 일입니까? 아벤 백작?"

아벤에게 손 인사를 건네고 곧바로 식탁 한쪽의 빈 의자를 가리켰다.

"아직 식사 전이라면 함께 드십시다. 제 부인인 도드리안은 알고 계시죠?"

"아닙니다. 보고드릴 것이 있어 잠시 들렀을 뿐입니다. 백작 부인께서도 안녕하시지요?"

아벤이 깍듯이 인사를 건네자 도드리안도 미소로 화답했다.

예상대로 식사를 거절하는 모습에 하이렌은 다음 말을 잇지 못했다. 그 어색함을 아벤은 능숙하게 타파하듯 담담히 허리춤에 끼어 있던 서류를 펼쳤다.

"중동부의 현황 보고(現況報告)가 조금 전에 완료되었습니다. 보시겠습니까?"

"중동부의 현황 보고? 아, 아까 성문 쪽에서 꽤나 급한 말발굽 소리가 들리더니 마지막 전령이 도착한 거였군요?"

"네, 그렇습니다……."

하이렌은 약간 얼굴을 찡그리며, 그러나 결코 예의에 벗어나지 않게 신경을 썼다. 아무래도 '현황 보고' 같은 정기적인 보고는 급하게 결정을 내려야 할 사안은 없게 마련이었다. 게다가 일정 지역의 보고라면 내용도 만만치 않은 분량일 테니 아무래도 시간이 걸릴 것은 분명했다. 하루 정도 늦게 보고 받는다고 큰일나는 것도 아닌 데다가 저녁 시간은 언제나 도드리안에게 할애하기로 결혼 전부터 마음먹었던 하이렌이었다. 그렇기에 공작 저택에 들어온 이후엔 가급적 공적인 일을 입에 담으려 하지 않는 편이었다. 하이렌은 정중하게 거절하기로 결심했다.

"급하지 않다면 내일 보도록 하지요. 급한 사안은 없겠죠?"

"네, 그렇습니다. 다만……."

"다만?"

하이렌은 의아해서 아벤을 물끄러미 쳐다봤다. 그의 표정을 살펴서 경중을 따져 보려 했지만 그의 얼굴은 여전히 건조했다. 성내에서도 '포커 페이스'로 통하는 아벤인데 쉽게 감정을 드러낼 리가 만무했다. 하이렌은 고개를 저으며 다시 물었다.

"걸리는 일이라도 있습니까?"

"네. 오늘 저녁 마지막 전령은 포란 성주가 보낸 자입니다. 포란에서 올라오는 보고는 즉각적으로 알리라고 전에 말씀하셨지 않습니까?"

"포란에서?"

옆에서 듣고 있던 도드리안의 얼굴이 굳어졌다. 하이렌은 손을 내밀어 서류를 받아 들었다. 역시 꼼꼼한 아벤 백작의 성격대로 포란에 관련된 보고가 가장 위에 놓여 있었다. 그는 대충 서류를 훑어보기 시작했다.

주된 내용은 최근 삼 개월 동안의 자유민의 감소와 마을 공사에 관련된 경비 문제, 봄철 내내 생산한 물량들이 자세하게 적혀 있었다. 한참 서류를 들여다보던 하이렌은 속으로 짜증을 내기 시작했다. 그가 알고 싶어하는 것은 하나도 없고 오로지 서류 가득히 숫자만 한가득 쓰여져 있으니 환장할 노릇이었다.

그는 서류에서 눈을 떼고는 입맛을 다셨다.

"이건 내일 보도록 하죠. 혹시 포란에서 온 전령은 성내에 남았습니까?"

전령이라면 대개 병사일 가능성이 높았고 직업 병사일지라도 대개 그 지역에서 차출할 테니 아무래도 자신이 원하는 소식을 들으려면 전령을 통하는 것이 빠르겠다고 하이렌은 생각했다.

그럴 줄 알았다는 듯 아벤은 고개를 끄덕이며 대답했다.

"저와 함께 이곳에 와 있습니다."

그 말에 하이렌의 얼굴이 활짝 개었다. 그리고 좀 머쓱한지 고개를 끄덕였다.

"직접 전령과 얘기하도록 하죠."

자리를 벗어나며 하이렌은 도드리안에게 미안한 마음에 입을 열었
다.

"먼저 식사하도록 해요. 난 좀 있다가 먹도록 할 테니……."

도드리안이 미소로 화답하자 하이렌도 빙긋 웃으며 문을 나섰다.

따사로운 봄 햇볕에 마차 위의 일행들은 조금씩 꾸벅거리고 있었
다. 지금 레첸을 눈앞에 둔 채 세 대의 마차가 달리고 있었고 그 위에
는 총 여섯 명의 장정들이 앉아 있었다. 알과 레온을 선두로 고리스와
스레이가 두 번째 마차를 몰고 있었고 제일 뒤에 '알과 레온 상회'에
소속된 젊은 상인, 듀발과 켈시가 있었다. 모두가 겨우 눈을 뜨며 마
차를 몰고 있는 와중에 알 혼자만이 깊은 상념에 빠져 있었다.

포란을 떠나면서 그에겐 두 가지 큰 근심거리가 있었다. 그리고 그
근심은 모두 여행에 데리고 갈 상인들의 인선 문제에서 비롯되었다.

레스터 령을 벗어나 스고우 마을로 가야 했기에 가급적이면 건장한
자들로 뽑았는데 그런 이유로 듀발과 켈시가 뽑혔고 경험이 풍부한
고리스도 데려가기로 결정했다. 여기까지는 문제가 없었다.

영지를 벗어나려면 어쩔 수 없이 대영주를 만나야 할 텐데 그 대영
주란 사람이 바로 레온의 친형이었으니 알로선 갑갑한 노릇이었다.
혹시라도 앙금이 남아 있다면(없다는 것이 이상하겠지만) 손쉽게 통행증
을 발급 받지는 못하리란 것이 그의 예상이었다.

두 번째로 그를 괴롭힌 것은 갑작스럽게 스레이가 여행에 끼어들었
기 때문이다. 음유 시인이란 직업이 있다곤 해도 엄밀히 따지면 그는
자유민이 아니라 유랑민이었다. 그리고 유랑민의 특성이 바로 신분이
불확실하다는 점이다. 손쉽게 통행증을 발급해 줄 리 없음은 그 누구

라도 알 수 있었다.

　그렇기에 모두가 태평하게 졸고 있는 와중에도 알의 속은 바짝바짝 마르고 있었다. 특히 레스터 성이 저 멀리 보이기 시작하면서 그의 긴장은 서서히 고조되고 있었다.

　하이렌은 창문을 통해 멀리 지평선을 바라보고 있었다. 그는 어렸을 때부터 이 성탑을 좋아했다. 특히 맨 꼭대기에 달린 종에 매달려 성 주위를 둘러보는 것을 즐기곤 했다. 위험하다고 모두가 만류했지만 하이렌은 계속 올라가곤 했다. 어쩌면 그것은 그의 어린 시절의 작은 반항이었는지도 모른다. 그런 생각에 혼자 멋쩍게 웃고 있는 동안 뒤에서 한 병사가 올라왔다.

　"하이렌 백작님, 아벤 백작께서 찾으십니다."

　"무슨 일이라던가?"

　"통행증 발급에 대한 사항이라고 하시면 아실 거란 말씀만 하셨습니다."

　"알았다. 곧 내려가겠다."

　병사가 사라지자 하이렌은 길게 한숨을 쉬었다.

　오늘쯤 포란에서 상인이 도착할 것이란 예상은 이미 하고 있었다. 며칠 전 포란에서 온 전령에게 이것저것 묻던 중 마을 축제에 대한 얘기와 상회 간에 벌어졌던 내기에 대해서 듣게 되었다. 그리고 그 내기의 당사자 중에 한 명이 바로 레온임을 그는 눈치 채게 되었다.

　하이렌에겐 아직 결심이 서지 않았다. 물론 자신의 결심 여하에 따라 적어도 어느 상회는 망하게 된다는 것쯤은 알고 있었다. 레온이 속한 상회에 통행증을 발급하지 않는다면 그곳은 분명 망할 것이다. 그렇다면 갈 곳 없는 레온이 돌아오게 될까? 그럴 것 같지는 않았다. 설사 돌아온다고 하더라도 그 원망을 감당하기엔 하이렌은 너무 여렸다. 반대로 레온을 돕는다면 그의 자존심을 건드리는 꼴은 되지 않을까? 그런 고민을 이 며칠 동안 반복했지만 결국 상인들이 도착할 때까지 해답을 찾지는 못한 셈이다.

성탑을 내려온 하이렌은 성의 중앙에 있는 공작부(公爵府)에 들어갔다. 그리고 아벤 백작의 집무실 문을 여는 순간 안에서 누군가 언성을 높이는 것을 알아챘다.

"통행증 발급 따위를 위해서 현 영주 대리인 하이렌 백작을 만나야 하다니요? 이게 말이 됩니까? 그런 일 정도는 따로 사설 기관을 만들어서 빠르게 처리할 수 있도록 해야 하지 않습니까? 자유민으로서 영지를 벗어나는 사람이 제가 처음은 아닐 텐데, 그럼 그동안 하이렌 백작께서는 일일이 그 사람들을 다 만나서 사유를 들어본 후에 발급을 했단 말입니까? 이 무슨 시간 낭비죠?"

"자네 따위에게 지적을 받을 만큼 레스터의 운영이 허술한 줄 아나? 여기가 어딘 줄 알고 큰소리를 치는 겐가?"

언제나 조용하고 품위를 지키던 아벤의 목소리도 다소 격앙되어 있었다. 그를 이렇게까지 화나게 했다는 이유만으로도 언쟁을 벌이고 있는 사내에 대해서 호기심이 든 하이렌이었다. 그는 조용히 문을 닫고 물끄러미 사내의 옆모습을 쳐다봤다. 중키에 빼빼 마른 사내였다. 중개상답게 여행을 많이 한 듯 검게 그을린 얼굴로 번뜩이는 흑색 눈동자에선 묘한 열정이 비쳐지고 있었다. 하이렌은 그의 눈빛에서 자신이 오래 전에 잊었던 순수한 열정을, 그렇지만 자신이 가졌던 열정과는 이질적인 다른 무엇을 느꼈다.

"이러니까 윈저 따위에게 레스터가 뒤지는 겁니다! 이 정도는 일사천리로 처리할 수 있어야 하지 않나요? 우리가 이런 자잘한 일에 발이 묶여 있는 동안 윈저의 녀석들은 전국을 누비고 있단 말입니다."

"한낱 평민 주제에 감히 레스터의 운영을 논하겠다는 거냐? 건방진 녀석 같으니라고!"

자리에서 벌떡 일어서는 아벤의 얼굴은 시뻘겋게 달구어졌다. 조금 더 지켜보다간 칼부림이라도 날 것 같은 분위기라 하이렌은 낮게 기침 소리를 내며 두 사람에게 다가갔다.

"나, 나오셨습니까, 하이렌 백작."

아벤은 어쩔 줄 모르며 뒤로 물러섰다. 짧게 목례를 한 하이렌은 의자에 앉아 앞에 서 있는 사내를 쳐다봤다.

"포란에서 온 바론이라는 상인입니다, 백작."

뒤에 있던 아벤이 얼른 그의 소개를 했다.

그의 나이를 미루어 알 베자스가 아님을 눈치 채고는 있었지만 하이렌은 속으로 무척 놀라고 있는 중이었다. 하이렌 자신은 자유민, 즉 평민에 대해서 잘 알고 있다고 생각했다. 아내인 도드리안이 부농의 여인인 점과 어린 시절 레첸에서 지낸 경험을 보아도 그가 평민들과 잘 어울렸던 것만은 사실이었다. 하나, 포란에서 온 이 바론이라는 상인은 그가 지금껏 알고 있던 자유민과 너무나도 달랐다. 원래 중개상의 성격이 이런지는 몰라도 그는 매우 도전적이고 확고한 신념에 차 있었으며 열정적인 자였다.

"만나서 반갑네. 통행증에 관해……."

하이렌은 문득 말을 멈추고 생각에 잠겼다. 처음에 들어왔을 때 바론이 말했던 '윈저 따위에게 레스터가 뒤지는' 운영이 무엇인지 궁금해졌던 것이다.

"언뜻 듣기에 내 운영 방침에 상당한 불만이 있는 것 같던데?"

"예?"

바론이 놀라며 눈을 동그랗게 떴다.

"윈저와 레스터의 운영을 비교하며 떠들지 않았었나?"

"아, 그것은……."

"괜찮네. 말해 보게. 자네의 말대로 그렇게 뛰어난 운영이라면 나역시 배워보고 싶은 마음이니까."

바론은 슬쩍 하이렌의 눈치를 살폈다. 그의 얼굴은 평온해 보였다. 게다가 밖에서 듣기에도 하이렌은 평민에게 우호적인 편이었기에 그는 안심하고 설명을 하기 시작했다.

그가 윈저의 상업에 대해서 공부하러 가서 그간 배웠던 것들, 특히 윈저에서 영주 이하 지방 관리들이 얼마나 상인들에게 지원을 아끼지 않는지에 대해서 그는 소상히 설명하기 시작했다.

하이렌은 그의 설명을 질문을 섞어가며 진지하게 들었다. 그의 얘기가 끝난 후에 하이렌은 고개를 끄덕이며 물었다.

"자네가 유학을 갔던 것은 언제였지?"

"스물다섯일 때입니다. 지금부터 6년 전이었죠."

"6년 전이라… 내가 막 영주 대리를 맡았던 시기로군."

하이렌은 바론을 빤히 쳐다봤다.

"그때에도 자넨 평민이었을 텐데 나에게 통행증을 받아서 갔었나?"

"아니오. 그렇진 않습니다. 제 기억엔 어느 기사 분께서 발급하셨던 것으로 압니다."

"맞았네. 한 해에 레스터 영지를 벗어나 여행을 하는 자유민은 수

십 명에 달하네. 갖가지 이유를 가지고 이 레스터 성으로 찾아오지. 그들 모두를 만날 정도로 난 한가한 사람은 아닐세. 당연히 이 레스터 에도 그런 일을 전담하는 부서는 존재하지. 특별한 사유가 아닌 한은 아벤이나 나에게까지 올라오지 않는단 얘기야."

잠시 말을 끊은 하이렌은 책상 위에 두 팔을 올렸다.

"지금처럼 장사를 위해서 영지를 벗어나겠다는 이유는 특별한 경우라고 할 수 있지. 처음 있는 일이니만큼 당연히 직접 상대해야 하지 않겠나?"

"그런 줄은 몰랐습니다."

재빨리 바론이 사과했다.

"자네가 이해해 주길 바란 건 아냐. 다만 우린 우리의 입장이란 게 있다는 거지. 윈저에서 빈번하게 일어나는 일이라도 레스터에서는 그 렇지 못할 수 있단 얘기지. 원래부터 윈저는 해안선이 발달되어 있어 서 외국 상인이 들끓었고 그만큼 상업이 발전한 것이기도 해. 해안선 이 거의 절벽이다시피 한 스고우나 커다란 항만이 없는 레스터는 자 연히 그들보다 상업이 뒤질 수밖에 없겠지. 그건 그렇고, 자네 말대로 라면, 윈저의 귀족들이 상인을 지원하는 것은 뭔가 이유가 있겠지?"

그의 질문에 바론은 의아하다는 표정을 지었다. 설마 하이렌 정도 의 귀족이 그 이유를 모를 거란 생각은 들지 않았다. 어쩌면 자신을 시험하는 것인지도 모른다고 추측한 바론은 곧 대답을 했다.

"네. 영지 내에 자금이 유입됩니다."

"자금의 유입? 아, 물건을 팔아서 낸 이윤이 그대로 윈저로 흘러 들 어간다는 말인가?"

"네, 그렇습니다."

하이렌은 고개를 갸웃하며 말했다.

"그래 봐야 얼마나 들어가겠나? 외국 상선에서 나오는 물건도 한정되어 있을 테고 윈저에서 생산되는 물량도 거기서 거기일 텐데… 타 영지로 물건을 팔려면 윈저 내에서 소비하고 남는 것으로 가져가야 하는 것 아닌가? 그 물량이 기껏해야 얼마나 되겠나?"

곁에서 듣고 있던 아벤도 고개를 끄덕이며 입을 열었다.

"그렇습니다. 게다가 윈저의 귀족들은 도통 무슨 생각인지 알 수가 없군요. 이자의 말대로라면 그렇게 편의를 봐주면서 중간에 이득을 취하는 것도 아니지 않습니까? 평민들에게 선심을 쓸 만큼 한가한 녀석들은 아닐 텐데……."

평민을 비하하는 말투에 하이렌이 흘겨보자 아벤은 움찔하며 입을 다물었다.

한편, 하이렌과 아벤의 말을 들은 바론은 황당해서 입을 쩍 벌렸다. 그가 알기론 하이렌은 평민에게 우호적인 편이었음에도 불구하고 윈저의 귀족들을 이해하지 못하고 있음을 눈치 챘다.

왜 윈저의 귀족들이 자유민을 우대하는지 그 근본적인 이유를 이 두 사람은 전혀 모르고 있었다. 그리고 아벤은 지금 자신이 얼마나 중요한 상황에 직면했는지 깨달았다. 이 두 사람을 이해시키지 못한다면 레스터의 상인에겐 내일이 있을 수 없다는 것을. 그는 긴장된 어조로 천천히 입을 열었다.

레첸 마을에 들어서서 '우정의 나눔터'에 짐을 풀었을 때 알의 고민 중 하나는 해결되었다. 갑작스럽게 스레이가 사라진 것이다. 온다 간다 말도 없이 사라져서 꽤 오래 찾을 뻔했지만 다행히 켈시에게 전

언을 남겨두고 떠났다. 그 역시 유랑민에게 통행증이 발급되지 않는다는 것을 알았기에 조용히 사라진 것 같았다.

그러나 무엇보다 알을 안심시킨 것은 가장 큰 고민이었던 레온이 굳이 고집을 부리지 않았다는 점이다. 그는 권유하는 대로 모자를 쓰고 마스크를 쓴 탓에 언뜻 보기엔 예전의 레온이라고 알아채기 힘들었다. 또한 성에 동행하려고 하지 않았기에 알은 안심을 하고 혼자 성으로 향했다.

대개의 평민이 그렇겠지만 알 역시 통행증 발급은 처음이었다. 여기저기서 들은 탓에 대략적인 방법은 알고 있었지만 막상 성에 들어간 알은 다소 긴장을 한 채 머뭇거렸다.

레온이 일러준 탓에 어렵지 않게 공작부를 찾은 알은 심호흡을 하고 계단을 올랐다. 문 앞에서 보초를 서던 문지기가 그를 제지했다.

"무슨 일인가?"

"통행증을 발급 받으러 왔습니다."

"통행증?"

아래위로 훑어보던 문지기는 문을 가리키며 말했다.

"들어가서 오른쪽 맨 끝 방이다."

고개를 끄덕하며 문을 들어서며 문지기가 중얼거리는 소리를 들었다.

'오늘은 통행증 발급을 받는 자가 많군.'

그 말로 미루어 알은 벌써 바론이 왔음을 눈치 챘다. 포란에서 반나절 정도 먼저 출발했으니 그것은 당연한 일이었다. 하지만 이런 곳에서 마주치고 싶지 않다고 알은 생각했다.

복도 맨 끝 방에 들어서니 안에는 지저분한 사내가 게슴츠레한 눈으로 알을 쳐다봤다. 알이 통행증을 발급 받겠다고 하자 그는 종이 하나를 펼치며 거만하게 물었다.

"무슨 이유로 어디로 갈 건데?"

"스고우 령으로 모직물을 장사하러 갈 예정입니다."

그 말에 사내는 서류에서 눈을 떼고 알을 쳐다봤다.

"장사? 포란에서 왔나?"

"그렇습니다."

"나가서 홀 안쪽으로 들어가면 계단이 있다. 그 계단을 올라가 이 층의 왼쪽 복도의 첫 번째 방으로 들어가."

"네? 통행증은 여기서 발급된다고 들었습니다만?"

"낸들 알 게 뭐야? 하여간 그렇게 지시받았으니 시키는 대로 해."

"알겠습니다."

사내의 거만하고 불친절한 말투에 알은 다소 화가 솟구쳤다. 하나 여기서 화를 내봐야 자신에게만 손해이기에 꾹 참고 방을 나섰다. 그의 뒤에서 사내는 주의를 주었다.

"이봐, 지금 네가 가는 방은 아벤 백작의 방이니까 최대한 예의 바르게 행동해. 지금처럼 까불다간 국물도 없어."

울컥 화가 솟구쳤지만 그는 초인적인 인내력을 발휘하였다. 알은 문을 닫기 전에 사내에게 미소와 함께 허리를 숙였다. 속으로 욕을 해댔지만 그것을 알 리 없는 사내는 흡족한 표정으로 고개를 끄덕였다.

계단 앞에서 다시 경비병의 제지를 받았지만 알이 자초지종을 설명하자 곧 통과되었다. 계단을 오르며 알은 속으로 투덜거렸다.

'뭐가 이렇게 복잡해? 통행증 하나 받는 게 이렇게 힘들어서야 어디 장사할 수 있겠어? 그러고 보니 윈저의 녀석들은 꽤나 인내심이 깊

은 모양이군.'

속에서 불덩어리가 용솟음치고 있었지만 알의 얼굴은 최대한 웃는 낯으로 위장되었다. 아무래도 인상이 좋아야 상대에게 호감을 받을 수 있으니까. 그리고 알이 장사 이외에 이렇게 거짓으로 웃는 것은 처음이었다.

막 계단을 도는 순간 반대편에서 바론이 가벼운 발걸음으로 걸어오고 있었다.

"여어, 알. 늦었군?"

"우리보다 반나절이나 앞서 가고도 이제 여기 왔나?"

"글쎄… 아마 들어가 보면 그렇지도 않을걸? 고생깨나 할 거야."

"무슨 뜻이지?"

대답 대신 바론은 빙긋 웃었다.

"통행증은?"

그 질문에도 바론은 말없이 돌돌 말아 쥐고 있던 종이를 펼쳐 알의 얼굴에 디밀었다. 잽싸게 치웠기에 자세히는 볼 수 없었지만 분명 바론 일행의 이름이 적혀 있었던 것으로 미루어 통행증임을 알아볼 수 있었다.

"용케 받아냈군."

"능력이 좋으니까."

큭큭거리는 웃음에 다소 신경이 거슬린 알은 애써 모르는 척 그를 지나쳤다. 아벤 백작의 문 앞에서 다시 보초병의 제지를 받고서야 그는 겨우 문을 노크할 수 있었다.

안에서 들어오라는 말이 들리자 알은 주저없이 문을 밀었다. 안에는 단단한 체구의 사내와 금발의 젊은 사내가 있었다. 금발의 사내가 책상에 앉아 있는 모습에 곧 알은 그를 아벤 백작이라고 짐작하고 그 앞으로 걸어갔다.

"무슨 일이지?"

곁에 서 있던 자가 알에게 물었다.

"포란에서 온 알 베자스라는 상인입니다. 스고우 령까지 장사를 하러 갈 생각에 통행증을 발급 받으러 왔습니다."

그의 말에 곧 앉아 있던 사내의 얼굴이 굳어졌다. 그는 찬찬히 알을 주시하며 입을 열었다.

"앞서 바론이라는 상인이 다녀간 탓에 목적지와 이유는 잘 알고 있네. 확인하는 셈치고 묻는 것이니 솔직하게 대답해 주게. 스고우 령의 스간 마을까지가 목적지이고 팔 물건은 모직물이지?"

그 질문에 알은 선뜻 대답하지 못했다. 그 역시 최종 목적지가 어딘지 정확하게 몰랐던 탓이다. 아무리 대상회의 우두머리라고 해도 알은 얼마 전까지 하급 중개상에 머물렀던 자였다. 레스터에서도 아직 가보지 못한 마을이 태반이었고 외진 곳은 이름조차 들어보지 못했는데 스고우 령의 마을 이름을 알 리가 없었다. 하여간 약속된 곳은 스고우 성의 직속 관할 마을, 즉 스고우의 중심 마을이었다. 그 이름이 스간인지 아닌지는 그도 정확하게 몰랐다.

"바론은 그곳까지 통행증을 끊었습니까?"

"아니."

간단하게 부정을 한 사내는 짙푸른 눈동자로 알을 쏘아봤다.

"통행증은 영지간의 경계선, 즉 관문에서만 쓰여지네. 그곳만 통과한다면 스고우의 어느 마을로 가든 상관은 없지. 자넨 그런 것도 모르나?"

담담한 말투였지만 알은 얼굴이 확 달아올랐다. 어쩌면 눈앞에 사내는 자신을 경멸하고 있는지도 몰랐다. 바론은 예전에 윈저 령에 유학을 갔던 경험이 있는 만큼 이런 사실을 알고 있었겠지만 자신은 전혀 알지 못했다. 백작이 경멸하더라도 어쩔 수 없다고 체념하면서 알은 고개를 끄덕였다.

"몰랐습니다. 솔직히 타 영지를 가는 것은 이번이 처음입니다."

"그런가? …그럼 묻겠는데 통행증을 발급 받으러 여기까지 오는 동안 불편했다고 생각하나?"

이 질문은 의외인지라 알은 잠시 눈을 끔뻑였다. 백작의 의도를 짐작하기 힘들었기에 쉽게 대답하기 어려운 탓이었다. 분명 알이 생각하기에도 꽤나 복잡한 절차였다. 하지만 사실대로 말했다가 백작이 노여워한다면 곤란한 것은 자신이었다. 여기선 아부를 해야 할까, 하고 속으로 생각했지만 알은 곧 솔직하게 대답하기로 마음먹었다. 만약 바론이 같은 질문을 받았더라도 불편 사항을 얘기했으리라고 짐작한 탓이었다.

"매우 불편했습니다."

그의 대답에 백작의 얼굴이 다소 어이가 없는 표정으로 바뀌었다. 그러나 이내 흥미롭다는 눈빛으로 턱을 괴며 물었다.

"어떤 면이 불편하던가?"

"전 여기까지 오는 데 세 명이나 만나야 했습니다. 공작부 앞에 문지기까지 친다면 네 명입니다. 그들 중에 통행증을 발급할 수 있었던 인물은 한 명뿐인 것으로 압니다. 그나마 그분 역시 뭔가를 쓰려다가 제 이유를 듣더니 이곳으로 가라고 하더군요. 어쩌면 제 사유가 늘 있는 게 아니기 때문에 좀 더 높은 분에게 직접 허가받게 내보낸 것으로 생각합니다. 이유야 어떻든 제 생각엔 매우 복잡한 절차가 아닌가 생각됩니다.”

“…그런가?”

“혹시 실례가 되지 않는다면 한 가지 여쭈어도 되겠습니까?”

기왕 저지른 김에 아주 불을 지르자는 생각으로 알은 백작을 쳐다봤다. 뜻밖이라고 생각했는지 백작은 머리를 쓸어 올렸다.

“뭔가?”

“네. 전 이런 왕부(王府)에…….”

“공작부(公爵府)라네.”

“아, 네. 공작부 같은 귀족 분들이 계신 곳에 다녀보지 않아 모르겠습니다만 솔직히 이곳에 온 느낌을 말씀드리자면 보초병이 너무 많다고 생각합니다. 누구로부터 무엇을 지키기 위해 그렇게 많은 보초병이 있는 겁니까?”

그 말에 어이가 없는지 백작은 멍청히 알을 바라봤다. 대신 그 옆에 서 있던 사내가 대꾸했다.

“주제도 모르고 함부로 입을 놀리는군.”

“언짢게 들렸다면 죄송합니다. 다만 제 눈엔 엄청난 인력 낭비란 생각이 들었을 뿐입니다. 성 전체가 공작 가문의 대저택이라고 해도 될 정도인데 성벽에 세운 보초만으로도 충분하지 않을까요?”

“죄송하다고 하면서 끝까지 할 말은 다 하는군.”

앉아 있던 사내가 어깨를 으쓱했다. 그가 별로 노기를 띠지 않는 것에 알은 다소 안심을 했다.

“죄송합니다. 이런 얘기는 하이렌 백작께 직접 올려야 할 텐데 괜히 애꿎은 아벤 백작께 말씀드렸군요.”

그 말에 물끄러미 알을 쳐다보던 사내는 고개를 돌려 서 있는 자에게 물었다.

"이 친구가 지금 뭐라는 겁니까?"

"백작께서 전 줄 알고 있는 모양입니다."

그 말에 당황한 것은 오히려 알이었다. 대화 내용을 미루어 지금 서 있는 자가 바로 아벤 백작임을 알 수 있었다. 그럼 레스터 내에서 아벤을 세워놓고 자신은 앉을 수 있을 정도의 위치에 있는 자는 과연 누구란 말인가!

"하, 하이렌 백작이십니까?"

"그럼 누구라고 생각했나? 적어도 내 얼굴 정도는 레스터에 알려졌을 줄 알았는데."

"그게 아니라 제 얼굴이 알려지지 않았던 탓이겠죠."

곁에 있던 아벤이 씁쓸하게 중얼거렸다.

느닷없이 레온의 친형을 만난 꼴이니 알은 적지 않게 당황했다. 그는 어쩔 줄 모르며 얼른 사과를 했다.

"죄송합니다. 미처 알아 뵙지 못했습니다."

"괜찮네. 한데……."

하이렌은 짐짓 엄한 표정을 지었다.

"자네의 상회는 아마 '알과 레온 상회'라고 알고 있는데 어째서 나머지 한 녀석은 보이지 않는 거지?"

"알고… 계셨습니까…?"

알은 속으로 일이 틀어졌다고 생각했다. 이미 상회 이름까지 알고 있다면 자신이 레온과 어떤 관계인지도 다 들통난 셈이었다. 레온이 공작가를 떠난 지 얼마 되지도 않았으니 분명 자신들을 방해할 것은 자명했다. 그래도 확인한다는 마음가짐으로 알은 침착하게 물었다.

"그럼 통행증은 발급하지 않으시겠군요?"

"…꽤나 태연한 친구로군."

하이렌이 그렇게 대꾸했지만 사실 알의 속내는 새파랗게 질린 상태였다. 처음에 들어와서 느꼈던 울화는 어느새 말끔히 사라지고 무거운 납덩이가 속을 짓누르고 있었다. 그는 바짝 긴장한 채 하이렌의 다음 말을 기다렸다.

"대답 여하에 따라서 생각해 보겠네."

생각지 못한 대답에 알은 멀뚱히 쳐다볼 뿐이었다. 그런 것에 아랑곳하지 않고 하이렌은 질문을 던졌다.

"중개상들의 활약에 따라 타 영지의 자금이 유입될 수 있다고 생각하나?"

알로선 한번도 생각해 보지 않았던 만큼 잠시 생각에 잠겼다. 그러나 이내 고개를 끄덕였다.

"가능합니다."

"레스터의 생산량은 현재 영내의 백성들이 소비하는 정도다. 중개상들이 물건을 가지고 나가고 싶어도 가져갈 게 없는 상황인데 과연 무엇을 팔겠다는 건가?"

"레스터에는 레스터만의 특산(特産)이 있을 겁니다. 이것은 윈저의 특산이 현재 레스터에 들어와서 팔리는 것과 같은 이치입니다. 타 영지에서 물건이 팔리기 시작한다면 당연히 현재의 생산량은 증가할 것입니다."

"그럼 중개상이 생산량을 증가시킬 수 있단 말인가?"

"아닙니다. 어디까지나 중개상의 역할은 물건을 이동시키는 것뿐입니다. 생산량을 증가시키는 것은 생산자의 역할이지요. 그렇지만 적게 생산해도 팔릴까 말까 하는 상황과 많이 생산해도 다 팔리는 것은 큰 차이가 있습니다. 당연히 생산자들은 더 많은 양을 생산하려고 할 겁니다."

"그럼 그 와중에 우리 귀족 계층이 얻을 수 있는 것은 뭔가?"

"타 영지에서 자금이 유입된다면 그만큼 백성들의 주머니는 두둑해 집니다. 그만큼 세금을 걷기가 용이하고 또한 양도 늘어날 수 있겠죠."

알이 막힘없이 대답을 하자 하이렌은 잠시 아벤과 눈짓을 교환했다. 아벤이 고개를 갸웃하며 질문했다.

"이번엔 내가 질문하지. 백성이란 배가 부르면 딴 생각을 먹기 쉬운데 만약에 생활이 윤택해진 후에 반란 따위를 생각할지도 모르지 않나?"

"전 정치에 대해선 모릅니다. 그러나 배가 고파도 백성은 반란을 하겠죠."

"그 말은 나의 정치가 백성들을 굶주리게 하고 있다는 뜻인가?"

"그, 그런 뜻은 아닙니다만."

알은 당황하였다. 그러나 하이렌은 피식 미소를 지을 뿐이었다. 그는 어깨를 으쓱했다.

"그런데 상인들, 아니, 중개상들은 모두 그런 생각들을 하나?"

"네?"

"음, 조합이라든가, 길드라든가, 타 영지로의 진출 같은 것들을 모색하느냔 말일세."

"글쎄요… 그건 잘 모르겠습니다. 하지만 다 똑같은 생각을 하는 것은 아니죠. 모두들 하루 벌기가 바쁜 사람들이니까 그렇게 깊이 생각하진 않을 거라고 생각합니다.”

“그런가? 그럼… 자네나 바론 같은 자들은 소수에 불과하겠군?”

“……”

하이렌의 물음에 알은 묵묵히 있었다. 그의 말투에서 자신의 대답이 바론과 같았다는 것을 눈치 챌 수 있었다. 그다지 나쁜 것은 아니지만 그렇다고 유쾌하게 생각되지도 않았다.

“솔직히 말하면 난 자네들이 오기 전부터 포란에서 있었던 일에 대해서 알고 있었네. 그리고 그것 때문에 조금 고민을 했었지. 자네들의 내기에 어떻게 관여할 것인가에 대해서 말일세. 무슨 뜻인지 알겠나?”

“…알 것 같습니다. 어느 쪽에 통행증을 발급하느냐에 따라서 승부는 조기에 결정될 테니까요.”

“그렇지. 그리고 어느 쪽이든 레온에게 좋은 소릴 들을 수 없을 거라고 생각했지. 그래서 나름대로 고민했었네. 한데 오늘 바론을 만난 후에 내 생각이 크게 잘못되었다는 것을 깨달았네. 내가 사정(私情)에 치우쳐 고민했던 것과는 반대로 자네들은 레스터의 상권에 대한 미래를 염려하는 모습, 보기 좋았네. 뭐랄까, 한방 먹었다고나 할까? 그렇지 않습니까, 아벤?”

“네. 확실히 바론 같은 자는 식견이 넓은 자 같습니다. 여기 있는 이 친구도 제법인 것 같고요.”

하이렌은 약간 진지한 표정으로 알을 바라봤다.

“바론과 얘기를 하면서 생각했네. 자네들의 내기에 내가 낄 여지는 없구나, 하는 것을 말야. 결론적으로 말하자면 두 상회 모두에게 통행중을 발급할 생각이네. 자네가 어떤 대답을 하든 그럴 생각이었지. 그리고 지금 자네와 얘기를 나누면서 우리 레스터의 미래는 매우 밝구나, 하고 생각했네. 자네를 알게 되어서 나름대로 기쁘네."

잠시 말을 끊고 하이렌은 머리를 긁적였다.

"물론 레온과 얽힌 일 때문에 가슴 아프긴 하지만… 그 일이 없었다면 더욱 좋았을 텐데……."

"하지만 제가 레온을 만나지 못했다면 이렇게 갑작스럽게 상회를 차리지도 못했을 겁니다."

알은 주저없이 대답했다. 레온에겐 한 번도 언급하지 않았지만 알은 항상 그렇게 생각하고 있었다. 레온이 지금으로 가져온 금화 이천 디나르를 비롯하여 그동안 알이 겪었던 모든 행운은 사실 레온을 만난 이후에 얻은 것이었다. 드워프들이 순순히 자신들이 만든 장신구를 내놓은 것도, 산적 두목이 뿔고등을 준 것도 분명 레온이 있기에 가능한 일이었다. 알은 그 사실을 잊지 않았다.

그리고 그의 단호한 어조는 잠시 하이렌의 말문을 막았다. 헛기침을 하며 하이렌은 조용히 물었다.

"레온은… 잘 있나?"

그 질문에 알이 곧바로 대답하지는 못했다. 사실 레온이 전에 지내던 생활과는 비교도 할 수 없을 정도임이 분명했으니까. 그러나 레온이 불평을 하거나 힘들어하지 않았던 것만은 사실이었다.

"네, 잘 있습니다."

"…그런가……."

레스터 성은 영지 내에서 북쪽에 위치해 있다. 스고우 령과 가까운 곳에 위치해 있었다. 그렇기에 바론과 알 일행은 며칠 안 되어 경계에 다다랐다. 서로 앞서거니 뒤서거니 하면서 달린 탓에 자주 얼굴을 부딪치다 보니 레온은 바론에 대해서 제법 많이 알게 되었다.

자신이 생각했던 것과는 반대로 꽤나 정직하고 깐깐한 인물임에 다소 놀랐다. 머리도 비상하고 일을 추진하는 것도 제법 당찼다. 다만 유머 감각이 떨어져 길 가는 동안 인사 한번 건네지 않는 것이 다소 불만이었다.

원래부터 페나인의 동쪽은 산지가 많았지만 스고우는 특히 산이 험하기로 알려져 있었다. 레스터에서 스고우로 들어가는 관문은 거의 요새에 가까울 정도였다.

바론을 비롯하여 알과 레온이 관문에 주둔하고 있는 기사에게 통행증을 보여주러 갔다. 기사는 레스터의 인장을 확인하고는 별 말 없이 그들 일행을 통과시켰다. 문을 지나가며 레온이 슬쩍 바론에게 물었다.

"이봐요, 스간 마을까지 가는 길은 알고 있어요?"

"……."

"알고 있으면 좀 가르쳐 주면 어때요? 우린 모두 초행인데……."

"레온! 그런 극비 사항을 알려주면 어떡해!"

"뭐가? 모르는 건 모르는 거잖아?"

"…관두자."

알이 절레절레 고개를 젓자 레온은 다시 바론을 쳐다봤다.

"이봐요, 사람이 좀 물으면 대꾸가 있어야 하잖아요?"

"정말 시끄러운 친구로군. 도대체 언제까지 그렇게 말을 붙일 거지?"

“아, 다행이다. 난 당신이 갑자기 벙어리가 됐는 줄 알았어요.”

“…….”

기가 막힌 듯 바론은 힐긋 레온을 쏘아봤다. 그런 것에 개의치 않고 레온은 미소를 지었다.

“스간까지 가는 길을 알아요?”

“…그런 걸 대답해 줄 정도로 내가 멍청이인 줄 알아?”

“알고 있으면 좀 가르쳐 줘요. 아니면 우리도 당신들을 따라갈 수밖에…….”

“…넌 자존심도 없냐? 길을 모른다고 따라갈 생각을 하다니!”

“후후. 상품은 우리 것이 더 우위라고 한 건 당신이잖아요? 그렇다면 스간에 동시에 도착해도 우리가 이길 가능성이 더 높죠. 안 그래요?”

할 말을 잃은 바론은 알에게 한마디 툭 던졌다.

“어디서 저런 뻔뻔한 녀석을 동업자라고 얻은 거야?”

“말했잖아. 길거리에서 주웠다구. 그나저나… 너 정말 스간까지 가는 길을 알기나 하는 거야?”

알도 궁금한 듯 넌지시 물었다. 한참 묵묵히 있던 바론은 후우, 하고 한숨을 쉬며 대꾸했다.

“포란에서 스고우 령으로 여행을 다녀온 녀석이 있었냐?”

“…없었지.”

“대답 끝.”

“응.”

두 사람의 대화를 귀기울여 듣던 레온은 얼른 알에게 물었다.

“무슨 뜻이야? …그럼, 이 많은 인원 중에 스간까지 가는 길을 아는 사람이 전혀 없단 말야?”

“뭐, 그런 셈이지.”

어깨를 으쓱하며 알이 대답했다.

“흐음. 그럼 올망졸망 뭉쳐서 가야겠네? 그렇다면 동시에 스간에 도착할 가능성이 높을 테고. 그럼 이 내기 우리가 이기겠다. 그렇지, 알?”

“그렇지도 않아.”

레온의 질문에 시큰둥한 반응을 보이는 알이었다.

“왜? 우리 상품이 더 좋은 거라며?”

“가격을 생각하지 않는군. 너희는 삼천 육백을 들여서 그 물건을 샀어. 당연히 그 이상을 받아야 하지. 하지만 우린 같은 물량인데 삼천에 샀지. 가격 면에선 우리가 유리하단 얘기다, 친구.”

바론이 냉소를 띠며 대꾸하자 레온은 다시 알을 쳐다봤다. 그의 고개가 천천히 끄덕거렸다. 레온도 잠시 생각에 잠겼다. 과연 육백 디나르의 차이는 큰 것이었다. 상품이 좋아도 비싸다면 거래에 응하지 않을 수도 있다. 거기에 생각이 미치자 레온은 얼굴을 찡그리며 소리쳤다.

“아앗! 그럼 결국 누가 더 빨리 스간에 도착하는가가 중요한 거잖아? 그렇지만! 그렇지만 우린 스간으로 가는 길을 전혀 모르잖아.”

“알아, 안다구. 어차피 저쪽도 우리와 같은 조건이니까 너무 불안해하지는 마.”

알의 말이 끝나는 것과 동시에 굽이진 길 사이에서 류트가 딩딩딩 울리며 한 사내가 나타났다.

“스간까지라면 제가 안내하죠.”

그 말에 모두들 그를 주시했다.

노란 후드를 걸치고 류트를 퉁기며 나타난 이는 모두들 잘 아는 사내였다. 바로 스레이였다.

"스레이?"

제일 먼저 레온이 소리쳤다. 뒤이어 알과 상인들이 어안이 벙벙한 표정으로 그를 쳐다보며 외쳤다.

"레첸에서 갑자기 사라지더니, 왜 이런 곳에?"

"그야, 전 유랑민이라 통행증이 나오지 않았을 테니까요. 그래서 몰래 경계선을 넘느라고 사라졌던 것뿐입니다."

"너 스간까지 가는 길을 알고 있어?"

굳은 표정으로 알이 물었다. 그러자 스레이는 들고 있던 류트를 다시 딩딩딩 퉁기며 씩 미소를 지었다.

"전 음유 시인입니다. 당연히 여러 곳을 여행하고 다녔죠. 스간으로 가는 길 정도는 훤하답니다."

"훗! 타!"

알은 짐칸을 가리켰다. 그러자 얼른 스레이가 뒤에 올라탔다. 그가 타는 것을 확인한 알은 곧 마차를 출발시키며 바론에게 외쳤다.

"자! 이로써 우린 길잡이도 갖추어졌군. 어쩐지 승부가 뻔히 보이는 것 같은데?"

똥 씹은 표정으로 스레이를 노려보던 바론은 곧 퉁명스럽게 대꾸했다.

"흥! 네 녀석 꽁무니를 졸졸 쫓아다니면 되겠지."

"에에? 자존심도 없이 쫓아올 생각?"

레온의 농담에 바론은 순간 발끈했지만 곧 화를 눌러 참으며 휙 고개를 돌렸다. 더 대꾸해 봐야 좋은 꼴은 못 볼 것이라고 생각한 것이다. 그런 그를 쳐다보던 스레이가 웃었다.

"우릴 따라온다면 아마 쓴맛을 보게 될 겁니다."

"…무슨 뜻이지, 음유 시인?"

"글쎄요… 무슨 뜻일까요?"

묘한 웃음을 지으며 스레이는 대꾸했다.

스레이의 안내로 알과 레온, 더불어 바론은 스고우의 길을 지날 수 있었다. 같은 산간 지대라고 해도 스고우와 레스터는 엄청난 차이를 보였다. 레스터가 넓고 완만한 언덕이 많은 반면에 스고우는 좁고 가파른 계곡이 펼쳐져 있었다. 가도가도 황량한 바위와 자갈이 길을 메우고 있었다.

그것은 말 그대로 강행이었다. 예상은 했었지만 말도 사람도 금세 지치고 말았다. 관문을 벗어난 지 오일이 지나서야 레온 일행은 숲다운 숲을 만났다. 계곡 사이에 삐죽이 솟아난 나무가 아닌, 아름드리 나무가 한가득 채워진 진짜 숲이었다.

"오랜만에 숲을 보니 마음이 다 놓이네."

제일 처음 입을 연 사내는 켈시였다. 알보다 나이가 많다고는 해도 일행 중엔 젊은 축에 끼는 청년이었다. 그래도 지치기는 매한가지였다. 일행 중에 아직도 활기찬 사람은 레온과 스레이, 소나임 정도였다. 대부분의 일행이 심하게 덜걱거리는 마차 위에서 파김치가 되다시피 했다.

그런 기색을 눈치 챈 스레이가 싱긋 웃으며 말했다.

"그럼 오늘은 여기서 쉬도록 할까요?"

"혹시 이 근처에 마을은 없어?"

"없습니다."

알의 질문에 스레이는 단호하게 대답했다. 알은 투덜거리며 중얼거렸다.

"젠장, 또 노숙이군."

알의 마차가 멈추는 것을 시작으로 줄줄이 여덟 대의 마차가 길에 늘어섰다. 마치 하나의 일행처럼 보이지만 내려선 상인들은 두 패로 나뉘어 야영 준비를 했다.

문득 레온은 바론 일행을 힐끔 쳐다봤다.

"바론이란 상인 생각보다 치밀한 자 같아."

"왜?"

"마차를 다섯 대나 끌고 왔잖아. 산길인데도 말들이 지치지 않은 것 같아."

"확실히 그래, 알. 이러다간 스간에 도착하기 전에 말들이 뻗을지도 몰라. 일부러라도 속도를 좀 늦춰야겠어."

고리스도 심각하게 말했다.

"산세가 험하다고 알려져 있었지만 이 정도인 줄은 미처 몰랐어. 이런 걸 미리 계산하다니, 과연 바론이야."

덩치가 좋고 과묵한 듀발도 한마디 던졌다. 모두가 불안해하자 알은 인상을 찌푸렸다.

"이제 와서 그런 얘길 하면 어쩌겠다는 거야? 지금에 와서 마차를 늘릴 수 있는 것도 아니잖아? 좀 참으라구. 이봐, 스간까지는 아직도 멀어?"

막 류트를 조율하던 스레이가 고개를 들었다.

"이 숲을 지나서 오른쪽 길로 접어들면 됩니다. 거의 다 왔어요."

"그래? 그럼 내일이면 도착할 수 있는 건가?"

"서두르면 가능하지만… 글쎄요, 이 숲길이 꽤나 길거든요."

스레이는 씩 웃었다.

마침 다가오던 바론이 얼른 끼어들며 물었다.

"마침 묻고 싶었다. 내가 듣기론 관문을 지나서 강을 따라 가면 스고우 성이 나온다던데 넌 왜 자꾸 서쪽으로만 가는 거지? 정말 스간까지 가는 길을 알고 있는 거야?"

그 말에 어리둥절한 일행이 스레이를 쳐다봤다. 그러나 정작 스레이는 미소만 지을 뿐 대꾸가 없다. 그의 태도에 기분이 상한 바론이 신경질적으로 다시 물었다.

"삼 일 전부터 계속 계곡만 지나고 있잖아! 내 생각엔 그때 갈림길에서 오른편으로 갔어야 하는 거 아나? 이봐, 대답 좀 해봐!"

"그래서 말씀 드렸잖아요? 절 따라 오시면 쓴맛을 볼 거라고요."

"……그게 대답?"

순간 바론의 얼굴이 일그러졌다. 그의 표정 변화에 얼른 스레이는 정색을 하며 대답했다.

"그쪽 길도 길입니다만 마차가 다닐 정도는 아니죠. 게다가 강이라고 하기엔 수심도 얕고 좁은 곳이죠. 이쪽보다 경치는 좋겠지만 어차피 똑같은 계곡 길입니다.”

알 듯 말 듯한 미소를 지으며 스레이가 대꾸하자 바론은 더 묻지 않고 휙 몸을 돌렸다. 그의 말에서 어느 정도 확신이 들었는지 서둘러 일행에게 돌아간 것이다.

물끄러미 바론의 등을 쳐다보던 레온의 귀에 잔잔한 류트 가락이 들렸다. 가락에 맞춰 스레이의 청아한 목소리가 흘러나왔다.

문득 그 노래를 듣던 레온은 의아한 생각이 들었다. 스레이의 노래는 별로 알려지지 않은 것이지만 레온은 어디선가 들었던 가락임을 떠올렸다. 어디서 들었던 노래인지 기억해 내려고 애쓰는 동안 벌써 스레이는 알의 핀잔을 받고 류트를 내려놓고 있었다.

다음날 일찍 길을 재촉하자 곧 이어 바론의 상인들이 따라오며 말을 붙이기 시작했다. 벌써 삼 일째이니 알과 레온들도 어느 정도 면역이 되었지만 그들은 여전히 집요하게 질문을 해댔다.

이를테면, ‘이 길은 외길이냐?’ 라든가, ‘이 길 앞에 마을이 있나?’ 라든가, ‘앞으로 얼마나 더 가야 하나?’ 같은 것들을 묻는 것이다. 물론 그 질문 의도를 뻔히 알기에 그 누구도 대답하지 않고 철저히 무시하고 있었다. 만약 섣불리 대답했다가 바론이 앞서 나간다면 큰일이다 싶었다. 물론 스레이에게 자세하게 듣지 못했던 탓에 대꾸할 말도 별로 없었다.

입 단속을 시키긴 했지만 바론 상회의 집요한 질문 공세에 알은 바짝 신경이 곤두서 있었다. 일부러 경험 많은 고리스와 과묵한 듀발을 맨 뒤에 포진시켰지만 중간에 있는 레온이 ‘의외성’을 지닌 인물인지라 조바심이 났다. 그렇다고 켈시 혼자 태우자니 길이 험해서 혼자 마차를 몰게 내버려둘 수도 없는 노릇이고 보면 알로선 어쩔 수 없는 선택을 한 셈이었다.

알이 뒤쪽을 신경 쓰며 고개를 돌리고 있는 동안 마차를 몰며 흥얼대던 스레이가 문득 소리쳤다.

"아, 이 숲 이름이 뭔지 아세요?"

"응, 뭐?"

"이 숲 말입니다. 무슨 숲 같아요?"

"그런 걸 내가 알게 뭐야?"

"이 숲이 바로 칸트 숲입니다."

"오오, 그래?"

스레이의 설명에 새삼스럽다는 표정으로 알은 숲을 쳐다봤다. 칸트 숲이라면 캐러디안과 더불어 카네비스 산의 삼대 숲 중에 하나였다. 넓이는 몰라도 규모가 절대 캐러디안에 뒤지지 않을 정도로 유명한 숲이었으니 알이 놀랄 만했다.

게다가 이 칸트 숲은 스고우의 서쪽 경계를 긋는 것이기도 했다. 어젯밤 바론의 말도 있었지만 스레이의 길 안내는 확실히 스고우의 외곽을 크게 돌고 있는 중임을 실감한 알이었다.

그때였다.

어깨 뒤로 검을 두 개씩이나 짊어진 사내가 두 팔을 휘저으며 신호를 보내고 있었다. 가장 선두에 있던 알의 마차가 속도를 늦추며 멈췄다. 알이 눈살을 찌푸리며 앞의 사내를 노려보는 동안 어느새 레온이 곁으로 달려왔다.

"뭐야? 무슨 일이야?"

"뭐겠냐?"

심드렁하게 알이 대꾸했다.

“무슨 뜻이야?”

앞에 있는 사내를 슬쩍 쳐다본 레온은 알의 대답에 의아해서 다시 물었다.

“으슥한 산길에 여행자로는 보이지 않는 검을 찬 사내가 길을 막고 있는 상황. 달리 생각할 게 있냐?”

“산적? 하지만 말끔해 보이는데?”

앞에 선 사내를 흘겨보며 레온이 우물거렸다.

“산적은 씻지 말란 법이라도 있냐?”

“그렇진 않지만…….”

레온이 마차 앞으로 나서며 사내에게 외쳤다.

“이봐요! 산적인가요?”

앞으로 나오려던 사내는 움찔하더니 곧 싱긋 미소를 지었다.

“어라? 금세 눈치를 챘군? 그렇다면 굳이 자기소개 같은 건 필요없겠는데?”

“그렇군요!”

레온의 말이 끝남과 동시에 챙 하는 금속성이 산골을 울렸다. 대답과 동시에 검을 뽑은 레온이 무려 십여 미터나 떨어진 사내에게 검을 찔러넣은 것이다. 그러나 그의 기습 공격에 대비하고 있었던 듯 사내도 어느새 검을 뽑아 막아냈다.

“어…?”

사내가 막아낸 것에 기습을 가한 레온이 놀라 눈을 동그랗게 떴다. 물론 이번 일격에 온 힘을 실은 것은 아니었다. 그렇다고 해도 레온은 마스터였다. 가볍게 찌른 일 검이라도 마스터의 일 검이니 보통의 기사라도 막아내기 힘들 것이다. 그것을 앞에 사내는 손쉽게 막아냈다.

레온은 눈앞의 사내가 보통 실력이 아님을 직감하고 좀 더 신중하게 세이버를 겨눴다.

"아, 잠깐만."

사내가 뭔가 말하려고 했지만 그 순간을 놓치지 않고 레온의 검이 달려들었다.

"헛!"

사내는 눈에 보이지 않을 정도로 빠른 레온의 찌르기를 뒤로 몸을 날리며 겨우 피했다. 하지만 이미 레온도 예상했던 바라 사내가 물러선 만큼 레온도 재빨리 다가서며 크게 검을 휘둘렀다.

챙!

또다시 두 검이 격렬하게 맞부딪쳤다. 사내의 목을 향해 번개처럼 날아든 검이었지만 사내의 솜씨도 제법 만만치 않았다. 검과 검이 맞부딪쳤다가 떨어지는 순간 사내는 재차 몇 걸음 더 물러섰다. 그는 가쁜 숨을 몰아쉬며 자신의 검을 힐끔 바라봤다. 두 번째로 검이 맞부딪치는 순간 전해진 진동이 심상치 않았음을 눈치 챈 탓이다. 그리고 그의 눈은 검날에 난 가는 상처를 주목했다.

"검이 주인의 실력을 따라가지 못하는 것 같군요."

어느새 사내의 검을 슬쩍 쳐다본 레온이 대꾸했다. 그의 말이 끝남과 동시에 사내가 들고 있던 검이 동강났다. 사내의 얼굴이 일그러지며 레온을 쳐다봤다. 레온은 히죽 웃으며 천천히 검을 겨눴다.

"센데?"

사내는 순간 부러진 검을 레온의 얼굴에 던졌다. 그러나 레온은 가볍게 세이버를 털어 사내의 검을 퉁겼다. 그 짧은 사이에 사내는 뒤로 껑충 뛰었다. 뒤에도 눈이 달렸는지 정확하게 바닥에 착지한 사내는 두 번째 뛰어올라 나뭇가지에 올라앉았다. 그의 재주에 얼이 빠진 레온이 멍하니 바라보는 사이에 사내는 히죽 웃으며 대꾸했다.

"실력에 비해 응용력이 떨어지는 것 같군."

"뭐, 뭐라고!"

레온이 발끈하는 사이에 사내는 손을 들어 마차를 가리켰다. 사내의 손짓에 언뜻 마차를 본 레온의 얼굴이 다급하게 변했다.

"피해!"

말이 끝남과 동시에 레온도 쏜살같이 마차를 향해 달려갔다. 순간 사방에서 단검을 뽑아 든 사내들이 쏟아져 나왔다. 마차 위에서 구경을 하던 상인들은 깜짝 놀라 서둘러 몽둥이를 꺼냈다. 그러나 산적들과 상인들이 마주치자마자 대번에 상인들이 밀리기 시작했다. 산적들의 검이 짧았지만 경험이 많은지 대번에 상인들을 몰아붙였다. 다만 원래 용병 출신인 소나임만이 꿋꿋하게 맞받아 싸우고 있었다.

"조금만 참아요!"

레온이 막 마차에 달려드는 순간 숲 속에서 커다란 장검이 불쑥 튀어나왔다. 장검은 커다란 반원을 그리며 맹렬하게 레온에게 휘둘러졌다. 급하게 달려가던 중이라 미처 피할 사이도 없었다. 레온은 세이버의 가운데 부분으로 잽싸게 장검을 막았다. 순간 그의 몸이 허공으로 붕 날아올랐다. 엄청난 힘이었다.

"크웃!!"

공중에서 중심을 잡아 크게 공중제비를 돌아 멀리 떨어진 곳에 착지하며 레온은 장검을 휘두른 사내를 쳐다봤다. 보통 사람보다 목이 두 개는 더 될 정도의 거구의 사내가 무지막지하게 생긴 장검((長劍)이라고 보기보다는 중검(重劍)에 가까운)을 거머쥐고 레온을 쏘아보고 있었다.

그와 마주치는 순간 레온의 등 뒤로 식은땀이 주르륵 흘렀다.

'크루세이더 급!!!'

앞에 있는 사내가 나이트보다 윗 단계인 크루세이더에 버금간다는 생각이 들었다. 그렇지 않고서야 체구가 거대하다는 이유만으로 저런 검을 휘두를 수는 없었다. 그리고 그런 생각에 머뭇대는 사이에 이미 마차를 둘러싼 싸움은 끝이 났다.

그리고 레온의 목덜미에도 싸늘한 검날이 느껴졌다.

"이봐. 싸움은 끝난 것 같은데?"

아까 길을 막았던 사내가 어느새 그의 등 뒤에서 검을 겨누고 있었다. 그의 말이 아니더라도 레온은 인상을 찌푸렸다. 그의 말대로 싸움은 끝이 났다. 동료들은 모두 포로로 잡혀 있으니 이제 와서 실력 발휘를 했다가는 동료들의 목숨이 위험할 판이었다.

게다가 자신도 모르게 뒤에서 검을 겨눈 이 사내도 보아하니 크루세이더에 버금간다는 것을 짐작했다.

'이런 산적 패에 크루세이더가 두 명이나 있다니… 믿어지지 않아.'

검사는 실력에 따라 크게 네 가지 단계로 나뉜다. 처음 검술을 익히고 보통 사람보다 강건한 경지에 이른 자를 검사(SWORDSMEN)라 부르고 그 윗 단계를 기사(KNIGHT)라 하며 기사의 경지에 이르면 몸에 마나가 쌓이기 시작한다.

그 윗 단계를 크루세이더(CRUSADER)라 하는데 마나를 활용하여 보통 사람의 몇 배에 달하는 능력을 지니게 된다. 최종 단계가 바로 마스터(MASTER)로 마나를 검기로 발현하는 경지이다.

검사급 정도는 흔히 볼 수 있는 자들로 대영주의 기사단에 소속된 자들이나 용병들, 전사들이 주류를 이룬다. 기사급이라도 대영주의 가신으로 남는 경우가 많기 때문에 간혹 볼 수 있지만 대개는 친위단이나 근위대로 들어가는 경우가 많다. 기사급의 실력이면 평민 이상의 신분이면 대개 작위가 주어지기 때문에 숫자도 가장 많다. 위의 두 단계에 비해 크루세이더부터는 그 수가 매우 적다. 마나를 사용하기 때문에 그 실력은 타의 추종을 불허하고 그에 걸맞게 수도에서도 요직에 앉을 수 있다. 그렇기에 대영주라도 크루세이더 급의 기사를 거느리기는 힘들다. 물론 마스터의 경지에 이른 자보다 숫자는 많은 편이었지만 왕국을 통틀어도 이백 명도 되지 않았다.

그런데 지금 레온의 앞에 그런 실력을 지닌, 아니, 그러리라 짐작되는 사내가 둘이나 있는 것이다. 레온은 혼란스런 머리를 좌우로 흔들었다.

"자, 자, 그만 검을 놓지 그래?"

뒤의 사내가 검 끝으로 어깨를 툭툭 치자 정신을 차린 레온은 검을 내려놓고 천천히 일어섰다. 사내는 검으로 레온의 검을 낚아챘다. 그는 왼손으로 검을 쥐더니 몇 번 휘두르더니 휘파람을 불었다.

"히야, 좋은 검인데?"

"잘 가지고 있는 게 좋을 겁니다. 곧 찾으러 갈 테니까요."

레온의 단호한 말에 사내는 피식 웃었다.

"아니, 그럴 필요는 없어. 남자에게 구애받고 싶지는 않거든!"

사내는 레온의 허리춤에 달린 검집에 검을 꽂았다. 흠칫하고 레온이 돌아보자 사내는 미소를 띠며 입을 열었다.

"검에 비해 자네 실력이 미치지 못하는 건 아닌가?"

“…….”

사내의 말에 자존심이 상한 레온의 얼굴이 일그러졌다. 그가 침묵하고 있자 사내는 등을 떠밀었다. 이미 마차 위의 상인들도 모두 밑으로 내려온 상태였다. 레온이 그들과 함께 서자 빙 둘러싸듯 포위한 산적들 중에 거구의 사내가 말했다.

“우린 산적이오. 무슨 뜻인지 알겠지?”

그의 묵직한 어조에 기가 질린 상인들은 아무 말도 못했다. 물론 그가 입을 열기 전에 산적들이란 것은 알아챘지만 재차 그것을 강조하는 이유는 알지 못했다. 서로 눈치만 보면서 묻지는 못한 채 우물거렸다. 그러자 처음에 쌍검을 차고 있던 사내가 싱글거리며 나섰다.

“아, 미안. 이 친구가 좀 말주변이 없어. 내가 다시 말하지. 우린 산적인데 알다시피 산에서 나는 것만으로는 먹고 살기가 힘들어. 해서 이렇게 계곡을 지나는 분들에게 조금씩 식량과 물건을 나눠 받고 있거든. 그러니까 불쌍한 사람들 돕는 셈치고 물건을 놔두고 가보란 거야. 이제 알아듣겠지?”

“이, 이걸 전부 다 갖겠다는 거요?”

어이가 없는지 켈시가 반문했다.

“어, 그런 거야. 왜?”

“이, 이봐요. 여기 이 모직물 한 필이면 이십여 명의 옷을 만들 수 있다고요. 그대들이 아무리 많아도 천 명 이상은 아닐 텐데 이렇게 많이 필요하진 않을 텐데요?”

“그거야 우리 사정이지.”

말이 통하지 않는다고 느꼈는지 켈시가 물러섰다. 그러자 뒤이어 바론이 앞으로 나섰다.

“나하고 흥정을 합시다.”

“흥정?”

“어차피 그대들에게 이 많은 모직물이 필요할 리는 없지 않습니까? 그보다는 제가 통행세를 낼 테니 보내주길 바랍니다.”

“통행세?”

사내가 의아해하자 바론은 품에서 묵직한 돈 뭉치를 꺼내 사내에게 내밀었다. 사내가 주머니를 열어 살펴보니 금화가 들어 있었다.

이를 지켜보던 알이 얼굴을 찡그리며 중얼거렸다.

“젠장. 저 녀석이 저걸 가지고 왔을 줄은 몰랐는데…….”

“저거 마지막 흥정 때 내밀었던 돈이지?”

“아마 그럴 거야. 대략 천 디나르 정도였는데…….”

“잘됐잖아? 어쩌면 우릴 통과시켜 줄지도 몰라.”

레온의 말에 알은 고개를 저었다. 레온은 모르겠지만 알은 바론에 대해서 너무나도 잘 알고 있었다.

‘그가 어떤 사람인데… 아마 우릴 떼어놓고 갈 녀석이야. 어쩌면 스레이는 구해서 데려갈지도 모르겠군.’

하고 생각했지만 굳이 꺼내진 않았다.

그때 사내가 굳은 얼굴로 바론을 쳐다봤다.

“이거 얼마나 돼?”

“천 디나르입니다.”

“호오, 굉장한데! 내 평생 금화는 처음 봐. 그것도 이렇게 많은 금화는… 이봐, 너도 한번 구경해 봐.”

거구의 사내에게 휙 주머니를 던져 주더니 그는 피식 웃었다.

“만약 내가 돈을 받고 물건까지 뺏겠다면 어쩔 거지?”

“지금은 없지만 나중에 이천 디나르를 더 드리겠습니다.”

“…뭐라고?”

“이천 디나르를 더 드린단 얘기입니다. 이대로 보내준다면.”

사내는 새삼스럽게 마차를 쳐다봤다.

“이게 그럴 만한 가치가 있다는 건가? 아님 짐 속에 귀중품이라도 있는 거 아냐?”

“귀중품은 없습니다. 하지만 나에겐 그럴 만한 가치가 있죠.”

바론의 말에 구미가 당기는지 사내는 상인들을 쭉 돌아봤다.

“모두 열여섯 명이군. 이 열여섯 명과 물건을 통과시켜 주는 대가로 삼천 디나르를 주겠다는 거야?”

“아닙니다.”

바론의 부정에 사내가 의아해하며 그를 물끄러미 쳐다봤다. 바론은 입가에 엷은 미소를 띠고 대답했다.

“저쪽의 여섯 명과 저희는 다른 일행입니다. 제가 드리는 삼천은 이쪽 열 명과 이 다섯 대의 마차뿐입니다.”

그의 말이 끝나자 알은 역시나 하는 표정에 고개를 저었다. 그러나 레온은 곱지 않은 시선으로 쏘아봤다.

“이봐요! 그래도 지금까지 같은 길을 동행해 왔는데 그렇게 무정할 수 있어요?”

그 말에 바론은 모른 척 고개를 돌려 외면했다. 두 사람의 말과 태도에서 뭔가 짐작한 듯 사내는 다시 미소를 지으며 알과 레온 쪽으로 다가왔다.

“그럼 이쪽 분들은 따로 흥정을 해야겠군? 저쪽 분은 삼천이란 거금을 내겠다는데… 이쪽은 그럴 배짱이 있으려나?”

그렇게 말하던 사내는 문득 스레이를 쳐다보고는 얼굴을 굳혔다.

"이봐, 넌 음유 시인인가?"

"그렇습니다만……."

"진짜 음유 시인이야? 어디서 소문을 주워듣고 음유 시인으로 행세하는 거 아냐?"

"전 음유 시인 스레이라고 합니다. 레스터 남부 쪽에선 제법 팔리는 편입니다만 스고우는 별로 오지 않아서 그다지 유명하진 않죠."

그 말에 사내는 뒤돌아보며 외쳤다.

"이 녀석 진짜 음유 시인인 모양인데?"

그러자 거구의 사내가 팔을 뻗어 스레이를 가리켰다. 꽤나 거리가 있었는데도 사내의 검 끝은 스레이의 턱 밑까지 이르렀다. 그는 여전히 퉁명스런 어조로 말했다.

"노래해 봐라."

영문을 모르는 레온이 스레이의 앞을 막아 서며 검을 뽑으려 했지만 곧 스레이가 그의 어깨를 짚으며 제지했다. 스레이는 싱긋 미소를 지으며 알과 레온에게 속삭이듯 노래했다.

"칸트의 숲 사람들이 위기에 빠졌을 때 음유 시인의 도움을 받았네. 그의 얼굴도 이름도 모르는 채 겨우 목숨을 건진 칸트의 숲 사람들은 다짐했네. 세상의 어떤 음유 시인이라도 절대 피해를 주지 않겠노라고……."

영문을 몰라 어리둥절한 두 사람을 제치며 스레이가 앞으로 나섰다. 그리고 아무런 주저도 없이 류트를 퉁기기 시작했다. 긴장된 표정의 스레이는 곧 맑고 고운 목소리로 노래를 불렀다.

가슴에 류트를 품고 빛나는 장검을 차고
노래하는 마스터.
아름다운 선율만큼이나 차가운 은빛 검기.
노래하고 싶어도 노래할 수 없는 슬픈
노래하는 마스터.

첫 번째 구절을 부르는 동안 레온은 그가 이 계곡을 지나는 동안 내내 읊조렸던 곡조임을 알아챘다. 그리고 곧 이 첫 구절을 듣는 순간 셋째 형 카슨이 중얼거리듯 읊던 노래라는 데 생각이 미쳤다. 카슨이 부르던 노래를 스레이가 안다는 묘한 우연에 이상한 생각이 들기는 했지만 곧 레온은 귀를 기울여 그의 노래를 듣기 시작했다.

검의 길에 들어서 떠나야만 했던
사라져 간 마스터.
뜨거운 격정만큼이나 다정한 엷은 미소.
머무르고 싶어도 머무를 수 없는 슬픈
사라져 간 마스터.

천한 신분만큼이나 존재해선 안 되었던
숨어 있는 마스터.
숨 쉬는 철검 앞에 침묵하는 그의 맹세.
마스터를 마스터라 할 수 없는 슬픈
숨어 있는 마스터.

원하지 않았던 삶을 살아가야만 했던

세 사람의 마스터.

노래할 수 없는, 기억에서 잊혀진, 존재할 수 없는

그것이 운명이라 거스를 수 없는 슬픈

세 사람의 마스터.

노래를 마치고 마지막 류트의 선율이 끝나자 스레이는 싱긋 웃으며 거구의 사내를 쳐다봤다. 눈을 감고 음미하듯 노래를 듣던 거구의 사내는 천천히 눈을 뜨고 고개를 끄덕였다. 곁에 있던 쌍검 사내가 놀랍다는 투로 물었다.

"이건 페로즈에서 요즘 유행한다는 '세 사람의 마스터' 라는 노래로군? 그렇지?"

"그렇습니다. 마음에 들었나요?"

"마음에 들다마다… 수도에서 유행하는 최신 유행 노래를 그것도 음유 시인에게서 듣다니… 대만족이야. 자넨 어때, 괜찮았지?"

쌍검 사내가 거구에게 묻자 곧 그도 묵묵히 고개를 끄덕였다. 그러자 쌍검 사내는 곧 알 일행에게 걸어가며 어깨를 으쓱했다.

"그래서… 자네들은 이 음유 시인과 같은 일행인가?"

"그렇소."

짧지만 단호하게 알이 대꾸했다.

허허, 하고 너털웃음을 짓던 쌍검 사내는 거구를 돌아봤다.

"그렇대."

그의 말에 거구는 아무 표정 없이 고개를 끄덕일 뿐이었다. 그의 반응을 본 쌍검 사내는 이번엔 바론 일행에게 다가섰다.

"그렇대."

무슨 영문인지 알 수 없는 바론은 고개를 갸웃했다.

"뭐가 말입니까?"

"모르겠어? 저 음유 시인과 저 상인들은 같은 일행이라잖아?"

"그건 저희들도 알고 있었습니다만……."

"그래? 그럼 얘기가 쉽군."

그는 씩 웃었다.

"무슨 얘기 말입니까?"

"음… 설명하자면 긴데, 간단히 하자면 우린 음유 시인은 자유롭게 통행하게 해준다는 거야. 이해하겠어?"

"……."

그 말에 바론의 얼굴이 일그러졌다.

"뭐, 당신도 알다시피 저들 중에 음유 시인이 있으니 우리의 규칙대로 그냥 보내줘야 하거든. 한데, 그렇게 되면 남는 일행은 자네뿐이잖아?"

"그, 그래서요?"

"삼천으로는 안 되겠단 거야."

"그럼 얼마나……."

"아니. 돈은 필요없어. 우린 이 모직물이 필요하거든."

마차 위의 짐에 손을 턱 올려놓으며 사내가 씩 웃었다.

"그렇게 많은 모직물이 왜 필요하다는 거야?"

벌컥 화를 내며 소나임이 나섰다.

"우리도 옷은 입어야 하잖아. 지금 보이는 이들이 사실 전부는 아니거든. 산채엔 또 몇 십 명이 있어서 좀 많이 필요해."

그의 말에 바론이 황급히 소리쳤다.

"그렇다면 필요한 만큼 나중에 가져다 주겠소. 열 필이면 되겠소?"

그의 말에 뒤에서 듣고 있던 스레이가 켈시에게 물었다.

"축제가 끝난 지 얼마 안 됐는데 마을로 가면 또 모직물이 있나요?"

"축제에 맞추지 못한 곳이 있을지도 모르겠지만, 대개는……."

그렇게 대답하던 켈시는 문득 알의 곱지 않은 시선에 입을 다물었다. 뒤이어 일그러진 표정의 바론과 묘한 웃음을 짓는 쌍검의 사내를 보고 자신이 무슨 실수를 저질렀는지 깨달았다. 그는 당황하여 스레이를 쳐다봤다.

"그, 그런 질문을 하는 저의가 뭔가요?"

"그냥 궁금했을 뿐입니다. 한데, 목소리가 좀 크셨던 것 같네요."

스레이는 싱긋 웃으며 대꾸했다.

대충 감을 잡았는지 쌍검의 사내는 바론을 노려봤다.

"날 속였군?"

"정확하게는 속이려 한 거죠."

뒤에서 스레이가 끼어들었다.

그때 거구의 사내가 움직였다. 그는 어깨 위에 메고 있던 거대한 장검을 알 일행과 바론 일행의 가운데에 힘차게 꽂았다. 쿵, 하는 둔탁한 음과 함께 자갈이 치솟고 먼지가 뽀얗게 주위를 가렸다. 잠시 후 먼지가 가라앉은 후 검의 앞부분이 대지 위에 꽂혀 있었다. 검 자체로는 그다지 깊지 않았지만 다른 검이라면 거의 반은 파묻힌 셈이었다. 그의 힘에 질린 모두가 몇 걸음 뒤로 물러서자 사내는 알 일행을 쓱 돌아보며 무뚝뚝하게 말했다.

"너희들은 가라."

“에?”

레온과 고리스들이 어리둥절해하자 어느새 스레이와 알이 그들을 잡아끌기 시작했다. 얼른 스레이가 레온의 귀에 속삭였다.

“떠나라고 할 때 떠납시다. 오래 있어봐야 좋을 거 없어요.”

“하지만…….”

“가자, 레온.”

알의 눈짓에 뭔가 그에게 생각이 있는 듯하여 레온도 아무 말 없이 마차에 올랐다.

알 일행이 얼른 마차를 출발시키는 동안 바론들은 기가 질려 꼼짝도 못했다. 꺾여진 길을 돌기 전에 레온이 돌아봤을 때 바론들이 산적에게 끌려 숲으로 들어가는 것이 얼핏 보였다.

일행은 부리나케 마차를 몰아 멀리 달아났다. 한적한 곳에 이르자 레온은 검을 꺼내 허리에 질끈 졸라매며 알에게 소리쳤다.

“알! 난 지금 가서 바론 일행을 구해와야겠어.”

그의 말에 알은 심드렁하게 대꾸했다.

“그럴 필요 없어, 레온.”

“무슨 말이야? 비록 대적하는 상회라고 해도 구해야 하지 않겠어? 지금이라면 아직 숲 깊이 들어가지는 않았을 거야.”

“네 염려와는 달리 바론은 전혀 다치지 않을 테니 걱정하지 마. 물건은 잃을지도 모르겠지만.”

슬쩍 옆에 앉은 스레이를 쳐다보며 알이 대답했다. 그의 말에 얼른 이해가 가지 않는 레온이 고개를 갸웃하자 알은 화제를 바꾸었다.

“그리고 아직 우린 숲을 벗어난 게 아냐. 우리 중에 제대로 싸울 수 있는 건 너뿐인데 네가 가면 우린 어떡하란 거야?”

그 말에 레온은 반쯤 일어선 엉덩이를 마부석에 밀어넣었다. 확실히 그의 말대로 아직 알 일행이 안전한 것은 아니었다. 찜찜하긴 했어도 쉽게 자리를 비울 수는 없는 노릇이었다. 게다가 믿어지진 않았지만 안전할 거란 알의 말도 한몫을 했다.

레온이 잠잠히 켈시 옆에 앉자 알은 덤덤히 스레이를 쳐다봤다.

"내가 이렇게 말하길 기대했겠지?"

"예? 무슨 말인지……."

"흠. 확실하진 않지만 너에게 무슨 내막이 있다는 것은 짐작했다. 넌 누구지?"

"음유 시인 스레이입니다."

"삽질하고 있네."

스레이의 대답에 알은 대번에 퉁명스럽게 대꾸했다. 알은 의심쩍은 표정으로 스레이를 훑어봤다.

"지금껏 같이 있다 보니 생각하지 못했는데… 넌 대체 뭐 하는 녀석이지? 음유 시인이라면 주점이나 광장 같은 곳에 가서 노래를 불러야 하는 거 아냐? 어째서 우리를 따라다니는 거야?"

"…아마 두 사람이 맘에 들었기 때문이겠죠. 더 이유가 필요한가요?"

"흥. 나도 그렇게만 생각했었지. 한데 곰곰이 생각해 보면 뭔가 이유가 있는 것 같아. 저번에 레스터에서 네가 사라졌다가 며칠 후에 관문을 넘자마자 합류했었지? 아무리 마차가 느려도 걷는 것보다는 빨라. 네가 하루 먼저 출발했다고 해도 그렇게 빨리 관문을 넘었다는 게 이상해. 그것도 마치 기다렸다는 듯 나타났잖아? 그건 어떻게 설명할 거지?"

알의 질문에 스레이는 빙긋 미소를 지을 뿐이었다. 추궁을 하던 알은 잠시 말을 끊고 스레이를 주시했다. 보아하니 그는 입을 열 기색이 아니었다.

"오늘 산적들과 네 녀석의 태도를 보아하니 결코 모르는 사이라곤 할 수 없었어. 흥! 다른 사람을 속일 수 있을지 몰라도 이 알을 속일 생각은 하지 마. 넌 산적 패인가?"

그 말에 약간 움찔하긴 했지만 스레이는 곧 미소를 지었다. 그리고 천천히 말문을 열었다.

"설마 했는데 벌써 눈치 챘단 말인가요?"

"우리에게 용건이 뭐지? 너도 알다시피 레온은 마스터야. 너 혼자로는 무슨 짓도 못할 텐데? 아까 같은 좋은 기회가 또 있을 거란 생각은 버리는 게 좋을걸."

"무슨 짓을 할 생각은 없습니다만. 정확히 말하면 돕고 싶었던 거죠. 당신들과 바론의 내기 내용을 듣는 순간 내가 도울 수 있으리라 판단했기에 그렇게 했을 뿐입니다. 그리고 결과적으로 도운 셈이잖아요?"

"도울 생각이었다고? 어째서? 너와 우린 별다른 안면도 없는데? …설마 광장에서 널 구해준 것에 대해 은혜를 갚는다는 생각은 아니겠지?"

"그건 아닙니다. 그런 일은 늘 있는 일이니까."

고개를 젓던 스레이는 쥐고 있던 말고삐를 알에게 넘겼다. 갑작스레 고삐를 받아 쥔 알이 말에게 채찍질을 하며 흘깃 스레이를 쳐다봤다. 알은 마부석 한쪽에 매달려 있는 뿔고둥을 지그시 보다가 중얼거렸다.

"저 뿔고둥을 본 순간 당신들 곁에 남기로 했던 겁니다. 대체 왜 저 뿔고둥이 당신들에게 있는지, 산채에 무슨 일이 난 것은 아닌지… 그게 궁금했었죠. 그리고 얼마 지나지 않아 대장이 당신들에게 선물했을 거란 생각이 들더군요."

"너! 혹시 캐러디안의 패거리냐?"

너무 놀라 알의 목소리가 다소 커졌다. 스레이와 칸트 숲의 산적들이 연관이 있으리라 여겼는데 그의 말을 들어보니 캐러디안의 산적들과도 안면이 있는 것 같아 알은 크게 놀랐다. 스레이가 얼른 조용하라는 시늉을 하자 알은 입을 다물었다. 스레이는 다시 입을 열었다.

"그렇습니다. 난 캐러디안의 유쾌한 사람들 중에 한 명입니다. 지금은 잠시 여행 중이지만…… 레온이 마스터라는 것을 알았을 때 깨달았어요. 이 뿔고둥을 선물 받았을 거라는 것을… 저 나이에 마스터가 된 인물은 내가 알기론 레스터 가의 다섯째 공자뿐이니까요."

잠시 말을 끊고 스레이는 알을 주시했다.

"한번도 말은 안 했지만 저 소년은 레온 레스터겠죠? 레스터 공작가의 막내 공자 말입니다. 물론 지금은 알고 묻는 것이지만."

"레스터에 도착한 날 네가 사라진 이유는 캐러디안으로 갔다는 얘기로군. 로딘을 만나기 위해서 말야. 그렇지?"

알의 추궁에 스레이는 어깨를 으쓱했다.

"거기까지 눈치 챘다면 방금 일어난 일도 거의 짐작할 수 있겠군요?"

"저들은 칸트의 산적이 아니라 캐러디안에서 달려왔다는 뜻?"

"설마. 캐러디안에서 오려면 카네비스를 넘어야 할 텐데… 아무리 산적이라도 그 며칠 새에 온다는 것은 불가능하지 않을까요?"

스레이가 장난스레 놀랍다는 시늉을 했다. 그의 말에 도무지 짐작할 수 없어진 알은 멀뚱히 쳐다볼 뿐이었다.

"사실은 캐러디안이나 칸트나 같은 패거리랍니다. 그날 캐러디안으로 달려가서 당신들이 뿔고둥을 가지게 된 전후 사정을 들었고 난 로딘에게 당신들이 처한 상황을 알렸죠. 그래서 이런 연극을 하게 된 겁니다. 그리고 전령을 뽑아 칸트 쪽에도 사실을 알렸던 거죠. 그리고 난 곧바로 관문을 넘어 당신들을 기다렸던 거죠."

스레이는 마차 뒤에 자신의 짐을 집어 들었다. 그의 짐은 단촐해서 겨우 류트 하나였다. 그의 행동을 지켜보던 알이 미심쩍은 표정으로 물었다.

"뭐야? 떠날 생각인 거냐?"

"더 있을 필요는 없으니까요. 이 숲을 벗어나서 오른쪽 길로 달려나가면 곧 스간에 다다를 겁니다. 아마 삼사 일이면 도착할 수 있겠죠. 바론 일행은 그 기간 동안 산채에 붙잡아놓을 테니 내기에 질 리는 없을 겁니다."

스레이는 빙긋 웃으며 한마디 덧붙였다.

"참, 그리고 돌아갈 때는 스간에서 남쪽으로 가는 길을 따라가세요. 강을 따라가는 길인데 그쪽이 길도 넓고 더 빠를 테니까요."

"결국 바론을 속인 거였군."

피식 웃으며 중얼거린 알이 문득 스레이에게 물었다.

"만약 바론이 우릴 따라오지 않고 그냥 강을 따라갔다면 어쩔 뻔했어? 그 길이 여기보다 빠르다면 우리가 질 뻔했잖아!"

"저런! 몰랐군요? 칸트 숲의 산적을 둘로 나눠서 길목마다 지키고 있었답니다. 그리고 내가 매일 신호를 보냈기 때문에 모두 이쪽으로 달려왔던 거죠."

"신호?"

대답 대신 스레이는 류트를 살짝 들었다. 그러자 알은 매일 밤 스레이가 류트를 켜곤 했다는 것을 생각해 냈다. 그의 용의주도함에 고개를 저으며 알은 마지막으로 물었다.

"캐러디안 숲을 들러서 관문에 갔다면 우리보다 훨씬 먼 길을 돌아간 셈인데 어떻게 우리보다 먼저 도착할 수 있었지?"

"이래 봬도……."

스레이는 류트를 가슴에 품으며 마차 위에 뻗은 나뭇가지를 향해 몸을 날렸다. 그의 몸이 막 나무 위로 올라서는 순간 흐릿하게 사라졌다. 멍청하니 위를 쳐다보는 알의 귓가에 스레이의 음성이 들려왔다.

"엘프랍니다. 하프 엘프이긴 해도 요정의 길을 다닐 수 있지요."

포란 마을을 가로지르는 대로를 따라가다 보면 높은 언덕 위에 거대한 위용을 자랑하는 포란 성이 있다. 지금의 레스터 가문을 일으킨 에드워드 레스터 후작이 대영주가 되기 전에 대영주였던 포페르 가문의 성이었다. 당시 공작이었던 포페르가 몰락하면서 에드워드가 영지를 이어받은 것이다. 당연히 그 시기에 포페르 령에서 레스터 령으로 바뀌게 되었다.

현재 포란 성의 성주는 프란츠 백작이다. 아벨 백작, 그리고 윌리엄 공작을 따라 수도로 간 맨스람 백작과 더불어 레스터 삼대 백작가를 이루는 한 사람이다. 그 세 사람이 윌리엄 공작을 도와 레스터를 부흥시켰으며 레스터 가문의 삼대 충신이기도 했다.

십여 년 전에 윌리엄 공작이 국왕의 부름을 받고 대영지를 떠날 때 세 사람은 각자의 길을 달리 했다. 정무에 밝았던 맨스람 백작은 윌리엄 공작을 보좌하기 위해 수도로 따라갔고 경영에 능했던 아벤 백작은 레스터 성에 남아 영지를 관리했다. 그리고 군무에 재주가 뛰어났던 프란츠는 공작의 제의를 거절하고 포란 성주로 잔류했다.

아벤 백작이 훗날 하이렌을 보좌하게 된 것처럼 프란츠 역시 버나드를 위해서 공작을 따라가지 않은 것이다. 결과적으로 그의 예상이 들어맞아 버나드는 수도에서 후작으로까지 득세했으니 그의 선택이 완전히 잘못되진 않은 것이다.

그렇다고 프란츠가 공작의 신임을 받지 못한 것은 아니다. 만약 그랬다면 그는 결코 포란 성의 성주가 되지 못했을 테니까.

지금에 와서 포란 성은 레스터에 소속된 보통의 성에 불과하지만 백년 전의 포페르 령 당시에는 본성이었던 만큼 규모와 위용은 레스터 제일이었다. 또한 레스터 성이 영지의 북쪽에 위치한 반면에 포란 성은 중앙에 자리잡은 탓에 지리적으로도 매우 중요한 성이기도 했다.

점심을 막 끝낸 직후에 프란츠는 창문 밖으로 포란 마을을 지켜봤다. 거리 곳곳에 사람들이 부산하게 움직이는 모습이 한눈에 내려다보였다. 그 부산함이 평소의 활기 넘치는 거리와는 사뭇 다르다는 것을 그는 곧 눈치 챘다.

무슨 일일까, 고개를 갸웃하는 찰나에 노크 소리가 들렸다.

"들어오시오."

중후한 그의 목소리가 실내를 막 울린 후 곧바로 문이 열렸다. 들어선 자가 부관임을 알아본 프란츠는 다시 창밖으로 시선을 돌렸다. 부관은 그의 뒤로 다가오더니 곧 부동자세로 입을 열었다.

"본성의 아벤 백작이 서신을 보내오셨습니다."

“아벤 백작이?”

뜻밖의 말에 프란츠는 그를 돌아봤다. 곧 부관의 왼손에 아벤 백작의 인장이 찍힌 서신이 있는 것을 알아봤다. 그 서신을 받아 쥐고 그는 고개를 갸웃했다.

“아벤 백작이 무슨 일이지? 아, 이만 나가보게.”

서신을 뜯으려다 부관을 보고 손짓을 했다. 그가 문으로 다가가는 동안 프란츠는 문득 생각난 것이 있어 그를 불러 세웠다. 부관이 다시 돌아서서 부동자세를 취하는 동안 그는 창밖을 물끄러미 보며 입을 열었다.

“마을이 어수선한 것 같은데 무슨 일이라도 있는 건가?”

그의 질문에 부관은 얼른 답하지 못하고 우물거렸다. 그의 태도가 심상치 않음을 느낀 프란츠는 고개를 돌렸다.

“무슨 일이지? 도적이라도 침입한 건가?”

“그, 그런 건 아닙니다. 단지…….”

“단지?”

“얼마 전에 상인들 간에 내기를 했는데 그게…….”

“무슨 내기 말인가?”

궁금함이 치민 프란츠가 자세를 고쳐 잡으며 그를 재촉했다. 부관은 주저하다가 결국 알과 바론 사이에 있었던 내기에 대해 그에게 고했다. 묵묵히 듣고 있던 프란츠는 입을 쩝 다시며 중얼거렸다.

“자신의 영지 밑에 있는 상인이 대영지를 벗어났었는데도 전혀 눈치 채지 못했다니… 나도 참 능력없는 성주로군.”

“배, 백작님. 그 무슨 말씀을…….”

“아니, 혼잣말이네. 그래서 스고우 령으로 갔던 상인들은 돌아왔나?”

"현재 돌아온 것은 알 일행뿐입니다. 바론은 아직 돌아오지 못했습니다."

그 말에 프란츠는 뜻밖이라는 표정으로 그를 바라봤다.

"지금 자네 말에 의하면… 이 내기, 바론이 졌다는 말인가?"

"그렇습니다. 그 때문에 마을 전체가 부산한 움직임을 보이고……."

"바론을 이긴 상인이 누구라고 했지?"

"알 베자스라고 합니다."

"알 베자스? 처음 듣는데?"

"원래는 소규모 소매상이었는데 이번에 큰 횡재를 한 탓에 자금이 많아져 바론에게 도전한 것이지요."

프란츠는 다시 창문을 통해 마을을 보며 중얼거렸다.

"뭐, 그것도 좋겠지. 바론에게도 좋은 약이 될 거야."

"그게 보통의 내기가 아닌 탓에……."

부관의 말에 프란츠는 다시 그를 봤다.

"장부 정도야 주면 어떤가? 사실 한번 정도는 타격을 입어봐야 하늘 무서운 줄 아는 법이지. 포란을 좌지우지하는 인물이 자신이 아니라는 걸 아는 것만도 바론에겐 크게 득이 되겠지."

"바론은 망한 셈입니다."

부관의 말에 프란츠는 잠시 그를 쳐다봤다. 그 말뜻을 제대로 이해하지 못한 것이다. 부관은 들리지 않게 한숨을 쉬며 다시 설명했다.

"상인에게서 장부를 뺏는다는 것은……."

그는 잠시 프란츠가 이해할 수 있는 비유법을 생각했다.

"기사에게서 검을 뺏는 것과 같습니다."

그의 비유가 정확했는지 곧 프란츠도 바론이 처한 상황을 제대로 이해했다. 그는 다소 기막히다는 표정으로 부관을 바라봤다. 그리고 다시 마을을 보고 나서 그는 관자놀이를 지그시 눌렀다.

"자네가 수심에 잠긴 얼굴을 한 이유를 알겠군."

그는 부관을 똑바로 쳐다보며 물었다.

"바론의 성격상 장부를 순순히 내줄 리는 없을 테고… 그동안 신세 진 것도 있으니 나 역시 지켜보고만 있을 순 없겠군. 잘 알겠네. 마을 의 치안을 강화하도록 하게."

"…바론을 돕는 겁니까?"

"그런 거지."

프란츠는 들고 있던 서신을 슬쩍 본 후 곧 부관에게 나가라고 손짓 을 했다.

뭔가 아쉬운 표정으로 부관은 서둘러 문을 나섰다. 막 문을 닫으며 성주를 쳐다보니 그는 봉투를 뜯고 편지를 읽고 있었다.

문을 닫은 후 부관은 잠시 멍하니 서 있었다. 비록 부관이라는 직책 에 있지만 그는 기사 서임을 받지는 않았다. 단지 포란 마을 출신으로 업무에 능하다는 이유로 프란츠의 눈에 띄어 이런 직책에 올랐을 뿐 이다. 그 역시 포란의 다른 자유민들처럼 생산을 업으로 삼을 뻔했지 만 바론의 횡포에 못 견뎌 성으로 들어오게 되었다. 그의 집안은 목축 을 가업으로 삼았기 때문에 바론에게 직접적인 피해를 입은 것은 아 니지만 몇 번에 걸친 마찰에 홧김에 성에서 잡무를 보게 됐을 뿐이다. 여하간에 그 역시 바론에 대해서 좋은 인상을 가진 것은 아니기에 이 번에 알이 내기에서 이겼다는 것에 크게 흥분했었다. 한데, 성주는 바론을 보호할 생각이라니…….

망연한 표정으로 그는 기사 집결소로 향했다. 어쨌든 이제 그는 부관으로서의 임무를 다해야만 했으니까. 임무에 사정을 개입하는 것이 얼마나 어리석은지는 그 자신이 가장 잘 알고 있었다.

그가 막 문을 떠나려는 순간 갑자기 안에서 큰 고함이 터져 나왔다.

"부관! 부관!"

부관은 깜짝 놀라 얼른 문을 밀치고 들어갔다. 소리친 당사자가 프란츠임을 알고 있었고 그의 평소 성격이 쉽게 당황하는 편이 아니었기에 뭔가 큰일이 터졌다고 생각했다.

부관이 얼른 방으로 들어오자 사색이 되어 있던 프란츠는 곧 안도를 하며 입을 열었다.

"아직… 치안을 강화하란 명령을 전한 건 아니겠지?"

"아, 죄송합니다. 잠시 생각을 하느라 미처 출발하지 못했습니다. 지금 즉시……."

"아니, 됐어. 그 일은…….."

잠시 안도의 한숨을 쉰 프란츠는 책상 위에 놓인 편지를 흘끗 보더니 뜻밖의 명령을 내렸다.

"지금 즉시 본성에 가봐야겠다."

"네?"

"마차를 준비시키게."

그렇게 말한 프란츠는 잠시 이맛살을 찌푸리더니 다시 새로운 명령을 내렸다.

"그리고 성내의 모든 기사와 병사들을 소집해서…….."

잠시 말을 끊고 생각에 잠기던 프란츠는 곧 좋은 생각이 떠올랐는지 서둘러 입을 열었다.

"훈련이네!"

미처 부관이 알아듣지 못하고 멍하니 서 있자 프란츠는 다시 한 번 단호한 음성으로 그에게 전했다.

"훈련이네! 지금 즉시 성내와 마을의 모든 병력을 모아서 훈련을 하도록 하게! 삼 일 간, 아니, 일주일, 아니아니, 열흘 간 특별 훈련을 지시하겠네. 마을에서 멀면 멀수록 좋아. 강을 건너서 행군하는 것도 괜찮겠지. 어디로 가든 소대장이 알아서 해도 좋지만 여하간 마을에서 멀리 떨어지라고 지시하게."

"저어… 그렇다면 포란의 치안은……."

"그런 건 잠시 동안 자경단에게 맡겨두면 되잖나? 지금 즉시 출발하도록 조치하게!"

책상을 거칠게 내려치며 고함을 지르는 통에 부관은 허둥지둥 방을 나섰다. 부관이 나가자 다시 편지를 쳐다보며 프란츠는 중얼거렸다.

"어째서… 어째서 레온 공자가 포란에 와 있는 거야? 그것도 중개상이라니! 맙소사! 하마터면 마스터와 일전을 치를 뻔했잖아?"

이마 위에 흐르는 땀을 닦아내며 프란츠는 고개를 저었다.

"가문에서 쫓겨났지만 카논의 세이버를 소지했다라… 아벤의 지적이 없었다면… 완전히 공작 각하께 미움받을 뻔했군."

바론이 돌아온 것은 포란의 경비대가 훈련을 떠난 지 이틀이 더 지난 후였다. 그의 표정은 말 붙이기 힘들 정도로 일그러져 있었다고 사람들은 전했다. 누군가 용감한 사람이 마차 뒤에 살짝 붙어 포장을 들여다본 후에 모직물이 그대로 남아 있더라고 알렸고 바론은 상회로 들어간 후에 문을 잠근 채 두문불출하고 있다고 수군거렸다.

그러나 사실과는 달리 바론은 장부를 뺏기지 않기 위해 나름대로 고심을 하며 머리를 짜내고 있었다. 소나임을 성에 보내 협력을 요청하려 했지만 그날 저녁 소나임이 가져온 소식에 그는 완전히 절망해야만 했다. 갑작스레 성주는 본성으로 가버렸고 병사들은 전원, 희한하게도, 전원 훈련에 임하여 어딘가 종적을 감춘 후라는 사실에 묘한 불안감을 감추지 못했다.

머리를 감싸 쥔 채 책상 앞에서 고민하던 바론은 이윽고 착 가라앉은 목소리로 중얼거렸다.

"휴우타 녀석들에게 연락해. 보수는 후하게 쳐줄 테니 상회로 와달라고……."

"알았어……."

소나임도 풀 죽은 목소리였지만 나름대로 기운을 북돋아줘야겠다는 생각에 조금 밝게 말을 건넸다.

"너무 걱정하지 마, 바론. 알이 아무리 재주가 좋아도 쉽게 쳐들어오진 못할 테니까."

"칸트 숲에서 싸웠을 때 내게 뭐라고 했지? 레온이나 상대 녀석이나 나이트 급 이상은 될 거라고 하지 않았었나?"

"그렇다 해도 사람 수는 우리가 더 많잖아. 결국 그 싸움도 사람 수가 많았던 산적들이 이겼고 말야. 이번에도 같을 거야. 아마 알은 장부를 포기해야 할걸."

약간 자신만만한 말투에 바론은 비로소 고개를 들었다.

"어쨌든 지금 믿을 만한 구석이라곤 휴우타 패거리를 끌어들이는 수밖에 없을 것 같아."

"알았어. 지금 즉시 가보지."

소나임이 서둘러 방을 나서는 동안 물끄러미 지켜보고 있던 바론은 낮게 중얼거렸다.

"검에 대해선 하나도 모르지만……."

그는 한숨을 쉬며 고개를 저었다.

"레온이라는 녀석이 보통 실력이 아니라는 것만은 알 것 같아."

바론이 마을에 들어선 순간부터 신전 옆의 고아원은 북적거리기 시작했다. 제일 먼저 달려온 사람은 켈시였다. 그는 숨을 헐떡이며 달려와서는 바론이 막 마을에 들어왔다는 것과 모직물이 그대로 남았다는 것을 전했다. 그리고 그들의 동정을 더 살펴본 후에 돌아오겠다는 말만 남긴 채 곧바로 마을로 돌아갔다.

뒤이어 달려온 이는 고리스였다. 그는 어떻게 장부를 가져올 것인지 물었지만 아무 대답도 듣지 못한 채 알과 레온의 미소만 잔뜩 보고 돌아갔다.

다음으로는 듀발이 달려왔다. 그는 마차를 타고 왔는데 짐칸에는 양을 몰 때 쓰는 몽둥이를 대여섯 개 싣고 있었다. 그리고 그중 하나를 집어 들고는 짤막하게, 그러면서 매우 흥분한 어조로 말했다.

"가자!"

겨우 그를 진정시켜 집으로 돌려보내는 데 반나절을 소비한 알과 레온은 그 뒤에도 마을 사람들이 발이 닳도록 신전을 들락거리며 건네는 인사에 넌덜머리가 날 지경이었다.

겨우 저녁이 된 이후에 저녁 식사를 하며 휴식을 취할 때였다. 마차 소리에 밖을 쳐다보던 지나가 고개를 저으며 두 사람에게 소리쳤다.

"오빠, 또 왔어!"

"이번엔 또 누구야?"

짜증이 치밀 대로 치민 알이 먹고 있던 빵을 그릇 위로 던져 넣으며 일어섰다. 그의 곁에 있던 레온은 서둘러 빵을 우겨 넣고는 우유를 마시며 덩달아 일어섰다. 그의 모습에 웃음을 참지 못하여 입을 가린 채 지나가 말했다.

"고리스 아저씨야."

지나는 얼른 레온의 옷 위에 묻은 빵가루를 털었다.

"레온 오빠, 빵 남겨놓을 테니까 일 보고 와서 또 먹어요."

"응, 고마워, 지나."

씩 웃으며 레온은 알을 따라 밖으로 나갔다.

레온이 살펴보니 알과 서 있는 사람은 고리스 이외에 몇이 더 있었다. 얼른 살펴보니 모두 안면이 있는 얼굴들로 이번에 상회를 함께 세운 동료들이었다. 그들 중에는 젊은 듀발과 켈시도 있었다. 그들은 여전히 몽둥이를 들고 있었다.

"휴우타가?"

놀란 목소리로 알이 소리쳤다. 그는 얼른 고아원을 돌아본 후에 서둘러 신전 뒤로 일행을 끌고 갔다. 레온도 얼른 그들을 따라갔다.

힐긋 레온을 쳐다본 알은 다시 고리스를 재촉했다.

"레온이 듣지 못했으니까 다시 한번 말해 줘."

"켈시가 바론 상회에서 죽치고 있었는데 저녁 무렵에 소나임이 휴우타들을 데리고 들어가는 걸 봤대."

고리스가 레온에게 설명하자 뒤이어 켈시도 한마디 덧붙였다.

"내가 확실히 봤어. 휴우타 패거리였다고!"

"그래? 그게 어쨌는데?"

그들이 사뭇 걱정스런 말투로 설명한 데 반해 레온의 반응은 담담했다. 그가 포란 출신이 아니란 것을 생각해 낸 켈시가 얼른 설명을 덧붙였다.

"휴우타 패거리는 포란의 건달들이야. 거칠고 폭력적인 녀석들이지."

"그런 녀석들을 왜 안 잡아가는 거지?"

"잡아갈 수 없는 거지. 협박이나 도적질을 하는 녀석들은 아니거든. 원래는 물건 호송을 주업으로 하는데, 워낙 거친 녀석들이라 늘 여기저기서 시비가 붙곤 하지. 게다가 바론에게 여러 가지로 연관되어 있기도 하고……."

"정확하게는 소나임과 친분이 있어."

듀발이 옆에서 거들었다.

"전에 소나임이 용병 생활을 할 때 휴우타도 같은 패거리에 있었던 모양이야. 그래서 꽤 친분이 있지."

흐음, 하고 고개를 갸웃하며 레온은 생각에 잠겼다. 그가 알기론 용병 중에 제대로 검을 배운 자는 극히 드물었다. 그런데 이들이 왜 걱정을 하고 있는지 의문스러웠다. 특히 고리스들보다 알의 얼굴이 훨씬 더 많이 수심에 잠긴 표정이었다. 설마 알이 내 실력을 의심할 리는 없을 텐데, 라고 생각하면서 레온은 그의 어깨를 두드렸다.

"걱정 마. 몇 명이 됐든 내 상대는 아닐 거야."

"아니… 문제는 말이지……."

고리스가 입을 열자 알이 그를 제지했다. 그리고 레온을 돌아보며 무겁게 입을 열었다.

"휴우타는 고아원 출신이야."

"뭐?"

"나보다 몇 년 먼저 고아원을 떠났던 녀석이야. 문제는 녀석이 용병 생활을 했든, 호송 업무를 하든, 나하곤 상관이 없지만 고아원 형제끼리 싸웠다는 걸 애리오트 사제님이 알게 된다면 매우 실망하실 거라는 거야."

알의 말투가 꽤나 착잡했다. 잠자코 듣고 있던 듀발이 끼었다.

"괜찮다면 장부를 받는 건 우리끼리 하도록 할게. 아무래도 네가 가면 난처할 테니까……."

"내가 가든 안 가든 상관있다는 것쯤은 아실 거야."

잠시 침묵이 흘렀다.

어스름한 달빛을 받으며 알은 알대로 상념에 빠져 있었고 고리스들도 이대로 알이 장부를 포기할까 걱정을 하고 있었다. 그 침묵을 깬 것은 레온이었다.

"너답지 않게 왜 그래?"

알은 고개를 들어 레온을 바라봤다.

"우린 정당하게 장부를 받으러 가는 것뿐이잖아?"

레온은 다시 덧붙였다.

"어차피 사제님도 내기 내용을 알고 계시잖아. 우린 휴우타와 싸우러 가는 게 아니라 바론에게서 장부를 받으러 갈 뿐이야."

"그렇지만……."

알이 자신없는 말투로 대꾸했다.

"바론이 휴우타를 끌어들였단 얘기는 순순히 장부를 넘겨주지 않겠단 의미라구. 아마 크게 싸움이 일어나게 될 거야."

레온은 그의 어깨를 툭툭 쳐주며 빙긋 웃었다.

"걱정은 접어둬. 아무도 다치지 않을 테니까."

레온의 자신있는 말에 다소 힘을 얻었는지 고리스가 한 가지 제안을 했다.

"이렇게 하면 어떨까? 시장에게 말해서 자경단의 도움을 얻는 거야. 어차피 내기에 대해선 마을 사람 모두가 알고 있는 일이잖아? 게다가 모두들 마음속으로는 우리를 응원하고 있단 말야. 분명 우리를 도울 거야. 아무래도 사람이 많다면 휴우타 패거리도 어쩌진 못할 거 아냐?"

그 말에 알은 잠시 팔짱을 끼고 생각했다. 그리고 평소처럼 번뜩이는 눈빛으로 레온을 노려봤다.

"믿어도 돼? 정말 아무도 다치지 않게 할 수 있겠어?"

"걱정 말라니까!"

레온의 다짐을 받자 알은 고개를 끄덕이며 모두를 둘러봤다.

"좋아, 내일 오후에 바론에게 장부를 받으러 가는 거야. 켈시는 오전 중에 바론에게 그렇게 전해둬. 장부를 준비해 두라구."

"인원은 얼마나……?"

듀발이 물었다.

알은 레온의 어깨에 자신의 팔을 두르며 씩 웃었다.

"단둘이면 충분해!"

그날 밤에 있었던 알의 호언장담은 아침이 되기 전에 마을 전체에 퍼졌다. 켈시가 굳이 바론에게 전하지 않아도 이미 그들도 알고 있었다.

대부분의 사람들은 레온이 검사라는 사실조차 몰랐기 때문에 알이 너무 무르다고 핀잔을 주었다. 그럼에도 꽤 흥미있는 사건이었기 때문에 바론 상회 앞은 일찍부터 사람들이 모여들기 시작했다. 구석에선 벌써 내기가 진행되고 있었고 한쪽에는 고리스들이 몽둥이를 들고 상회를 노려보고 있었다. 여차하면 자신들도 가세할 생각에 그들은 다소 흥분된 상태였다.

정오가 지나 알의 흰 터번과 레온의 금발이 사람들을 헤치며 등장했을 때 사방에서 환호성이 터졌다. 얼른 그들 곁으로 고리스들이 달려갔다.

"오지 말라는데 왜 왔어요?"

약간 볼멘 목소리로 레온이 대꾸했다. 아무래도 이들이 자신을 믿지 못한다고 생각했던 것이다. 그의 생각을 짐작한 알이 웃으며 그의 어깨를 토닥였다.

"어차피 장부를 가져오면 나름대로 정리할 게 많잖아?"

"게다가 이미 사람도 이렇게 많이 모였으니 우리가 있다고 문제될 건 없어."

켈시의 말대로 아닌 게 아니라 상회 앞은 사람들로 넘쳐나고 있었다. 아마 포란 마을 사람 태반이 모인 모양이었다. 속으로 툴툴거리는 레온을 이끌고 알이 상회의 커다란 문 앞으로 다가섰다. 곧 모여 있던 군중들이 조용해지기 시작했다.

육중하고 커다란 대문은 굳게 잠겨 있었다. 대문 옆에 밤새 급조했는지 허술하게 세워진 전망대가 하나 보였지만 그 위에는 아무도 없었다. 알은 사자 문양의 문고리를 쥐고 탕탕, 두드렸다.

재차 몇 번을 두드린 끝에 대문 위에서 누군가 소리쳤다.

“무슨 일이지?”

얼른 대문에서 물러선 두 사람은 위를 쳐다봤다. 전망대 위에 어느새 올라왔는지 사람이 한 명 서 있었다. 알이 얼른 레온에게 속삭였다.

“휴우타 패거리 중에 한 녀석이야.”

알은 그에게 고함쳤다.

“약속대로 장부를 받으러 왔다고 바론에게 전해!”

“장부? 무슨 헛소리야? 바론께서는 지금 낮잠을 주무시고 계시니 이만 돌아가 줬으면 좋겠는데?”

“이 문을 열지 않으면 실력 행사라도 할 거야. 좋게 말할 때 순순히 내어 주는 게 어때?”

위에 있던 사내는 킥킥 웃더니 뒤쪽에 대고 소리쳤다.

“이봐, 들었어? 실력 행사를 하겠다는데?”

사내는 다시 알을 쳐다보며 비아냥거렸다.

“그 실력 행사가 어떤 건지 구경 좀 시켜줄 수 있겠어?”

“원한다면!”

알은 뒤로 물러서며 레온에게 속삭였다.

“아무도 다치지 않게 하는 거 잊지 마. 어려운 주문이라는 건 알지만 사제님을 생각해서라도 꼭 들어줬으면 해.”

어깨를 으쓱하며 레온이 대답했다.

“별로 어려운 주문도 아냐.”

그는 천천히 세이버를 뽑아 문을 겨눴다.

“제대로 실력을 보이면 알아서 손들 테니까! 결국 아무도 다치지 않을걸.”

전망대 위의 사내는 레온의 자세를 보더니 더욱 크게 웃었다.

"뭐야? 기껏 한다는 게 대문에다 칼질하는 거야?"

레온은 그를 올려다보며 고개를 끄덕였다.

그리고 곧 이어 대문을 향해 힘차게 검을 휘둘렀다. 좌로 우로, 때로는 살짝 뛰어오르며 수직으로 베는 자세를 취하더니 다시 검을 꽂고 사내를 쳐다봤다.

"어때? 내 실력이?"

어이가 없는지 잠시 말문이 막혀 있던 사내는 한참 후에 박장대소를 하며 손가락질을 했다.

"야, 기껏 한다는 게 검 들고 춤추는 거였어? 그 실력으로 어디 나비라도 잡을 수 있겠냐?"

사내의 웃음소리에 모여 있던 군중들도 충격에서 깨어나 웅성거리기 시작했다. 잠시 뒤에 있던 알에게 고리스들이 달려갔다.

"뭐, 뭐야? 지금 뭘 한 거야?"

"아직 끝나지 않았어. 이제 시작이야."

고리스의 반응과는 달리 알은 미소를 머금은 채 대답했다. 그의 말이 끝나자 레온은 바닥에 있던 돌멩이 하나를 주워 들었다. 그는 전망대 위의 사내를 보며 입을 열었다.

"이제 이 돌멩이를 저 문에 던질 거야. 그 후에도 네가 웃을 수 있을까?"

"돌멩이 따위에 부서질 문이 있다고 생각하는 거냐? 그만 좀 웃기지 그래?"

사내는 전망대 위에서 웃느라 정신을 차리지 못할 정도였다.

레온은 가볍게 돌멩이를 문에 던졌다. 딱, 소리가 나며 문에 부딪친

돌멩이는 다시 길 위로 떨어졌다. 레온의 호언장담에 혹시나 하고 군중들이 대문을 쳐다보기 시작했다.

넓은 대로변을 가득 메운 군중들의 침묵과 달리 전망대 위의 사내와 안쪽의 휴우타 패거리들은 웃기 바빴다.

파직!

문에서 무슨 소리가 났다는 것을 제일 먼저 눈치 챈 건 가까이 있던 알과 고리스들이었다. 뒤이어 들린 소리에 군중들이 동요를 하기 시작했고 세 번째로 들린 소리에 안쪽의 웃음소리가 그쳤다.

그 소리는 단순하게 나무가 쪼개지며 나는 소리가 아니었다. 잘 다듬어진 나무끼리 서로 비빌 때 나는 소리였다. 그리고 그 소리는 차츰 대문 여기저기서 나기 시작했고 대문이 살짝 흔들렸다고 생각되는 순간 마치 검으로 자른 듯한 균열이 생기며 무너지기 시작했다.

안쪽에서 비명이 터지는 순간 모여 있던 군중들이 감탄과 환호성을 질렀다. 그들을 뒤로 알과 레온이 흙먼지를 뚫고 안으로 들어섰다.

대문을 중심으로 둥글게 포진하고 있던 휴우타 패거리와 그 뒤로 소나임이 이끄는 바론 상회의 무사들이 보였다. 손쉽게 대문을 돌파한 알이 문득 맨 앞에 있는 건장한 청년에게 아는 체를 했다.

"여어, 휴우타. 오랜만인걸? 그동안 잘 지냈어?"

"도, 도대체 어떻게 한 거지? 마법인가?"

휴우타라고 불린 사내가 주춤 물러서며 검을 뽑아 들었다. 그의 태도를 지켜본 레온이 놀란 표정으로 소리쳤다.

"에? 이걸 보고도 싸울 생각? 이거 참, 이 정도만 보이면 대충 알아챌 거라 생각했는데……."

난감한 표정을 지으며 레온은 머리를 긁적였다. 그때 휴우타보다 뒤에 있던 소나임이 신음했다.

"마스터다! 저 녀석 마스터였어!"

둘러서 있던 모두가 검과 함께 살아온 탓에 소나임의 말이 무슨 뜻인지 금세 알아챘다. 그들은 주춤 물러서며 새삼스럽게 레온을 바라봤다.

"저, 정말 마스터냐?"

휴우타가 놀라서 소리쳤다.

대답 대신 레온은 완전히 부서진 대문의 한쪽을 가리켰다. 거기엔 방금 전까지 나무로 만들어진 대문을 지탱하던 돌담만이 있었다. 모두가 돌담을 쳐다보자 레온은 다시 세이버를 뽑아 들고 가볍게 담을 향해 검을 휘둘렀다.

그가 다시 검을 꽂아 넣는 것과 동시에 돌담의 한쪽 구석이 비명을 지르며 무너져 내렸다. 아니, 정확하게는 비스듬한 경사를 타고 돌덩어리가 미끄러졌다.

밖에 있던 군중들의 환호와 더불어 안쪽의 무사들이 질겁을 하며 물러섰다.

"지, 진짜 마스터잖아?"

몇 걸음 물러서며 휴우타가 소나임에게 소리쳤다.

"형님! 마스터라는 얘기는 없었잖아요? 저런 녀석하고… 아, 죄송합니다. 정정할게요… 저런 분하고 어떻게 싸우란 말이에요!"

레온이 중앙으로 다가가자 모두 황급히 물러섰다. 그들을 둘러보며 가볍게 검 자루에 손을 올려놓고 레온이 소리쳤다.

"저 돌담보다 더 단단하다고 믿는 사람은 앞으로 나와요. 내가 시험해 줄 테니까!"

쓱 주위를 둘러보자 무사들은 다시 몇 걸음 물러섰다. 그 뒤에 있던 알이 소나임을 향해 물었다.

"바론은 어디 있지? 우린 바론을 만나러 왔는데?"

"바, 바론은……."

소나임이 주저하며 망설이고 있을 때 건물의 현관이 열리며 바론이 나타났다.

"난 여기 있다."

그는 무너진 대문을 잠시 쳐다본 후 다시 휴우타에게 고개를 돌렸다.

"의리를 지켜줘서 고맙네. 이만 가보게."

"바, 바론 회장……."

뭐라고 말하려던 휴우타는 곧 검을 거두고 부하들을 이끌고 물러섰다. 자신들이 몇 명이 모이든 결코 이길 수 없는 상대라는 것을 알고 있었기 때문이다. 그들이 대문 밖으로 몰려 나가자 소나임이 이끄는 무사들도 검을 거둔 채 바론과 알을 번갈아 쳐다봤다.

"들어가서 얘기하지."

"확실히 하자구. 장부를 줄 생각이야?"

"안 주겠다면?"

"받아내야지."

알의 단호한 음성에 바론은 쓴웃음을 지었다. 그는 씁쓸하게 대답했다.

"어차피 대세는 기운 것 같군. 마을 사람들도 모두 네 편인 것 같고, 실력으로도 안 되니 말야."

"그렇다면 우리 측 상인들을 불러도 될까? 제대로 된 장부인지 검증을 해야 하거든. 괜찮겠지?"

"좋을 대로."

잠시 알이 동료들을 부르러 간 사이에 바론은 레온을 훑어봤다.

"영광이군. 마스터의 실력을 보여주다니 말야."

그는 입술을 파르르 떨더니 다시 입을 열었다.

"레스터에 마스터는 한 명뿐인 줄 알았는데. 장사꾼 마스터가 있을 거라곤 상상도 못했군."

분노한 표정으로 레온을 쏘아보던 소나임도 이를 갈며 중얼댔다.

"마스터이면서 왜 장사를 하는 거지? 그 실력이면 수도에 가서 한 자리 얻을 수 있을 텐데 말야!"

두 사람의 말에 레온은 발끈했다.

"남이야 장사를 하든 말든 무슨 상관이죠?"

소나임이 뭐라고 대꾸를 하려는 찰나에 알이 동료들을 이끌고 들어왔다. 바론은 그들을 건물로 안내했다. 건물 안쪽의 회장실로 들어가자 둥근 탁자 위에 여러 권의 책이 놓여 있는 것이 보였다. 바론이 그 책을 가리켰다. 서둘러 고리스와 일행이 달려들어 장부를 들추기 시작했다.

그것을 바라보던 알이 슬쩍 바론을 쳐다봤다. 그는 책상에 앉아 고개를 떨구고 있었다. 좀 안됐다는 생각에 알이 말을 걸었다.

"앞으로 어쩔 생각이지?"

"그런 건 왜 묻지?"

천천히 알을 쏘아보며 속삭이듯 대꾸했다.

"이걸로 끝이라고 생각하진 마."

"포란에서 장사할 생각은 버리는 게 좋을걸? 아까 밖에 나간 사이에 벌써 시세를 물어오더군. 넌 끝났어. 아마 네 밑에 있던 상인들도 뿔뿔이 흩어질 테지."

바론은 피식 웃었다.

"포란이 아니더라도 장사는 할 수 있어. 사람이 있고, 물건이 있는 곳이라면 어디든지 말야."

그는 말을 끊었다가 다시 입을 열었다.

"만약 내 밑에 있던 상인들이 원한다면 그들도 데려가도록 해."

그의 말에 알은 묵묵히 있었다. 순순히 패배를 인정하고 밑에 거느리던 상인들의 장래를 걱정하는 바론의 모습이 뜻밖이었다. 자신이라면 그렇게 할 수 있을까 생각하면서 그는 고개를 끄덕였다.

"그렇게 하지."

그가 막 대답을 하는 사이에 레온이 그들에게 다가왔다. 그는 장부에 대해 전혀 아는 바가 없었기에 그저 회장실이 어떻게 생긴 곳인지 구경하고 다니던 중이었다. 그의 뒤에 무시무시한 눈초리로 소나임이 따라다니고 있었다. 그런 것에는 일체 신경 쓰지 않던 레온은 바론을 보더니 슬쩍 물었다.

"앞으로 어떻게 할 거죠?"

그 질문에 바론은 곧 너털웃음을 지었다. 영문을 모르는 레온이 알을 돌아봤다.

"왜 이러는 거지? 내가 무슨 말실수라도 한 거야?"

"지금까지 그것에 대해 나와 얘기 중이었거든."

"아, 그래? 미안해요, 바론."

바론을 향해 걱정스런 표정으로 고개를 끄덕이던 레온이 느닷없이 물었다.

"우리랑 합치지 않을래요? 이제 중개업을 접을 생각은 아니겠죠?
그럴 바에는 우리랑 합치도록 해요."

얼른 알이 그의 소매를 잡아끌었다.

"왜? 내 제안이 나쁜 것도 아니잖아?"

레온은 소매를 뿌리치며 다시 바론에게 말했다.

"나와 알은 요즘 다른 영지에 대한 얘기를 많이 해요. 전에 스간에
갔을 때 켈시가 그러더군요. 양모는 스간의 품질이 더 좋지만 모직 기
술은 레스터가 더 뛰어난 것 같다고요. 확실히 우리가 가져간 모직물
은 매우 고가에 팔렸죠. 어차피 바론도 레스터의 상품을 타 영지에서
파는 걸 원하고 있잖아요? 같은 목적을 가지고 있다면 합치는 게 좋지
않아요?"

바론은 빤히 레온을 쳐다봤다. 그리고 약간은 쑥스러운 표정을 짓
고는 킥킥 웃었다.

"정말 어처구니없는 녀석이군. 배포가 큰 거야, 멍청한 거야?"

의자에 기대어 앉으며 바론은 알에게 물었다.

"대체 이 녀석 정체는 뭐야? 정말 길거리에서 주운 게 맞아? 내가
보기엔 귀족 같은데?"

"귀족?"

소나임이 황급히 손으로 입을 막으며 새삼스럽게 레온을 쳐다봤다.

"설마… 귀족이 왜 장사를 하겠어?"

"그럼 저 놀라운 검 실력은 어떻게 생겼겠어? 제대로 검술 수업을
받지 않는 이상 말야. 귀족이 아니고서야 제대로 검술을 배울 순 없잖
아?"

바론의 추측에 레온은 속으로 웃었다. 그의 말 중에 자신이 귀족이

라는 건 맞췄지만 제대로 검술 수업을 배운다고 모두 마스터가 될 거란 생각은 들지 않았다. 그렇다고 가문에서 쫓겨난 상황에서 뭐라고 대꾸하기도 뭐해 주저하고 있는데 마침 고리스가 다가왔다.

"장부는 모두 확인했어."

가볍게 고개를 끄덕인 알은 서둘러 바론에게 말했다.

"우린 이만 돌아가겠어."

"잘 가게. 언젠가 또 보겠지."

알이 레온을 잡아끌며 방을 나서는 것을 바론은 묵묵히 지켜봤다.

레온이 바론에게 건넸던 제안과 바론이 레온의 출신에 대해 품었던 의문은 그 며칠 후에 동시에 해결되었다.

신전 뒤에 급조하다시피 만들어진 천막에서 알과 레온, 고리스들은 바론에게서 건네 받은 장부를 뒤적이며 앞으로의 일정을 세우고 있었다. 바론은 성격만큼이나 꼼꼼하게 장부를 기록해 왔었다. 그 안에는 단순하게 거래처와의 현금 계산만 적혀 있진 않았다. 생산자에 대해선 평균 어느 정도 물량을 생산하며(게다가 최대량과 최소량에 대한 기록과 그 이유에 대해서도 상세하게 적혀 있었다) 품질은 어느 정도인지 적정 가격과 레스터의 어느 지방에 파는 게 이윤이 많이 남는지에 대한 것도 상세하게 기록되어 있었다. 그것은 비단 포란에만 국한된 것이 아니라 바론이 거래하는 레스터 전역에 걸쳐 기록되어 있었다.

잠시 장부를 덮으며 고리스가 중얼거렸다.

"그간 행실이 밉긴 해도 정말 보통 녀석은 아니었군. 이건 단순한 거래 장부가 아냐."

"레스터를 석권하겠다고 장담하던 녀석이야. 이 정도는 해줘야지."

묵묵히 다음 장을 넘기며 알이 대꾸했다. 그 옆에서 일정에 대해 받아 적고 있던 켈시도 얼른 입을 열었다.

"아마 포란에서, 아니, 레스터 전체에서 이런 장부를 만든 녀석은 바론이 유일할걸?"

"음, 음, 바론에게 레스터의 경영을 맡기면 잘하겠는걸?"

레온이 무심코 내뱉은 말이었지만 모두들 하던 일을 멈추고 그를 쳐다봤다. 모두의 반응에 당황한 레온이 서둘러 사과했다.

"아, 미안합니다. 그냥 혼자 생각이었어요."

"이봐, 레온! 바론이 꼼꼼하다는 건 인정하지만 정책을 맡길 수 있는 그릇이라곤 생각하지 않아! 첫째 녀석은 아주 냉정하고, 둘째 이윤을 남길 수 있다면 무모한 정책이라도 세울 녀석이라고!"

고리스의 말에 레온은 속으로, '그거야말로 정책을 세우는 자의 덕목이라고요!' 라고 생각했지만 입 밖으로 꺼내진 않았다. 대신 켈시가 키득거리며 입을 열었다.

"바론이 상인 출신이라 다행이네요. 만약 귀족이었다면 진짜로 그런 자리에 앉게 됐을지도 모르잖아요?"

"추천을 받게 된다면 또 모르지."

알이 그 말을 받아 담담하게 말했다. 순간 농담이라고 생각했는지 모두들 크게 웃었다.

"추천? 어느 귀족이 바론 따위를 추천하겠어? 일개 평민 따위와 어울릴 귀족이 과연 있겠냐고?"

그들과 달리 레온은 어색하게 웃으며 머리를 긁적였다.

때마침 천막을 열고 지나의 빨간 머리가 살짝 들어왔다. 그녀는 곧 알에게 손짓을 하며 불렀다.

"오빠, 손님이 왔는데… 오빠하고 레온 오빠에게……."

"나와 레온에게?"

알이 고개를 끄덕이며 자리에서 일어섰다.

두 사람이 천막 밖으로 나와 보니 가슴에 포란 문장을 새긴 밤색 군복을 입은 청년이 서 있었다. 그는 곧 알에게 손 인사를 건네며 반갑게 외쳤다.

"여어! 포란의 대상!"

"어? 누군가 했더니 고귀하신 부관 나리구먼."

그는 바로 프란츠의 부관으로 성에서 일하는 애바스였다. 애바스는 곧 레온을 알아보고 그에게 악수를 건넸다.

"네가 레온이니? 반갑다! 난 애바스라고 해. 포란 성에서 일하고 있지. 일전에 바론 상회의 대문을 부순 얘기는 전해 들었어. 오면서 봤더니 정말 말끔하게 없애 버렸더군? 그건 무슨 마법이지? 아아, 정말 나도 그 자리에 있었으면 좋았을 텐데! 불행하게 훈련 일정을 기록하느라 난 포란에 없었어. 괜찮다면 나중에 자세하게 얘기해 줄래? 물론 얘기는 많이 들었지만 당사자에게 듣는다면 더없이 영광일 거야. 괜찮겠지?"

만약 알이 그의 말을 자르지 않았다면 애바스는 해가 질 때까지 수다를 떨었을지도 몰랐다. 그는 의외로 말이 많은(켈시는 그에 비하면 말이 적은 편에 불과했다) 친구였다.

"여기까지 무슨 일로 온 거야?"

"아아, 그래, 미안. 공무가 있어서 왔다는 걸 깜박했어."

"공무?"

"응, 오늘 오전에 성주님께서 돌아오셨는데 저녁 만찬에 너희 두 사람을 초청했어. 믿을 수 없는 일이지!"

문득 애바스는 주위를 둘러보며 나지막하게 속삭였다.

"솔직히 우리 성주님은 경영에 대해선 완전 바보나 다름없어. 포란의 생산에 대한 체크는 완전히 나한테 떠맡겨왔었거든. 아아, 그렇다고 물렁한 분이란 뜻은 아냐. 몇몇 기사 분들이 얘기하는 걸 슬쩍 엿들었는데 왕년엔 레스터 기사단의 단장을 역임했던 분이래. 덕분에 포란의 치안 문제는 말끔하잖아! 어쨌든 내가 성주님 욕을 했다는 건 비밀로 해줘. 알았지?"

애바스는 다시 목청을 돋우며 두 사람에게 찡긋 눈짓을 했다.

"그런 분이 갑자기 포란의 상인들을 저녁 만찬에 초청했으니 그야말로 기적에 가까운 일이지. 안 그래?"

애바스는 굉장히 흥분했는지 매우 열성적으로 두 사람에 대해 칭찬을 했다. 그에 반해 두 사람은 떨떠름한 표정으로 그의 말에 고개를 끄덕일 뿐이었다.

"아아, 이럴 줄 알았으면 나도 가업을 이을 걸 그랬어. 설마 바론이 한순간에 무너질 거라고 누가 상상이나 했겠어?"

그는 다시 알의 어깨를 두드린 후에 레온을 향해 엄지를 추켜세웠다.

"굉장했어! 너희는 포란 제일의 대상이야! 그럼, 그렇고 말고!"

"고마워, 애바스."

일단 그렇게 입을 떼며 알이 물었다.

"초대는 우리 두 사람만 받은 거야? 그러니까 나와 레온이 확실해?"

"아니, 아냐. 사실은 너희 외에 한 사람 더 있어."

그렇게 말한 애바스는 얼굴을 찡그리며 고개를 저었다.

"무슨 생각인지는 모르겠지만 바론도 초대받았어."

"바론도?"

뜻밖의 이름인지라 알이 놀라 다시 물었다.

"그래, 그렇게 됐어. 언짢은 건 아니지? 그렇더라도 내색하진 마. 물론, 귀족 앞에서 함부로 굴 네가 아니란 건 알지만 말야."

애바스는 힐끔 하늘을 한번 쳐다보더니 곧바로 마을을 향했다.

"이만 돌아가야겠어. 바론에게도 전해야 하니까 말야. 그럼 저녁 때 보자. 혹시 잘 모르겠거든 성문 앞에서 문지기에게 날 찾도록 해."

그가 언덕 밑으로 내려가는 것을 지켜보던 레온은 서둘러 알을 한쪽 구석으로 끌고 갔다.

"아무래도 난 성에 가지 않는 게 좋겠어."

"아는 분이야?"

"물론이지! 포란 성주는 프란츠 백작이야. 레스터 공작가의 충신 중에 한 분이지. 내가 어렸을 때는 간간이 검술 지도도 해주셨어. 날 못 알아볼 리가 없단 말야."

레온의 초조한 기색에 비해 알은 담담했다.

"내 생각엔 말야……."

알은 레온의 어깨를 두드렸다.

"성주도 널 알고 있을 거란 말야. 그렇지 않고서야 갑작스레 상인들을 초대할 이유가 없잖아? 정확하게는 우리가 아니라 널 초대한 거야."

"날? 왜? 난 가문에서 쫓겨났는데?"

레온의 눈이 동그랗게 떠지며 반문했다. 그 질문에 알은 대답할 말이 궁해졌다. 물론 공식적으로는 레온은 가문에서 축출당했다. 그렇지만 일전에 레온의 형인 하이랜을 봤을 때 느꼈던 건 전혀 달랐다. 그의 형은 지나가는 말처럼 안부를 물었지만 매우 걱정하고 있다는 것을 알은 느낄 수 있었다.

어쩌면 귀족으로서의 자존심과 가족으로서의 정이 뒤섞여 그런 식으로 가문에서는 쫓아냈지만 은근히 뒤를 봐주는 형태가 된 것이 아닐까 추측하긴 했다. 하지만 귀족도 아닌 데다가 가족도 없는 알이 짐작만으로 내뱉을 수 있는 일은 분명 아니었다. 이건 어디까지나 공작 가문의 문제였으니까.

그는 담담히 레온을 쳐다보며 진지하게 물었다.

"근데 우리 뭘 입고 가니? 난 옷이 하나도 없는데……."

　해가 질 무렵 신전을 출발한 마차는 마을을 가로질러 성으로 향했다. 마차 위에는 말쑥하게 차려 입은 레온과 알이 앉아 있었다. 갑작스런 성주의 초대였지만 두 사람은 오후 내내 옷가게를 돌며 나름대로 괜찮은 옷을 사 입었다. 레온의 의상은 지나가 골라준 것으로 주홍 셔츠에 베이지 색의 조끼였다. 원래대로 공작 저택에 머물렀다면 예복을 갖춰 입었겠지만 간단한 평복임에도 레온은 매우 만족스러운 표정이었다.

　그에 반해 알은 여전히 야론 인의 복장인 터번과 몸에 딱 붙는 조끼, 통이 넓은 바지를 고집했다. 오후 내내 타협한 끝에 레온과 같은 베이지 색으로 통일한 것이 유일하게 야론 인과 다른 점이었다.

　마차가 막 성문을 들어서자 그 앞에 또 하나의 작은 마차가 보였다. 그 앞에는 바론과 소나임의 모습이 보였다.

"늦었군, 알."

알이 마차를 세우는 동안 바론이 다가왔다.

"성에서 가장 먼 곳에 사니까 당연한 거 아닐까?"

"그럼 일찍 출발했어야 하는 거 아냐?"

꽤 오래 기다렸는지 소나임의 말투가 다소 거칠었다.

"준비할 게 있었던 모양이지."

이해한다는 말투로 바론이 덧붙였다.

"옷이 새거로군? 얼마 만에 산 거야?"

"삼 년!"

마차에서 내리며 힐끔 소나임을 눈여겨본 알이 씩 웃었다.

"보아하니 소나임도 오랜만에 장만한 의상인 것 같은데?"

"와아, 그렇군요! 옷이 날개라더니 꽤 멋져 보이는데요?"

소나임의 건장한 체격 탓인지 꽤 균형이 잡힌 의상이었다. 레온의 칭찬이 듣기 좋았는지 소나임도 별말없이 머리를 긁적였다. 그때 성문에서 누군가 달려왔다.

"어이, 알!"

그는 애바스였다.

"이쪽으로! 아까부터 기다리고 있었어."

애바스는 곧 네 사람을 안내하기 시작했다.

애바스는 안내하는 동안 잠시도 쉬지 않고 알과 레온에게 말을 걸었다. 주요 내용은 은근히 바론의 비위를 건드리는 것으로 소나임이 몇 번이나 발끈하여 달려들 정도로 위태위태했지만 애바스는 어쩐지 그걸 즐기는 것 같았다. 오히려 바론은 묵묵히 소나임을 제지하며 인내를 발휘하고 있었다.

"여기가 성주님의 저택이야."

큰 저택 앞까지 안내한 애바스가 위병에게 일행이 왔음을 알리자 곧 하인이 나왔다. 애바스는 가볍게 손을 흔들며 돌아갔다.

하인의 안내로 저택을 들어서자 커다란 홀이 나왔고 그 가운데에 건장한 체구의 중년의 기사가 서 있었다. 그가 프란츠 백작이라는 것은 알을 제외하고 모두 알아봤다.

얼른 바론과 소나임이 허리를 굽혀 인사를 했다.

"나와 계셨습니까, 성주님? 만찬에 초대해 주셔서 감사합니다."

"오랜만이네, 바론."

두 사람의 인사를 받으며 프란츠는 레온에게 고개를 끄덕였다. 아무도 눈치 채지 못하게 그에게만 인사를 건넨 것이라고 짐작한 알은 얼른 허리를 굽혀 인사하며 못 본 척했다.

"초대한 사람은 세 명이었는데?"

일행이 네 명인 것에 프란츠가 당황하며 그들을 둘러봤다. 레온은 어려서부터 알고 있었고 바론과도 안면이 있는 탓에 그의 곁에 있는 소나임이 초대하지 않은 사람임을 그는 곧 알아챘다.

프란츠는 헛기침을 하며 소나임을 물끄러미 쳐다봤다.

"미안하지만 자리를 비켜주지 않겠나? 오늘 매우 중대한 얘기가 있어서 그러네."

정중하긴 했어도 분명 쫓아내는 것임이 분명한 이상 소나임은 부끄러움에 얼른 대답과 함께 물러섰다. 그때 알이 손을 들었다.

"성주님, 소나임은 바론의 오른팔 격인 사람입니다. 어차피 바론에게 얘기하면 그의 귀에도 들어갈 테니 결국 마찬가지 아닐까요?"

알이 변호하는 말을 꺼내자 소나임은 물론 바론도 놀란 표정으로 그를 쳐다봤다. 그러나 그들과는 달리 매우 분노한 눈빛으로 프란츠는 알을 아래위로 훑어봤다.

"자네가 알 베자스인가?"

어조에서부터 분노한 기색을 숨기지 않으며 프란츠가 물었다. 그의 태도와 눈빛에서부터 결코 호의적인 감정이 느껴지지 않았기에 알은 오늘 자리가 좋을 것 같진 않겠다는 느낌을 떨쳐 버릴 수가 없었다. 그는 떨리는 마음을 진정하며 서둘러 대답했다.

"제가 알 베자스입니다."

"네 녀석이, 네 녀석이!"

그의 입술이 일그러지며 짤막한 음성이 새어 나왔다. 다소 어색한 분위기가 감돌자 레온이 끼어들었다.

"소나임은 입이 무거운 사람이니 무슨 말이라도 비밀을 지킬 겁니다. 알은 그걸 말하고 싶었던 거예요."

프란츠는 노여움을 거두고 슬쩍 레온을 쳐다봤다.

"그렇게까지 말씀하신다면……."

프란츠는 소나임을 향해 손짓을 했다.

"자네도 따라오게."

프란츠는 휙 돌아서더니 성큼성큼 앞서 걷기 시작했다. 그의 뒤로 일행이 따라가는 동안 바론이 알의 곁에 바싹 붙었다.

"지금 성주님이 레온에게 경어를 쓰지 않았나?"

알은 대답 대신 고개를 살짝 끄덕였다. 그리고 얼른 검지를 입술에 대며 조용히 하라는 눈치를 줬다. 뭔가 내막이 있다는 것을 감지한 바론도 고개를 끄덕이며 묵묵히 따라 걷기 시작했다.

프란츠가 일행을 이끌고 간 곳은 커다랗고 둥근 탁자가 놓인 홀이었다. 탁자 위에는 메인 요리를 제외한 식사 준비가 되어 있었고 주위로 다섯 개의 의자가 놓여 있었다. 그리고 그중 하나엔 벌써 누군가 와서 앉아 있었다.

그들이 들어감과 동시에 앉아 있던 사내가 일어섰다. 잘 다듬어진 콧수염과 굳게 다문 입술, 바로 아벤 백작이었다.

"아, 아벤 백작님도 계셨습니까?"

그의 얼굴을 알아본 바론이 흠칫 놀라며 얼른 인사를 했다. 뒤이어 알과 소나임의 인사를 받은 아벤은 건조한 음성으로 대답했다.

"모두들 오랜만이군."

그는 소나임을 힐끔 보더니 다시 프란츠에게 눈짓을 했다. 그러나 프란츠는 어깨를 으쓱하더니 곧 의자를 하나 더 준비하라고 하인에게 지시했다. 프란츠와 아벤을 중심으로 둥글게 모여 앉자 메인 음식과 포도주가 나왔다. 잘 구운 베이컨에 꿀을 첨가하여 만든 소스가 곁들여진 음식이 놓여지자 하인이 포도주를 잔에 따르려고 했다.

얼른 프란츠가 포도주를 뺏어 들고 하인들을 둘러봤다.

"이제 됐으니 모두 나가 있도록. 지금부터 이 방 근처엔 아무도 얼씬하지 못하도록 하라."

하인들이 대답을 하고 조심스럽게 나가는 동안 프란츠는 손수 모두에게 포도주를 따랐다. 그가 다시 자리에 앉을 동안 아무도 말을 꺼내지 않았기에 커다란 홀은 무거운 정적이 감돌았다.

프란츠는 묵묵히 알과 레온을 번갈아 노려봤다. 그리고 탄식하며 말했다.

"하이렌 백작에게 얘기는 전해 들었습니다. 기사의 길을 포기했다는 게 정말입니까?"

순식간에 모두의 시선이 레온에게로 쏠렸다. 프란츠가 말을 건넨 사람이 레온임을 바론도 곧 눈치 챘다. 그는 영문을 모른 채 눈치를 살피기 바빴다.

"예."

레온은 잠시 주저하다가 조심스럽게 대답했다.

"죄송합니다."

다시 무거운 정적이 감돌았다. 아벤이 헛기침을 하며 바론을 쳐다봤다.

"그대들은 아직 모르는 것 같으니 말해 두지. 여기 계신 레온 공자는 윌리엄 공작의 막내아들이시네."

바론과 소나임이 놀라며 레온을 돌아봤다.

"마, 말도 안 돼! 공작의 아들이 왜 장사를?"

소나임이 반쯤 몸을 일으키며 비명에 가까운 신음을 토했다.

"넌 알고 있었나?"

약간의 소란을 틈타 바론이 잽싸게 알에게 말을 걸었다. 알은 힐끔 쳐다보고는 곧 고개를 끄덕였다.

"친구니까……."

"건방진! 일개 상인 주제에 귀족과 친구라니!"

프란츠가 분개하여 벌떡 일어났다. 알은 순간 찔끔하긴 했지만 침착하게 그를 쏘아봤다. 일촉즉발의 긴장감이 감돌자 레온이 일어나 조심스럽게 대꾸했다.

"이젠 귀족이 아닙니다, 프란츠 백작. 가문에서 쫓겨났으니까요."

"그럴 리가 없습니다. 그……."

"프란츠!"

성급하게 말하려는 프란츠를 아벤이 제지했다. 그의 날카로운 음성에 프란츠는 찔끔하여 입을 다물고 곧 자리에 앉았다. 그러나 그의 시선은 아직 알에게 고정된 채 분노의 기색을 감추지 않았다.

그의 시선에 알은 불편함을 느꼈지만 곧 아벤을 보며 입을 열었다.

"아벤 백작께서 이 자리를 마련하신 것 같은데, 무슨 이유인지 알 수 있을까요?"

그의 말에 곧 소란스러움이 가라앉으면서 시선은 아벤에게 집중되었다.

묵묵히 좌중을 둘러보는 아벤의 표정에는 아무 감정도 드러나 있지 않았다.

"짐작하고 있겠지만……."

그러나 그의 말과는 달리 짐작하고 있는 사람은 아무도 없었다.

"그대들이 다녀간 후에 나름대로 여러 가지 조사를 했었네. 공작부에서는 그대들의 조언을 충분히 검토한 후에 수용하기로 결정했지. 그에 따라서 실력있는 두 상회가 합치기를 바라는 마음에 이렇게 내가 왔네."

그의 말이 너무 갑작스러운 것인지라 모두들 눈짓을 교환하며 침묵했다. 먼저 입을 연 것은 바론이었다.

"그것은 공작 각하의 명령입니까?"

"아니네."

아벤이 손을 저었다.

"현재 대영주는 공작 각하이시지만 대리인은 하이렌 백작이지. 이 결정은 하이렌 백작의 생각이네. 또한 이것은 명령이 아니라 바람이라고 할 수 있지."

“경쟁하는 상회가 없으면 부패하고 도태하기 쉽습니다. 지난 십 년 간 바론이 실수했던 가장 큰 이유는 여기에 있습니다. 그는 포란의 모든 상회를 짓눌러 버렸기 때문에 모두의 원망만 받았고 결국 망하고 말았죠. 저희는 같은 전철을 밟고 싶지 않습니다.”

알의 대답이었다. 그는 아직도 씨근덕대는 프란츠보다는 침착한 아벤이 말하기에 훨씬 편하다고 생각했다. 비록 그의 표정이 워낙 건조해서 무슨 생각을 하는지 알 수 없었지만 그나마 말이 통하는 상대라는 건 직감했다.

“자네의 말은 옳아.”

아벤은 고개를 끄덕였다.

“하지만 경쟁자는 얼마든지 있네. 굳이 포란 같은 작은 마을에 연연할 필요는 없지 않나? 그대들이 ‘레스터의 상품을 모든 영지에’ 라는 목적을 가지고 있는 한 페나인의 모든 상인들이 경쟁자가 아닌가?”

아벤의 말은 설득력을 가지고 있었다. 그의 말에 바론의 몸이 흠칫 떨렸다. 그것은 그의 오랜 숙원이기도 했던 탓이다. 반면에 알은 고개를 저었다.

“그것은 바론의 생각이었지, 우리의 생각은 다릅니다.”

알은 잠시 레온을 쳐다본 후에 말을 이었다.

“우린 더 많은 이익을 창출하는 데 의견을 모았습니다. 보다 많은 상품을 취급하고 더 큰 이익을 취하고자 하는 것이 저희의 바람입니다.”

“그것은……”

아벤은 희미하게 미소를 지었다. 그가 처음으로 보인 감정이었다. 그는 가볍게 콧수염을 쓰다듬으며 말했다.

"결국 같은 것 아닐까? 타영지에 레스터의 상품을 판다는 것은 더 큰 이익이 될 수도 있지 않은가? 스간처럼 말이야."

"알고 계셨어요?"

레온이 깜짝 놀라 아벤을 쳐다봤다.

아벤은 정색하며 대꾸했다.

"저희도 충분히 조사를 했으니까요. 듣기론 스간에서 배가 넘는 장사를 했던 것으로 알고 있는데요."

"정말이냐?"

바론이 힐끔 알을 보며 물었다. 그는 칸트 숲에서 막히는 바람에 스간 근처는 가보지도 못했으며 장사도 못하고 돌아왔었다. 알이 고개를 끄덕이며 손가락을 두 개 펴 보였다.

"두 배? 놀랍군. 거의 한계에 다다른 액수였는데… 두 배라니……."

"양모는 그쪽이 낫지만 직조 기술은 우리가 훨씬 뛰어난 거 같아."

알은 두 명의 백작을 슬쩍 바라본 후에 덧붙였다.

"윈저에서 들어오는 염료를 사용한다면 우리의 모직물은 전국 제일일지도 몰라."

"스고우의 양모에 레스터의 직조 기술, 그리고 윈저의 염료! 뭔가 작품이 나올 것 같지 않아요?"

약간 흥이 난 레온이 서둘러 바론에게 말을 걸었다. 바론이 잠시 생각하는 표정으로 고개를 갸웃했다.

"하지만… 스고우는 산간이 험해서 양이 많은 편은 아니지. 질이 좋다 해도 생산량이 적다면 곤란해. 게다가 윈저의 염료라는 것도 사실은 바다 건너오는 것이라 물량이 많다고는 할 수 없어."

거기까지 얘기한 바론은 프란츠의 험악한 눈빛에서 곧 자신의 실수를 깨달았다. 그가 말을 걸고 있는 상대는 공작의 막내아들이라는 것을. 그만 늘 하던 대로 반말을 했던 것이다.

"하지만 좋은 상품이 나올 거라는 건 긍정합니다."

"어쨌든!"

아벤이 다시 입을 열었다.

"더 많은 이익을 창출한다는 것도 결국 레스터를 벗어나지 않으면 곤란해. 그렇지 않은가?"

잠시 알이 고개를 끄덕이기를 기다린 후에 말을 이었다.

"같은 목적을 가지고 있다면 서로 힘을 합하는 것이 더 좋지 않은가 말이네. 포란이라는 작은 마을에서 서로 경쟁하며 피를 흘리는 것보다는 힘을 합하여 타영지의 상인들과 경쟁하는 것이 더 바람직하지 않겠느냐는 말일세."

"그렇게 갑자기 물으시면 곤란합니다."

알이 레온을 바라보며 물었다.

"그 결정은 레온 때문에 내린 건 아닌가요? 지금까지 상인들의 움직임에 대해서 별다른 간섭을 보이지 않던 공작부가 갑자기 나서는 건 이해 가지 않는데요?"

"뭐, 그것도 아주 없다곤 할 수 없지."

아벤은 고개를 끄덕였다.

"하지만 시류가 그렇게 흐르고 있다면 언젠가는 부딪쳤어야 할 문제일지도 모르네. 단지 레온 공자 때문에 그게 빨라졌을 뿐이지."

"시류라……."

바론이 의자에 기대어 앉으며(이것이 얼마나 버릇없는 행동인지 그는 인식하지 못하고 있었다) 손으로 턱을 쓰다듬었다.

"앞으로 상인들이 힘을 발휘할 거라는 말씀인가요?"

뭔가 기대에 찬 얼굴로 바론이 물었다.

"그건 모르지. 그건 상인들이 어떻게 하느냐에 달려 있으니까. 공작부에서는 단지 기회를 줄 뿐이지. 그게 레온 공자 탓이든, 아니든 그 기회를 잡는 건 결국 상인들의 몫이 아닐까?"

잠시 말을 끊고 모두를 둘러본 후에 한마디 덧붙이는 것을 잊지 않았다.

"그렇지만 윈저 대공께서는 그렇게 말했다더군. '앞으로 자유민의 시대가 올 것이다' 라고."

흥, 하고 프란츠가 냉소를 했지만, 아무도 쉽게 입을 열지는 않았다.

잠시 시간을 둔 후에 바론은 조금 현실적인 문제를 꺼냈다.

"합치라고 해도 우린 가진 게 아무것도 없습니다. 장부는 모두 알과 레온 공자가 가져간 상태이니까요. 자금이 많이 남았지만 그것도 공작부의 지원이 있다면 충분히 해결될 문제 아닌가요?"

그 말에 아벤은 고개를 저었다.

"경험과 이론의 바탕이 자네에겐 있네. 그것은 분명 자네의 가장 큰 장점이겠지."

뒤이어 알을 쳐다보며 말했다.

"자네에 대해서도 조사해 봤지. 불과 몇 달 전까지만 해도 소규모 중개상이었더군? 약간의 운과 기회를 충분히 살릴 수 있다는 것은 그만큼의 식견과 판단력을 지니고 있다는 거야. 우린 그 점을 높이 평가하네."

"과찬이십니다."

그렇게 대답하며 알은 바론을 쳐다봤다.

이제 와서 모든 결정은 그에게 주어진 것이나 다름없었다. 합친다고 해도 분명 동등한 상태가 아님을 바론은 알고 있을 것이다. 결국 알과 레온 상회에 바론이 합류할 것인가, 아닌가를 결정하는 것은 바론 자신이었다.

"거절한다면 어떻게 됩니까?"

바론이 조심스럽게 물었다. 아벤은 이해한다는 듯 고개를 끄덕이고 이미 준비했는지 곧 이어 말했다.

"레첸으로 오게. 자네를 위해 공작부에 자리를 하나 마련하겠네. 레스터를 위해서 자네의 능력을 펼쳐 주게."

그의 제안에 모두들 깜짝 놀랐다. 프란츠조차도 그런 얘긴 못 들었는지 눈을 휘둥그렇게 뜨고 그를 바라봤다. 아벤은 어깨를 으쓱하더니 알과 레온을 쳐다봤다.

"장부를 너무 소홀히 취급하는 건 아닌지요? 저와 하이렌 백작은 이미 그 장부의 내용을 알고 있으니까요."

"어떻게……."

"사실 레온 공자가 장부를 받으러 간 날, 군중 속에는 토톰도 있었답니다. 그리고 그날 밤에 장부를 슬쩍해서 몇몇 내용을 옮겨 적은 후에 다시 제자리에 돌려놨죠. 덕분에 장부의 내용을 알게 된 거죠."

아벤은 다시 바론을 쳐다봤다.

"정말 감탄스러운 내용이더군."

그러나 말과는 달리 그의 표정은 별다른 감정이 실려 있지 않았다.

"레스터에 대해서 그렇게 자세하게 알고 있는 사람이 있을 거란 생각은 못했네. 조금밖에 못 봤지만 그것만으로도 자네가 어느 정도의 능력을 지녔는지 깨닫는 데는 충분했네. 자네라면 레스터의 경영을 맡겨도 부족함이 없겠지.”

그는 흘긋 프란츠의 눈치를 살핀 후 덧붙였다.

“안타깝게도 귀족이 아니란 점이 아쉽지만.”

“유감스럽지만, 저는…….”

바론은 깍지를 낀 손을 탁자에 살짝 걸치며 읊조리듯 대답했다.

“상인의 아들로 태어나 상회에서 컸으며 오직 장사만을 생각해 왔습니다.”

그는 잠시 알과 레온을 쳐다본 후에 아벤을 주시했다.

“알다시피 제 목적은 레스터의 상품을 전국에 알리는 것입니다. 설사 그것이 제 이름을 건 상회가 아니더라도 말입니다.”

잠시 시간을 둔 후에 아벤이 잔을 들었다.

“해답은 나왔군. 그대들의 장사가 날로 번창하길 바라네.”

가볍게 건배를 한 후에 잔을 들이킨 바론은 탁자 밑으로 알에게 악수를 건넸다. 힘있게 악수를 하며 두 사람은 짤막하게 눈빛만을 교환했다. 그것은 앞으로 헤쳐 나가야 할 난관에 대한 두려움이 아닌 서로에 대한 신뢰를 확인하는 눈빛이었다.

“결국 이렇게 되는군.”

프란츠가 탄식하며 중얼거렸다.

“그런데 나중에 듣게 되겠지만 레온 공자가 공작의 자제란 사실은 비밀로 해줬으면 하네만…….”

“뭐, 그거야 당연한 거겠죠.”

알의 가벼운 말투에 프란츠가 무시무시한 눈초리로 그를 쏘아봤다.

그러나 별로 아랑곳하지 않고 알은 덧붙였다.

"소문내서 좋을 건 없을 테니까요. 그렇지 않나요, 프란츠 백작님?"

"네 녀석은… 정말 능글맞은 녀석이군!"

씩씩대는 프란츠 곁에서 포란에 온 목적을 달성한 아벤은 나이프와 포크를 들고 투덜대기 시작했다.

"이보게, 프란츠. 얘기가 길어질 걸 뻔히 알면서 이런 음식을 장만하면 어떡하나? 다 식어서 먹을 수가 없잖아?"

그의 말처럼 통구이 한 마리가 딱딱하게 굳은 채 박제가 되어 있었다.

초여름의 치즈 축제가 끝난 어느 날, 대규모 마차 행렬이 신전에서 시작되었다. 바론 상회의 독점 때에 비한다면 반 정도 수준에 미치는 규모였지만 '알과 레온 상회'는 현재 포란 제일의 상회임을 증명하듯 꼬리에 꼬리를 물며 마차 행렬은 레스터 각지로 향했다.

그리고 마지막 분량의 마차가 여덟 대 남아 있었다. 다섯 대에는 치즈가 가득 실려 있었지만 나머지는 전혀 다른 상품이 실려 있었다. 나머지 세 대엔 웃돈을 들여 구입한 모직물과 양모가(아직 철이 아니므로 값이 비쌌다) 실려 있었다. 이 여덟 대의 마차는 레첸을 들려 카프를 경유할 대규모 중개 마차였다. 그리고 그 일행은 상회의 대표인 알과 레온이었다. 그 이외에 바론과 소나임, 티스의 전 바론 상회 구성원과 고리스, 듀발, 켈시의 주요 구성원들이 모두 모여 있었다.

아직 알과 레온이 나오지 않아 준비 상태를 점검하며 기다리고 있었다.

"어째서 레첸과 카프에 이렇게 많은 물량을 투입하는 거지? 이해할 수 없군. 우리 회장들을……."

소나임이 투덜거렸다.

현재 '알과 레온 상회'의 회장은 두 명이었다. 전례가 없는 이 특이한 구조는 시작할 때 이미 두 사람이 동업으로 시작한 탓이었다. 알과 레온이 동업을 한 이후로 한 달 간 두 사람은 스간을 경유하여 이미 레스터의 상품이 타영지에 먹혀든다는 것을 입증했고 다음 한 달 동안 포란의 대상 바론을 휘하에 넣어 단번에 포란을 석권하기에 이르렀다. 이후에 바론의 조언을 적극 받아들여 내실을 기했고 이번 치즈 축제를 시작으로 그들 상회가 레스터의 상권을 거머쥐기 위한 첫 행보로 삼은 셈이었다.

"레첸과 카프라면… 치즈 두 대면 충분할 텐데……."

고리스도 조심스럽게 입을 열었다.

"이봐, 부회장. 뭔가 알고 있는 게 있으면 가르쳐 줘. 이 대규모 중개도 그렇고, 굳이 우리를 지목하는 이유도 이상하잖아?"

켈시가 퉁명스럽게 바론에게 대꾸했다. 바론은 영입 후에 부회장이란 직함을 얻었지만 대다수 소속 상인들은 아직 반감을 품고 있었다. 그동안 쌓인 앙금이 많았던 탓도 있었지만 바론이 부회장으로 만족할 만큼 호락호락한 인물이 아니라고 판단한 것도 한몫했다. 이래저래 바론은 그다지 환영받지 못하고 있었지만 알과 레온은 그를 매우 신뢰하고 있었다.

"내가 들은 바로는……."

바론이 입을 열자 모두 주목했다.

"비밀의 열쇠를 가르쳐 준다고 하더군."

"비밀의…… 열쇠?"

궁금증을 참지 못하고 켈시가 반문했다. 잠시 서로 쑥덕대며 무슨 뜻일까 궁리했지만 쉽게 해답을 찾아내진 못했다. 바론은 피식 미소를 지으며 모두를 둘러봤다.

"삼 개월 전 알은 레첸을 경유해 카프에 다녀왔었지. 그리고 그는 뜻밖의 횡재에 가까운 상품을 손에 넣었어."

"드, 드워프의 장신구!"

고리스가 입을 쩍 벌리며 소리쳤다. 분명 알은 그것이 단지 일회성은 아니라고 말했었다. 그동안 바쁜 일정 속에 모두 까맣게 잊고 있었지만 바론의 지적에 고리스들은 곧 깨달을 수 있었다. 알과 레온은 이번에 다시 드워프의 장신구를 손에 넣으려 한다는 것을! 그리고 그 경로를 자신들에게 가르쳐 주려 한다는 것을.

"다시 한 번 반복해 보자. 마을에 들렀을 때 가장 먼저 눈여겨봐야 할 것은?"

"어떤 상점이 있는가? 그 마을의 주요 상품은 무엇인가? 그 마을에 들리는 중개상은 어떤 상품을 가지고 오는가?"

"좋아. 거기에 가능하다면 어느 정도 물량을 생산하는지도 체크할 수 있다면 좋겠지. 물론 소비하는 정도도 체크해야만 해. 그런 건 마을의 규모에서 쉽게 판단할 수 있으니까 가급적 마을이 한눈에 보이는 높은 곳에서 눈여겨봐야 하지. 그럼 상점에 들어갔을 때의 주요 관찰 포인트는?"

"상점에서 주력으로 밀고 있는 상품은 무엇인가? 물량이 많은 것은 무엇인가? 품질은 어느 정도인가?"

"가격에 대해서도 정밀하게 체크할 것. 잊지 마. 중개할 때의 가격과 소매로 살 때의 가격은 다르다는 것을."

"그 정도는 나도 알아요…… 그런 이론적인 것은 이제 달달 외고 있다고요. 사실 알도 이렇게 자세하게 외우고 있진 않잖아요? 왜 자꾸 나만……."

짜증이 치밀어 툴툴거리며 레온이 대답했다.

그의 앞에는 여느 때와 같이 바론이 앉아 있었다. 그는 마치 학생을 가르치는 선생과 같은 엄격한 얼굴로 레온을 주시했다. 사실 그는 근 두 달 동안 레온에게 상인으로서 지녀야 할 것들에 대해 이론적인 공부를 가르치고 있었다. 그것은 알의 부탁 때문이기도 했지만 가르치는 동안 귀족과 자유민의 생각은 근본적으로 차이가 있다는 것을 깨닫고 좀 더 철저하게 다그치기로 결심한 탓도 있었다. 레온은 귀족치고는 자유분방하고, 그것은 레스터 가문의 특성이기도 하다는 것을 후에 알았지만, 호기심이 왕성하지만 근본적으로 따지면 귀족으로서의 분방함이었다. 분명 자유민의 그것과는 달랐다.

비록 레온이 공작의 아들이라고 해도 현재엔 상회의 대표 회장임은 분명했다. 그리고 상회를 책임지는 자라면 당연히 갖춰야 할 덕목이 있었다. 레온은 그것이 부족하다고 바론은 판단했고 두 달이라는 짧은 시간 동안 닦달을 해가면서 가르치는 중이었다.

"레온, 알은 이미 몸으로 충분히 알고 있는 녀석이야. 만약 네가 알을 있는 그대로의 모습으로만 본다면 결코 녀석보다 뛰어난 장사꾼은 될 수 없어. 넌 알에 비해 경험도 없고 이론도 없지. 게다가 상황 판단이 빠른 것도 임기응변이 뛰어난 것도 아냐. 계산에 뛰……."

바론의 말을 자르며 레온이 읊조리기 시작했다.

"계산에 뛰어난 것도 아니고 시류에 밝은 것도 아니며 유행에 민감

하지도 않고 거리 감각도 뒤지고 지리에 밝은 것도 아냐. 네, 네, 알아요. 안다고요. 이제 43번만 더 하면 백 번이 되겠군요."

바론은 피식 웃었다.

"기억력은 네가 더 좋을지도 모르지."

"그나마 낫군요. 능가하는 게 하나라도 있으니."

레온은 풀 죽은 모습으로 창가를 바라봤다.

여관의 이층에서 바라보는 레첸의 밤거리는 집집마다 밝혀진 불빛에 그리 어둡지만은 않았다. 일행은 꽤 큰 규모임에도 불구하고 일정에 맞춰 오후쯤에 레첸에 도착했다. 그들은 이곳에서 하루를 묵은 후 내일 오전에 카프로 출발할 예정이었다.

이미 상품은 알과 고리스의 지휘 아래 넘기고 있는 중이었지만 아직 그들(알과 레온과 바론)에게는 중요한 계획이 하나 남아 있었다.

"레온… 난 네가 걱정스럽다. 과연 이번 여행에서 네가 장사꾼으로서 무엇을 얻을 수 있을지, 난 그것이 걱정돼."

바론은 길게 한숨을 쉬었다.

"분명 알은 장사꾼으로서 크게 성장해서 돌아올 거야. 그렇지만 넌 아닐 수도 있지. 그걸 커버하기 위해선 일단 이론적으로 무장할 필요가 있어. 가능하다면 내가 따라갈 수 있었으면 하지만……."

"그건 사절할래요."

레온이 끔찍하다는 듯 단호하게 대답했다.

"두 달 동안 충분히 시달렸다고요. 여행 내내 시달리고 싶진 않네요. 게다가 그렇게 믿을 수 없는 정도는 아니잖아요?"

레온의 환한 웃음에 바론도 미소로 화답했다.

"그렇지. 넌 이미 이론적으로는 보통 중개상의 수준은 아니니까.

그렇지만 아는 것과 행하는 것에는 큰 차이가 있는 법이야. 뭐, 그건 결국 몸으로 부딪쳐 봐야 알 일이지."

"게다가 아저씨는 남아서 해야 할 일이 있으니까!"

레온은 아까보다 더 활짝 웃었다. 그 웃음이 단지 동행하지 않는다는 기쁨 때문이라는 것을 알면서도 바론은 그다지 싫지 않다고 느꼈다. 어쩌면 레온의 장점은 이런 매력이 아닐까 하고 생각했다.

"고리스의 경험은 나도 인정하지만 이론적이진 않아. 야망이 있는 것도 아니고, 결정적으로 그는 카리스마가 없지. 그에게 안을 맡길 수는 없으니까 내가 남을 수밖에 없어."

바론은 정색을 하며 쉿 하는 흉내를 냈다.

"이건 고리스에겐 비밀이야."

"네, 알고 있어요. 그렇지만 아저씨도 그다지 신용받는 편은 아니잖아요?"

"뭐, 이건 서로에게 있어 필요한 시련일지도 모르지."

바론은 어깨를 으쓱했다. 그리고 다시 정색을 하며 레온을 바라봤다.

"그 아저씨란 말 좀 삼갈 수 없어? 난 이제 겨우 31란 말야."

"그것도 43이면 백 번. 그리고 내 대답은 언제나처럼 '전 18살이랍니다' 가 되겠죠. 충분히 아저씨예요."

밉지 않은 표정으로 바론은 레온을 흘겨봤다.

"그것도 43이면 백 번이겠지?"

"아니오! 그건 42번 말했어요."

레온은 혀를 쏙 내밀며 웃었다.

두 사람이 웃고 있는 동안 알이 들어왔다. 그는 두 사람을 번갈아

보더니 침대에 걸터앉았다.

"뭔가 재미있는 모양이군? 이쪽은 이제야 일이 끝나서 쉴 참인데 말야. 난 장사를 가르치라고 했지, 농담 따먹기를 하라곤 안 했어."

"충분히 가르쳤어."

바론은 믿는다는 표정으로 레온을 쳐다본 후에 다시 덧붙였다.

"일단 이론적인 것은."

레온이 창문을 닫으며 쉴 준비를 하는 동안 바론이 머리를 긁적이며 알에게 중얼거렸다.

"내일 어쩔 거야? 우리 셋만 가는 거지?"

"응. 그래야지. 다른 녀석을 데려가 봐야 어리둥절할 텐데… 소나임은 괜찮겠지만 우르르 몰려갈 필요는 없잖아?"

"그렇지. 그런데, 그게 말야."

바론은 레온을 쳐다보며 잠시 주저했다.

"어쨌든 공작 대리인은 레온의 형이잖아? 그 앞에서 이런 식으로 레온과 대화했다간 맞아 죽는 거 아냐?"

"당연히 안 되겠지."

알도 낄낄 웃더니 레온에게 농담을 건넸다.

"내일 어색하더라도 좀 참아."

다음날, 알과 레온, 바론은 서둘러 레스터 성으로 달려갔다. 그들이 이번에 레첸에 들른 가장 큰 이유는 통행증 발급 때문이었다.

두 달 동안 내실을 기하면서 세 사람이 가장 많이 의논한 것은 타 영지로의 진출을 모색하는 것이었다. 이 점에 있어서 이들은 자신들이 부족한 것이 무엇인가를 집중적으로 논의했다. 우선적으로 타 영지에 대한 정보가 전무한 상태였다. 비록 바론이 윈저 령에 대해 알고 있다고 해도 그것은 6년 전의 것이었으며 알과 레온이 스간에 다녀온 것도 단기간에 걸친 것이었기에 거의 모르고 있는 것과 별반 다를 게 없었다.

여기에서 알이 착안한 것은 소규모 중개상의 특징인 적은 자본으로 움직이는 것이었다. 이를테면 마을에 들러 상품을 구입한 후에 다음 마을에서 팔고 다시 그 마을에서 다른 것을 사서 다음 마을로 향하는 것이었다. 이런 식으로 타영지에 있는 마을들을 돌아다니며 정보를 얻어 오자는 것이 알의 생각이었다. 이 점에 대해서 바론은 전혀 생각 지도 못했지만 꽤 괜찮은 발상이었기에, 설사 손해를 보더라도 소규 모이기 때문에 상관은 없으므로, 즉시 실행에 옮기기로 결정했었다.

그러나 여기엔 네 가지 문제점이 있었다.

첫째는 여행의 목적을 제대로 이해하고, 이를 실행할 수 있어야 하 는 인물이어야 한다는 것으로 여기에 해당되는 인물은 알과 바론뿐이 었다.

둘째는 레스터의 상인들이 아직 규합되지 않은 상태라는 점이었다. 여행을 통해 정보를 얻어 와도 그것을 근거로 활동할 상인들이 없다 면 소용이 없었다. 그러므로 밖으로 나가 있는 동안 안에서 누군가 지 속적인 장사를 지휘하면서 규합하는 움직임이 있어야 한다는 것이었 다. 그리고 불행하게도 여기에 해당되는 인물도 역시 알과 바론뿐이 었다.

셋째로 상회의 회장 중에 한 명인 레온이 장사에 대해서 거의 전무 할 정도로 모르고 있다는 점이었다. 물론 귀족의 자제로서 충분히 교 육받기는 했지만 그것은 장사와는 전혀 무관한 것뿐이었다. 누군가 그의 곁에서 끊임없이 가르쳐야 하는데 문제는 그가 원래 공작의 아들, 즉 귀족이었다는 것을 인식하고 그 차이를 알고 있어야 한다는 점이었다. 역시 여기에 해당되는 인물도 알과 바론뿐이었다.

넷째로 타 영지로 떠난다는 것은 결국 통행증의 발급을 받아야 한다는 점인데 현재 페나인 왕국의 통행증은 윈저 령의 통행증 이외엔 매우 복잡하고 엄격한 심사를 받는다는 점이었다. 신상명세에서부터 물량, 목적지에 이르기까지 세세하게 기록해야 하는데 여행의 목적 자체가 뚜렷하지 않기 때문에 발급 자체가 매우 모호할 수밖에 없었다.

그리하여 며칠에 걸친 논의 끝에 세 사람이 찾아낸 합의점은 다음과 같았다.

우선 여행은 알과 레온 단둘만이 떠나되 시기를 늦춰 치즈 축제 이후로 잡았다. 그동안 바론은 레온의 이론적인 부분을 보완해 주고 여행 기간 동안 알이 경험적인 측면을 같이 쌓기로 결정했다. 그리고 바론이 남아서 알과 레온이 돌아올 때까지 상회를 돌보는 역할을 하기로 합의한 것이다.

그리고 마지막으로 레첸, 아니, 레스터 성에서 통행증 발급을 위해 일대 설전을 준비하는 것이 그들이 계획이었다.

통행증 발급을 위해서 아벤 백작과의 면담을 요청한 이후에 세 사람은 접견실에서 기다리고 있었다. 주위를 둘러본 후에 아무도 없다는 것을 확인한 레온은 이마까지 눌러쓰고 있던 후드와 마스크를 벗었다. 그는 푸, 하고 숨을 내쉬며 앞에 놓인 탁자를 바라봤다. 그는 잠시 탁자를 요모조모 살펴보더니 곧 탁자를 치며 소리쳤다.

"60디나르!"

"좋았어, 레온! 훌륭해!"

바론이 감탄스럽다는 표정으로 그를 쳐다봤다. 그러나 그의 다음 말은 레온의 우쭐함을 꺾기에 부족하지 않았다.

"그렇지만 이건 특별 주문에 의한 생산품이야. 보통 가구점에서 이 정도 상품이면 분명 60디나르에서 70디나르 안팎이겠지만 특별 주문의 경우엔 그 공정부터 차이가 있게 마련이야. 이건 못해도 120디나르는 줘야 할 거야."

입이 삐쭉 나온 레온이 툴툴거렸다.

"이게 특별 생산품이란 증거는 없잖아요?"

"여긴 레스터 성이야. 게다가 공작부라구. 그런 곳에서 아무렇게나 물건을 구입할 리는 없잖아? 상식적인 문제야."

옆에서 알이 끼어들었다.

"그건 추측일 뿐이지. 그냥 레첸의 가구점에서 샀을 수도 있어!"

레온이 우기려고 할 때 뒤에서 묵직한 음성이 들렸다.

"몰랐습니까? 그건 테오 가구점에 특별 주문한 탁자입니다. 레첸에서 가장 유명한 가구점이죠. 앉아 계신 의자도 그곳에서 주문한 것이죠. 아마 레스터 성의 대부분의 가구는 그곳에서 특별 주문한 걸 겁니다. 가격은 모르겠지만."

그 음성이 아벤 백작임을 알고 모두 깜짝 놀라 벌떡 일어섰다. 뒤돌아보니 어느새 아벤 백작이 뒷짐을 진 채 콧수염을 만지작거리고 있었다. 분명 세 사람의 대화가 귀족과 평민으로선 상상할 수 없는 것이었기에 알과 바론은 잔뜩 긴장을 했다. 혹시라도 아벤이 불쾌한 기색을 보일까 걱정하며 그의 안색을 살폈지만 그는 여전히 건조한 얼굴이었다.

그의 얼굴 표정에서 감정을 알아챈다는 것이 얼마나 어리석은지는 그간의 만남으로 충분히 알고 있었다. 알과 바론은 곧 체념하고 조심스럽게 인사를 건넸다. 아벤은 별다른 반응 없이 자리에 앉았다. 그는 레온의 허리를 잠시 쳐다본 후에 입을 열었다.

"저 정도의 기사에게 뒤를 내준다는 것은 실격입니다, 레온 공자."

"이젠 기사가 아니니 괜찮아요."

어쩐지 요즘은 계속 혼만 나는 것 같아 레온은 우울해졌다.

"그렇지만 검은 계속 차고 다니는군요."

"없으면 허전해서요……."

"그건 검의 길을 가는 자의 숙명 같은 것이겠지요. 기사를 포기했다고 해서 수련을 게을리 하면 안 됩니다."

그는 잠시 말을 끊고 적절한 표현을 찾았다.

"두 가지 길을 가라는 것이 아니라 검의 뜻을 깨우치라는 겁니다."

그 말에 레온이 의아해서 그를 쳐다봤다. 아벤은 그저 콧수염을 만지작거리더니 한 가지 덧붙였다.

"이래 봬도 저도 아직 검술을 수련하는 중이랍니다."

"에에?"

레온의 말끝이 올라갔다.

"하지만 아벤 백작님은 레스터의 경영을 맡고 있잖아요? 기사단과는 무관할 텐데? 게다가 그 정도 실력도 안 되잖아요?"

옆에서 알이 그의 허리를 쿡 찔렀다. 아차 싶었는지 레온이 입을 다물었다. 그러나 별로 개의치 않는다는 표정으로, 아니, 거의 감정이 실리지 않은 표정으로 아벤은 대꾸했다.

"마스터가 되어야 검의 뜻을 아는 것은 아니죠. 분명 제 수준은 소드맨을 겨우 넘는 정도지만 그래도 오랫동안 휘두르다 보면 깨닫는 것이 있게 마련이죠. 검술이란 것은 타인과의 싸움이 아니라 자신과의 싸움이기 때문입니다. 레온 공자도 계속 수련하다 보면 깨달을 때가 있을 겁니다."

그렇게 말한 아벤은 곧 알과 바론을 번갈아 쳐다봤다.

"그런데 무슨 용무인지……?"

"네, 통행증 발급 때문에 찾아왔습니다."

알의 대답과 동시에 아벤의 얼굴에 작은 미소가 번졌다. 그를 주시하던 세 사람이 모두 흠칫하며 놀랐다. 그의 얼굴에서 감정이 나타났다는 것에 놀란 것도 있지만 무엇보다 그 미소가 무엇을 뜻하는지 알아챌 수가 없었던 것이다. 반면에 아벤은 손바닥을 비비며 꽤나 흥분한 기색을 감추지 않았다.

"통행증이라… 통행증! 좋군. 처음 실시하는 정책인데 그대들이 처음으로 시험할 기회를 주다니. 정말 기쁘군."

그의 말투에서 뭔가 통행증에 대한 정책이 바뀌었다는 것을 감지한 세 사람은 조심스럽게 그의 눈치를 살폈다. 그때 레온은 문에서 어떤 기척을 느끼고 얼른 후드를 눌러썼다. 그의 행동에 아벤도 고개를 들어 문을 바라봤고 곧 얼굴이 굳어졌다. 알과 바론이 돌아보니 들어선 이는 하이렌이었다.

"포란에서 상인들이 면담을 요청했다는 보고가 있길래… 혹시나 했더니 역시 레온 일행이었군요."

하이렌은 사뿐히 들어서며 아벤의 곁에 앉았다. 그는 대충 레온과 눈인사를 나눈 후에 아벤을 돌아봤다.

"무슨 얘기 중이었습니까?"

아벤은 좀 전의 흥분된 얼굴과는 정반대로 실망한 기색이 역력히 드러났다.

"통행증에 대한 것이었습니다."

"통행증!"

갑자기 고함과 함께 하이렌이 두 주먹을 불끈 쥐었다. 그리고 곧바로 기대에 찬 목소리로 아벤을 다그쳤다.

"설명했습니까? 설명했어요?"

"아직……."

"그거 잘 됐군요!"

하이렌은 세 사람을 빠르게 둘러보며 입을 열었다.

"나는, 아니, 우리는 굉장한 정책을 생각해 냈다. 듣고 싶지 않나?"

통행증이라는 한마디에 두 사람의 반응이 너무 갑작스러워 세 사람은 잠시 얼이 빠졌다. 분명 아벤은 하이렌에게 말할 기회를 뺏겨서 실망한 것 같았다. 게다가 하이렌은 물론이고 아벤조차 흥분한 기색을 감추지 못할 정도라면 분명 일대 변혁을 주는 정책일 것이다. 그게 어떤 것인지, 과연 당초 목적과 맞아떨어질지는 모르지만 세 사람은 다소 당황했다.

하이렌은 하이렌대로 반응이 시원치 않자 약간 실망하며 다시 재촉했다.

"드, 듣고 싶습니다. 하이렌 백작님."

겨우 바론이 입을 떼었다.

그 말을 기다렸다는 듯 하이렌은 곧 쾌활하게 웃었다.

"좋아, 설명하지. 우선 기존의 통행증에 대해서는 잘 알고 있으리라 믿네. 상당히 복잡한 절차에 엄격한 심사를 거쳐야만 했지. 우린 자네들의 조언에 따라 나름대로 윈저 령에서 시행되는 통행증 발급에 대해 연구해 봤네. 그 점에 대해서 전에 바론이 설명한 적도 있으니 다시 한 번 부탁하지."

바론은 곧 목을 가다듬었다. 어차피 하이렌이나 아벤에게도 자신이 설명했었던 적이 있고 알과 레온에게도 그간 얘기했으므로 그는 간략히 하기로 마음먹었다.

"윈저의 경우엔 굳이 본성을 가지 않아도 통행증이 발급됩니다. 즉, 같은 심사라도 지방 소영주에게서 통행증을 발급받을 수 있기 때문에 상당히 절차가 간편하죠."

"맞았어. 분명 눈에 보이는 바로는 그렇게 비칠 수 있지."

하이렌의 눈이 번득였다.

"우리도 자네의 설명에 그런 줄로만 알았는데 조사해 보니 전혀 아니었지."

"네?"

놀란 듯 바론이 되물었다.

"사실 지방 소영주에게 통행증에 대한 권한을 위임한다는 건 꽤나 부담스럽거든. 그만큼 영지 내의 주민들을 통제할 수 없으니까. 그렇지만 알고 보니 거기엔 속임수가 있었지. 사실은 여전히 모든 통행증은 본성에서 취급하고 있었다네."

"어, 어떻게 그럴 수가? 그렇지만 거리가 있잖아요? 그리고 실제로 대부분의 상인들은 자신이 속한 소영주에게 찾아갔습니다."

"맞아. 내막은 이래. 소영주에게 권한을 위임한 것이 아니라 공작부의 통행증 발급 부서를 대폭 증강시켜 버린 거지. 이를테면 통행증 발급을 위해 공작부의 관리들이 각 성으로 파견을 나간 거야. 이걸 밖에서 보면 소영주에게 권한을 위임한 것처럼 보이는 거야. 하지만 실제로는 통행증 발급에 대한 모든 자료는 여전히 본성에서 취급하게 되는 거지."

"윈저 가문의 특성을 충분히 살린 거지."

묵묵히 듣고 있던 아벤이 끼었다.

"누구나 알듯이 윈저 가문은 페나인과 역사를 같이한 공작가. 또한 윈저 령은 가문과 함께 페나인에서 가장 오래된 대영지야. 당연히 윈저가를 위해 일할 사람은 많을 수밖에."

"게다가 윈저는 지리적인 이점도 있어. 여섯 개의 대영지 중에 작은 편에 속하고 카네비스의 영향이 전혀 없기 때문에 산간 지대나 숲도 없어서 전령이 빠르게 이동할 수 있다는 장점이 있거든. 무슨 말인지 이해하겠나?"

하이렌이 잠시 말을 끊고 모두를 둘러봤다. 각자 생각에 잠겨 있던 세 사람이 한마디씩 했다.

"레스터 가는 오래되지도 않았고 특히 부흥한 시기가 근래라는 것을 감안한다면 믿고 일을 맡길 만한 인재가 적겠군요."

가문의 역사를 잘 알고 있는 레온이 먼저 대답했다.

"레스터 성은 북쪽에 위치하고 게다가 산간 지대가 많죠. 남쪽으로 파견을 보낸다 해도 전령이 늦어져 보고가 늦게 올라온다면 관리하기 힘들어지겠군요."

레스터의 지형을 잘 알고 있는 바론도 한마디 했다.

"결국 윈저의 정책은 레스터에는 맞지 않는다. 이런 거군요?"

결론을 맺듯 알이 중얼거렸다.

"그렇지. 확실히 우린 사람도 없고 지리적으로도 이 정책은 맞지 않아. 그렇지만!"

하이렌은 오른손을 불끈 쥐며 씩 웃었다.

"우린 우리에게 걸맞은 방법을 찾았네."

세 사람은 궁금함을 참지 못하고 그의 다음 말을 기다렸다.

"우린 귀족의 통행증을 자유민에게 발급하기로 했네."

하이렌의 말에 세 사람은 잠시 멍한 표정으로 그를 쳐다봤다. 의아하다는 듯 바론이 물었다.

"귀족도 통행증이 필요합니까?"

"음, 정확하게 통행증은 아니지. 귀족의 경우엔 자신의 가문의 인장이 즉 통행증이니까. 그렇지만 관문을 넘어설 때 인장을 보여주며 인원과 목적지를 밝히는 것이 관례거든."

"귀족의 경우엔 그렇게 자세하게 묻지도 않네. 관문이란 왕국에서 관리하고 있지만 가장 일차적인 목적은 대영지를 분할하는 것이니까."

"그렇지만… 그걸 자유민에게 발급한다는 건… 결국 자유민의 대규모 이동을 막을 수 없을 텐데요?"

원래 귀족이었던 레온이 황당해 했다.

"물론 그렇지. 그래서 생각해 낸 방법이 통행증에 제한을 두는 거야. 인원을 10인 이하로 하는 대신 그 이외의 것은 거의 귀족의 것과 유사하지."

"굉장하군요. 그럼 그것 하나만 있으면 모든 관문을 넘을 수 있다는 건가요?"

알이 입을 쩍 벌리며 놀랐다.

"우선 시험적인만큼 레스터 영지 내의 모든 자유민에게 발급하진 않을 거야. 신상이 확실한 몇몇에게만 주는 거지. 물론 이미 수도에도 보고를 한 상태이며 관문에도 알렸으니 이 통행증이 사용되더라도 문제는 없어. 그리고 이 통행증이 진짜 획기적이라고 할 수 있는 건 시간 제한을 두었다는 거야.”

“시간…… 제한?”

“그래. 이 통행증이 악용될 가능성도 배제할 수는 없기 때문이야. 관문을 무제한으로 넘을 수 있다는 건 꽤나 위험하거든. 우린 통행증에 삼 개월이라고 제한을 두었어. 또한 사용이 끝난 통행증이라도 반드시 다시 가져와서 그간의 이동 경로를 보고해야만 해.”

“그 점이 귀족과 다른 점이지.”

아벤이 고개를 끄덕이며 말했다.

“그렇지만…….”

알이 곰곰이 생각한 끝에 반문했다.

“만약 다른 대영지에서도 같은 방식을 채택할 수도 있잖아요? 그렇게 되면 타 영지의 상인들도 자유롭게 활동할 수 있을 테니…….”

“아니! 이건 레스터 이외엔 생각할 수 없는 정책일세. 레스터 가문, 정확하게는 하이렌 백작이 아니면 생각할 수도, 추진할 수도 없는 정책이지.”

아벤이 단호하게 잘라 말했다.

“어떤 면에서는 자유민을 믿어야만 줄 수 있군요, 이 통행증은.”

그렇게 중얼대던 레온이 곧 깨달았다는 듯 아벤과 하이렌을 번갈아 쳐다봤다.

“그렇군요! 이건 형이 아니면 생각할 수도, 추진할 수도 없어요. 형수는 원래 자유민이었으니까요!”

“그래, 맞았어, 레온.”

하이렌도 빙긋 웃었다.

“그리고 이 통행증을 처음 생각해 낸 사람이 바로 형수란다.”

〈2권으로 이어집니다〉

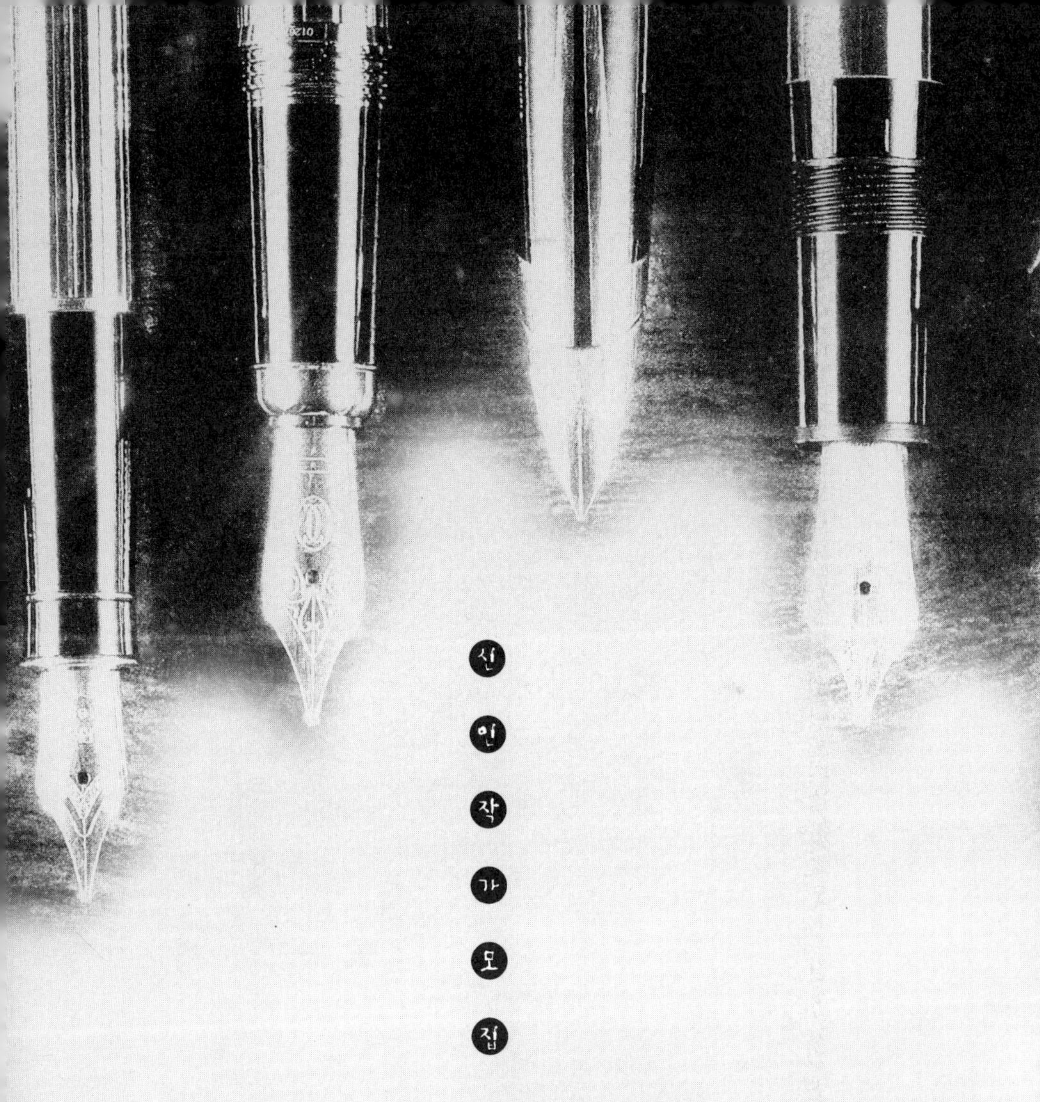

신인작가모집

시작이 반이라고 했습니다.
작가의 길에 대한 보이지 않는 벽을 과감히 깨뜨리십시오!
청어람은 작가 지망생 여러분들의
멋진 방향타가 되어드리겠습니다.

저희 도서출판 청어람에서는
소설 신인 작가분들을 모집합니다.
판타지와 무협을 사랑하시는 분들의 많은 참여를 바랍니다.
소정의 원고(A4용지 150매)를 메일이나 우편으로 보내주시면
검토 후 출판 여부를 알려드리겠습니다.

주소:경기도 부천시 원미구 심곡1동 350-1 남성B/D 3F 우편번호420-011
TEL:032-656-4452 · **FAX**:032-656-4453
http://**www.chungeoram.com**
e-mail:chungeoram@chungeoram.com